Der Autor

Jörg Rönnau, geb. 1961, aufgewachsen in Plön. Der Autor wirkte mehr als dreißig Jahre lang als Krankenpfleger an verschiedenen Kliniken in Schleswig-Holstein. Der Künstler schreibt Kriminalromane mit Regionalbezug. Er lebt mit seiner Familie und zwei Katzen am Rand der Holsteinischen Schweiz.

Jörg Rönnau

Slawenbrut

Die Kinder des Fluchs

Ein Holstein-Krimi

*Bibliografische Information der Deutschen Nationalbibliothek:
Die Deutsche Nationalbibliothek verzeichnet diese Publikation in der Deutschen Nationalbibliografie; detaillierte bibliografische Daten sind im Internet über http://dnb.dnb.de abrufbar.*

1. Auflage 2016

Sie finden uns im Internet unter www.waldhardt-verlag.de

Textredaktion: Abenteuerverlag Pockau, Jürgen Müller, Pockau
Umschlaggestaltung: Georg „Stukart" Perakis, Reutlingen
Buchsatz: Constanze Wagner, Königswinter
Printed in Germany
Druck und Bindung: BoD – Books on Demand, Norderstedt
ISBN: 978-3-945746-39-4 (Softcover)
ISBN: 978-3-945746-40-0 (ebook)

Inhaltsverzeichnis

Prolog – Im Land der Abodriten, Frühes Mittelalter

Nur wenige Katzensprünge vom Heiligen Fluss entfernt, kniete der Mann auf dem Waldboden. Es roch nach Baumharz, Gras und Moos. Mit einer kleinen Grabschaufel begann er, in der dunklen Erde ein Loch zu graben. Bereits nach kurzer Zeit war er schweißgebadet. Es war Sommer. Die Sonne brannte auf das Land. Seit Wochen blieb der lang ersehnte Regen aus. Auch in diesem Jahr würde es wahrscheinlich nur eine karge Ernte geben. Wie so oft davor.

Einige Schritte entfernt lag ein grauer Hund im Gras und beobachtete den Mann. Das Tier war riesig, geradezu ein Zerberus.

Die Mücken flogen langsam vom Flusslauf zur Waldlichtung hinauf. Tanzten wie kleine Elfen im Sonnenlicht, das durch die Kronen der Bäume hindurch schien. Mit dem Ärmel seiner braunen Mönchskutte wischte der Mann sich den Schweiß von der Stirn, bevor er weiter grub.

Als das Erdloch etwa drei Fuß tief war, stand der Mönch auf, bekreuzigte sich und fing an zu beten.

»Magnificat anima mea Dominum ...«

Auf der kleinen Waldlichtung, die unweit vom Fluss lag, gab es noch weitere Urnengräber. Die Menschen, die in dieser Gegend lebten, beerdigten hier seit Generationen die Asche ihrer Verstorbenen. Zwei Gräber waren erst vor kurzer Zeit hinzugefügt worden. Der Mann musste an die beiden Menschen denken, die darin lagen. Er hatte sie gekannt. Gut gekannt. Sein Herz wurde bei dieser Erinnerung schwer. Trauer ergriff ihn. In den beiden Gräbern lagen Liljana und der einarmige Harald.

Nachdem der Mönch sein Gebet beendet hatte, seufzte er schwer. Er ließ sich erneut vor dem Loch nieder. Bedächtig holte er ein Tongefäß aus einem Sack. Der Krug maß etwa einen Fuß in der Höhe. Besaß einen ebenso großen, bauchigen Umfang. Die Öffnung war mit dickem Elchleder verschlossen.

Zudem dichtete eine Wachsschicht das Leder ab, sodass keine Feuchtigkeit eindringen konnte.

Bruder Magnus, der vor langer Zeit auf den slawischen Namen Vlad hörte, nahm die Urne und bettete sie im Loch. Vorsichtig legte er Moos als Polster hinein. Ununterbrochen rezitierte Magnus lateinische Beschwörungsformeln. Diese Urne enthielt keine Asche. In ihr befanden sich keine Überreste Verstorbener. Sie enthielt Diabolisches, etwas Grauenhaftes. Ein Fluch lag darin. Unaussprechbar ...

Nachdem er das Loch wieder sorgfältig mit Erde verschlossen hatte, trampelte er den Boden mit seinen Füßen fest. Danach legte er einige Grassoden darauf. Nun sah es so aus, als wäre hier niemals gegraben worden. Magnus begutachtete sein Werk und nickte zustimmend. Ein eiskalter Schauer lief ihm über den Rücken. Der graue Hund jaulte plötzlich auf, so, als ob er verstand, was der Mönch gerade dachte. Bruder Magnus kraulte den Hals des Tieres. Er schaute sich noch mal auf der Waldlichtung um. Niemand war zu sehen. Nun hatte er seinen teuflischen Schatz vergraben und hoffte, dass es eines Tages jemanden geben würde, der dadurch erfuhr, was hier am Heiligen Fluss geschah. Bei dem Gedanken an die vergangenen Jahre und Wochen sowie dem Inhalt der Urne, erschauerte Magnus erneut. Seine Nackenhaare stellten sich auf. Magnus hoffte, dass die letzten Worte dieses dunklen Priesters niemals eintreten würden. Dieser

Fluch ... diese Prophezeiung ... waren so ungeheuerlich ...! Magnus dachte an die Offenbarung des Johannes. Das Harmagedon. Die Apokalypse.
Der Teufel in Menschengestalt wurde zwar getötet, doch dieser Fluch ...! Noch mal ergriffen ihn furchtbare Erinnerungen. Der Mönch suchte erneut Trost und Beistand im Gebet.
»Pater noster, qui es in caelis. Sanctificetur nomen tuum. Adveniat regnum tuum. Fiat voluntas tua, sicut ... Amen.«

Magnus merkte, wie er langsam ruhiger wurde. Es ist vorbei! Der dunkle Priester ist tot, rief er sich immer wieder in Erinnerung.
Langsam ging Magnus zum Fluss hinunter, der zu dieser Jahreszeit träge vor sich hinfloss. Am Flussufer angekommen, beugte er sich zum Wasser hinab. Schöpfte mit der hohlen Hand von dem kühlen Nass. Trank es in großen, gierigen Schlucken. Das Wasser des heiligen Flusses Sventana linderte seine inneren Wunden ein wenig. Es wurde Zeit aufzubrechen. Er musste sich auf den Weg machen. Zurückkehren zu den kampferprobten Kriegern Graf Ruprechts, dem Dux der Sachsen. Sie warteten hinter dem Limes Saxoniae auf ihn. Er musste sich sputen.
Bruder Magnus stand auf und ging zu seinem Pferd, das er an einer alten Weide angebunden hatte. Er stieg in den Sattel. Ritt den Trampelpfad entlang, der nach Porece führte. Das Dorf lag nur eine kurze Wegstrecke flussaufwärts. Bellend rannte ihm der graue Hund voraus. In Porece wollte er sich von seiner Tante und dem alten Haudegen Mirko verabschieden. Niemals in seinem Leben würde er hierher zurückkehren. Niemals! Vor langer Zeit wurde er hier gebo-

ren, doch als seine Heimat sah er inzwischen das Kloster Sankt Paul in Bremen an. Dort fühlte er sich geborgen. Sicher. Dorthin wollte er so schnell wie möglich zurück. Neben Bruder Magnus strömte die Sventana träge in Richtung des großen baltischen Meeres und nahm sein Geheimnis mit.
Hoffentlich für alle Zeiten.

Gegenwart – Eins

Heidi Stahmer bog von der Kührener Straße in den Zappenweg ein. Langsam fuhr sie die schmale Straße entlang. Nach zweihundert Metern erreichte sie ihr Ziel im Birkenweg. Sie parkte den kleinen, weißen Opel Corsa mit der Aufschrift *Ambulanter Pflegedienst - Preetz* vor einem gepflegten Backsteinhaus und stieg aus. Wie jeden Morgen wollte die Krankenschwester zur ersten Patientin ihrer Tour. Sie freute sich bereits auf die alte Dame. Liselotte Sievers war eine neunzig Jahre alte Witwe, die von sich selbst behauptete, fit wie ein Turnschuh zu sein. Stimmte. Teilweise. Sie wurde vom ambulanten Pflegedienst bereits seit einigen Jahren betreut. Eigentlich benötigte die alte Dame tatsächlich kaum Hilfe. Sie war immer noch selbstständig, kam aber nicht so gut mit ihrer morgendlichen Messung des Blutzuckers und der anschließenden Insulin-Injektion zurecht. Die rüstige Rentnerin betitelte diese Prozedur stets als »neumodschen Kram«. Also kam jeden Morgen eine Krankenschwester zu ihr ins Haus, um der Seniorin zu helfen.

Heidi Stahmer ging den Weg hinauf, der zum Haus führte. Unterwegs nahm sie den Haustürschlüssel aus ihrem Rucksack.

Die Krankenschwester hatte für all ihre Patienten einen Haustürschlüssel dabei, denn es konnte immer mal sein, dass jemand erkrankt oder verhindert war und nicht zur Tür kommen konnte.
Die Krankenschwester freute sich jeden Morgen auf ihre freundliche, aber sehr resolute Patientin. Liselotte Sievers begrüßte ihre Pflegerin stets mit frischem Kaffee.
Als Heidi Stahmer an der Haustür ankam, klingelte sie und wollte gleichzeitig den Schlüssel ins Schloss stecken, wie sie es jeden Morgen tat. Aber heute erschien ihr alles anders. Sie bemerkte, dass die Tür nur angelehnt war, wunderte sich darüber und schob die schwere Eingangstür auf.
»Frau Sievers? Hallo!«, rief Heidi Stahmer. »Frau Sievers? Ich bin es, die Heidi. Ist alles in Ordnung?«
Keine Antwort. Behutsam öffnete sie die Tür und ging in den Flur. Im ganzen Haus konnte man nichts hören. Merkwürdig. Normalerweise plärrte der Radiosender *NDR 1 - Welle Nord* durchs Haus. Meistens in einer kolossalen Lautstärke, da die alte Dame ihr Hörgerät nicht mochte und selten trug.
Heidi Stahmer runzelte die Stirn, so etwas hatte sie hier noch nicht erlebt. In der Regel kam ihr die alte Frau bereits entgegen, um sie zu begrüßen. Lizzy, wie viele sie nannten, fühlte sich trotz ihres hohen Alters immer noch lebenslustig. Freute sich über jeden Besuch.
Die Krankenschwester fasste sich ein Herz. Ging den Flur entlang. Immer wieder rief sie Liselotte Sievers. Sie schaute

ins Wohnzimmer, in das Badezimmer und rief auch in den Keller hinunter. Nichts. Sie kam an die Küchentür, die am Ende des Flures lag. Gewöhnlich hielt die Hausherrin diese Tür immer offen, aber heute war sie geschlossen. Vor der Küchentür roch es merkwürdig, irgendwie nach Blut und ...?

Heidi Stahmer ergriff plötzlich eine Vorahnung. Ein kalter Schauer lief ihr über den Rücken. Sie öffnete die Tür. Vorsichtig schaute sie durch den Spalt hinein. Nichts. Aber dieser Gestank. Ekelerregend und furchtbar. Wo kam der nur her? Angewidert musste die Krankenschwester schlucken. Irgendwie erinnerte sie dieser Geruch an ihre Ausbildungszeit. Inzwischen auch bereits über zwanzig Jahre her. Sie nahm damals an einer Unterrichtseinheit in der Pathologie teil. Leichenöffnung! Schaurig! Oh nein. Der gleiche Geruch wie damals. Wieso erinnerte sie sich nur auf einmal an diesen widerlichen Geruch?

Als sie die Küche betrat, konnte sie nicht glauben, was sie dort vorfand. Ihr Körper erstarrte. Sie glaubte, ohnmächtig zu werden, und hielt sich am Türgriff fest. Schnell zog sie ihre Hand zurück. Es fühlte sich an wie ... BLUT! Sie wollte schreien, aber vor Entsetzen kam kein Ton über ihre Lippen. Panik ergriff sie. Sie rannte zurück auf den Flur. Lief blitzschnell aus dem Haus hinaus. Auf der Straße entlud sich ihre Angst, ihre Verzweiflung, ihre hilflose Betäubung über das gerade eben Gesehene. Ein markerschütternder Schrei. Heidi Stahmer schrie um Hilfe, um sofort wieder zu verstummen. Wie in Trance blieb sie an der Grundstückspforte stehen. Ihr Gesicht versteinerte zu einer Grimasse. Wie in Zeitlupe sackte sie in sich zusammen. Als sie be-

nommen auf den Pflastersteinen lag, weinte sie. Langsam wurde ein Wimmern daraus.
Aus dem benachbarten Haus kam nun ein älterer Mann heraus, gefolgt von einer Frau. Die beiden waren auf die verzweifelten Schreie aufmerksam geworden und blickten sich verstört um. Richard Brandt und sein Frau Erika wohnten schon über vierzig Jahre neben Liselotte Sievers. Für sie war die alte Dame nicht nur eine Nachbarin, sondern eher eine gute Freundin. Auch Heidi Stahmer vom ambulanten Pflegedienst kannte das Rentnerpaar mittlerweile recht gut.
Der pensionierte Polizeibeamte kam als Erster bei Heidi Stahmer an. Die Krankenschwester lag inzwischen auf dem Boden. Wimmerte wie ein verängstigtes Kind. Ihr Blick ging starr in die Ferne. Sie war nicht mehr bei Besinnung. Stand sichtlich unter Schock. Richard Brandt kniete sich mühselig zu der jungen Frau hinunter. Berührte sie an der Schulter. Sie wirkte apathisch, merkte nicht einmal, dass jemand sie anfasste. Richard Brandt sah seine Ehefrau hilflos an und zog die Achseln hoch.
»Mensch, Frau Stahmer, was ist denn bloß los?«, fragte er besorgt. Doch diese zuckte jetzt mit ihrem gesamten Körper wie bei einem epileptischen Anfall.
Der alte Mann erhob sich schwerfällig und wandte sich an seine Frau.
»Kümmere du dich um Frau Stahmer. Ich gehe nachsehen, was bei Liselotte los ist.«
Mit großen, energischen Schritten ging er auf die offenstehende Haustür zu. Hinter sich hörte er seine Ehefrau rufen, er solle vorsichtig sein.
»Ich war über fünfundvierzig Jahre Streifenpolizist. Ich weiß, was ich tue. Brauche ich da jetzt ein Kindermäd-

chen?«, brummte Brandt. Mittlerweile kamen auch aus den umliegenden Häusern Nachbarn heraus, die auf das Spektakel aufmerksam geworden waren.
Unterdessen erreichte der pensionierte Polizist die Haustür und ging ohne zu zögern hinein.
»Hallo, Liselotte, wo bist du?«, rief er laut. Etwas leiser fügte er »Verdammt noch mal ... was ist hier los?« hinzu. Niemand antwortete. Er durchquerte die Diele. Schaute von dort aus in jedes angrenzende Zimmer. Doch von Liselotte Sievers erblickte er keine Spur, hörte nichts von ihr. Schließlich kam er am Ende des Flures an die Küchentür. Der alte Polizist nahm einen merkwürdigen Geruch wahr, der sich von dort ausbreitete. Blut und ... Scheiße? Er erschauerte. Eine Vorahnung, die nichts Gutes verhieß, erfasste ihn.
Richard Brandt durchschritt die Tür. Blickte in den Raum hinein. Urplötzlich weiteten sich seine Augen vor Entsetzen. Seine Nackenhaare sträubten sich. Er spürte, wie sich sein Mageninhalt umdrehte. Ein Brechreiz schoss seinen Hals empor. Der ehemalige Polizeibeamte hielt sich die Hand vor den Mund.
Er konnte einfach nicht fassen, was er gerade gesehen hatte. Wie war so etwas möglich?
So schnell seine bejahrten Beine ihn trugen, rannte er durch den Flur zurück ins Freie. Draußen angekommen erbrach er sich. Richard Brandts Gesicht sah kreidebleich aus. Er rang keuchend nach Luft. So etwas hatte er in allen Jahren als Polizist nicht erlebt. Fassungslos sah er seine Frau an, die immer noch bei der benommenen Heidi Stahmer kniete.
Verstört blickte sie ihn an. In so einem Zustand hatte Erika Brandt ihren Ehemann noch niemals zuvor gesehen.

Weitere Anwohner waren inzwischen eingetroffen. Alle starrten den alten Herrn entgeistert an. Sie kannten Richard Brandt als lebensfrohen Nachbarn, der gern bei jedem Scherz mitmachte. Aber so wie jetzt war er ihnen noch nie begegnet.

»Erika«, stammelte Richard Brandt verstört. »Wir müssen ... die Polizei rufen! Schnell! Etwas Furchtbares ist geschehen.«

Gegenwart – Zwei

Lorenzo Bartonelli setzte den Blinker des Dienstwagens nach rechts und bog von der Bundesstraße 76 ab. Nach einigen Metern fuhr er an einem Ortsschild vorbei, auf dem Preetz stand. Neben ihm saß sein Kollege Jens Rönfeld. Beide blickten wortlos durch die Windschutzscheibe des grauen BMW. Vor einer halben Stunde hatte ihr Vorgesetzter, Kriminaloberrat Rühmann, sie darüber informiert, dass in Preetz, einer Kleinstadt vor den Toren Kiels, ein äußerst brutaler Mord begangen wurde. Nun waren die beiden Kripobeamten der Kieler Mordkommission dorthin unterwegs. Seit fast zehn Jahren waren die Männer ein eingespieltes Team. Obwohl sie vom äußeren Erscheinungsbild her ziemlich unterschiedlich waren, verstanden sie sich gut und fühlten sich inzwischen fast schon wie Freunde. Lorenzo Bartonelli, Hauptkommissar der Kieler K1. Mordkommission. Trotz seines italienischen Namens ein waschechter Holsteiner. Er liebte das Land zwischen den Meeren, in dem er aufgewachsen war. Seine Eltern kamen bei einem Bombenattentat der italienischen Mafia ums Leben, als Lorenzo gerade einmal zehn Jahre alt war. Daraufhin wuchs er bei

seinem Onkel auf, einem ziemlich verschrobenen, aber liebenswerten Holsteiner Landwirt. Noch heute lebte der Hauptkommissar auf dem Bauernhof des mittlerweile Fünfundsiebzigjährigen. Aber er besaß auch noch eine kleine Wohnung in der Kieler Saarbrückenstraße. Lorenzo mochte die Musik der Siebziger. Kleidete sich leger. Zudem liebte er seine alte, speckige Lederjacke, die ihn überall hin begleitete. Lorenzos schwarze Locken ergrauten langsam an den Schläfen, aber so war es eben mit knapp über Fünfzig. Vor ewig langer Zeit einmal war er verheiratet gewesen, doch seine Ehefrau hatte ihn schon kurz nach der Hochzeit verlassen. Sie stellte ihn damals vor die Wahl: Polizei oder Beziehung. Lorenzo hatte sich entschieden, was er manchmal sehr bereute. Inzwischen hatte sie erneut geheiratet und lebte mit ihrer Familie am anderen Ende der Welt in Neuseeland. Es gab so gut wie überhaupt keinen Kontakt mehr zu ihr. Diese kurze Episode aus seinem Leben war mittlerweile Jahrzehnte her. Er verbuchte es als Jugendsünde. Danach gab es diverse lose Bekanntschaften, aber die Richtige lief anscheinend noch irgendwo unerkannt herum, oder es gab sie schlicht und ergreifend nicht.
Jens Rönfeld war genau das Gegenteil. Absoluter Familienmensch. Verheiratet, zwei kleine Kinder und ein kleines Häuschen in Dänischenhagen, nördlich von Kiel. Lorenzo hatte den achtunddreißigjährigen Oberkommissar nur selten ohne Anzug und Krawatte gesehen. Jens trieb viel Sport. Körperlich absolut fit. Fußballamateur. In jüngeren Jahren spielte er sogar kurzfristig in der Regionalliga Nord bei Holstein Kiel.
Inzwischen waren sie im Ort angekommen. Mussten an einer roten Fußgängerampel vor dem Bahnhof anhalten.

»Schon aufgeregt wegen morgen?«, fragte Lorenzo seinen Kollegen grinsend.
Dieser schüttelte den Kopf.
»Nö, warum? Aber ich werde höchstwahrscheinlich meine Familie vermissen. An den Wochenenden komme ich allerdings nach Hause. So weit ist es ja schließlich auch nicht und bei meinem Fahrstil schaffe ich die knapp fünfhundert Kilometer in Formel-1-Rekordzeit. Du weißt doch, wie man mich im Präsidium nennt, Sebastian Vettel für Arme!«
Beide mussten lachen. Jens Rönfeld war bei der gesamten Kieler Kripo für sein sportliches Fahrverhalten bekannt.
»Wir müssen aber auf jeden Fall in telefonischem Kontakt bleiben. Du berichtest mir natürlich den neusten Tratsch aus dem Präsidium.«
Der Oberkommissar sollte am nächsten Tag zu einer sechswöchigen Fortbildung an die Polizeihochschule nach Wiesbaden.

Eigentlich freute er sich schon lange darauf, aber die Trennung von seiner Familie lag ihm deutlich schwer im Magen.
Lorenzo kannte sich in Preetz gut aus. Er bog von der Kührener Straße, kurz hinter dem Bahnübergang, nach links in den Birkenweg ab. Bald schon konnten sie das Blaulichtgewitter sehen. Am Straßenrand standen mehrere Streifenwagen. Auch der Ford Transit der Kriminaltechnik befand sich bereits dort. Lorenzo parkte den BMW in einigem Abstand. Die beiden Männer stiegen aus dem Fahrzeug aus. Das gesamte Areal um das Einfamilienhaus herum sperrte ein rotweißes Flatterband mit der Aufschrift *Polizei* ab. Diverse Schaulustige tummelten sich davor und versuchten, Infor-

mationen zu erhaschen, was hier wohl passiert sei. Die Neugier der Anwohner war natürlich groß.
Lorenzo und Jens gingen unter dem Flatterband hindurch. Der Oberkommissar zeigte einer uniformierten Beamtin seinen Dienstausweis. Die Polizistin nickte den beiden zu und wies auf die offenstehende Tür des kleinen Einfamilienhauses. Von dort kam ihnen bereits Frank Zobel entgegen. Er trug einen weißen Overall mit der Aufschrift Polizei und eine Haube auf dem Kopf. Der Hauptkommissar und Leiter der Spurensicherung erschien ihnen kreidebleich im Gesicht. Er schüttelte den Kopf und begrüßte seine Kollegen.
»Menschenskinder«, sagte der untersetzte Fünfzigjährige, den eine ausgeprägte Halbglatze zierte. »Das ist wahrhaftig kein schöner Anblick da drinnen. Wir sind seit einer viertel Stunde hier, aber so etwas ... Scheiße ... Scheiße ...?« Ihm stockten die Worte. »Ich hab ja in meinem Leben schon eine beträchtliche Anzahl an Leichen gesehen, aber was hier passiert ist, ist die absolute Krönung meiner polizeilichen Laufbahn. Macht euch auf einiges gefasst.«
Die beiden Kommissare blickten sich an. Sie zuckten mit den Achseln. Normalerweise kannten sie Frank Zobel als hartgesottenen und erfahrenen Kriminaltechniker, den so schnell nichts aus der Ruhe bringen konnte. Sie folgten ihrem Kollegen, gingen gemeinsam die drei Stufen zur Haustür hinauf und durch den Flur. Frank Zobel führte sie durch die Diele zur Küche. Schon im Flur kam ihnen ein bestialischer Gestank entgegen. Die Männer spürten langsam einen Würgereiz in ihren Kehlen aufsteigen. Es roch nach Blut und ...?

In der Küche hantierten bereits mehrere Beamte in weißen Overalls und Mundschutz herum. Weitere Mitarbeiter der Kriminaltechnik, die den Kommissaren zunickten. Als Lorenzo auf den Küchentisch sah, dachte er, dass sein Magen nun vollends rebellieren würde, konnte ihn aber einigermaßen unter Kontrolle bringen. So einen Anblick hatte er in allen seinen Dienstjahren bei der Kriminalpolizei noch nicht gesehen.
Auch Jens Rönfeld zog seine Augenbrauen erschrocken nach oben. Beide waren entsetzt. Auf dem Küchentisch befand sich eine alte Frau. Hände und Füße waren gefesselt. Sie lag völlig nackt auf dem Rücken. In ihrer Brust steckte ein riesiges Messer. Der Messergriff war aus Holz und mit seltsamen Zeichen verziert, die an germanische Runen erinnerten. Der Kopf der Seniorin hing von der Tischkante herunter. Man hatte ihr die Kehle durchgeschnitten. Das greise Haupt wurde dadurch fast vollständig abgetrennt. Nur wenige Muskelstränge hielten den Kopf noch fest. Lorenzo befürchtete, dass der Schädel jeden Moment abreißen und auf den schwarz-weiß gefliesten Küchenboden fallen könnte. Im ganzen Raum befand sich Blut. Massenhaft. Sie konnten ihren Blick kaum vom Unterbauch der Frau abwenden. Der Unterleib war kreuzförmig aufgeschnitten. Die Organe und die Därme waren auf den Beinen der Leiche verteilt. Einige Segmente des Dünndarms waren vom Tisch heruntergefallen. Bildeten eine skurrile Landschaft auf dem Fußboden. Zudem waren in dem ganzen Tohuwabohu auch Kot und weitere undefinierbare Innereien zu erkennen. Der Gestank drang unerträglich in die Nasen. Die Männer taten ihr Bestes, um gegen die Übelkeit anzukämpfen. Auf einem der Küchenwände hatte der Mörder mit blutigen Buchstaben

ein Wort geschrieben. VELOS, stand dort. Das Blut war, von den Buchstaben aus, in dünnen Bahnen Richtung Boden geflossen und bildete hier kleine Pfützen.

Jens wandte sich ab, ging langsam immer weiter Richtung Tür. Der Oberkommissar war weiß wie eine getünchte Wand.

»Ich habe vorerst genug gesehen und brauche frische Luft«, sagte er und hatte die Küche bereits verlassen.

Lorenzo und Frank folgten ihrem Kollegen. Sie waren ebenfalls froh diesen Ort verlassen zu dürfen. Sie gingen ins angrenzende Wohnzimmer. Von dort aus durch die Terrassentür in den Garten. Die Bilder, die sie gerade in der Küche gesehen hatten, würden sie ihr Leben lang nicht mehr vergessen, hatten sich in ihren Synapsen eingebrannt. Die frische Luft im Garten tat ihnen gut. Jens Rönfelds Gesichtsfarbe nahm wieder normale Nuancen an, dafür wurde Lorenzo immer blasser. Die Männer hatten schon viele Abartigkeiten gesehen, aber dieser Fall schlug bisher alle Rekorde.

Der Kriminaltechniker griff in seinen weißen Overall hinein und beförderte eine Schachtel Zigaretten heraus. Er öffnete die Packung und bot seinen Kollegen vom Inhalt an, aber diese lehnten dankend ab. Frank Zobel nahm sich eine der filterlosen Zigaretten heraus. Mit einem Zippo, auf dem das Emblem des amerikanischen FBI blitzte, zündete er sie sich an. Den ersten Zug inhalierte er tief, schnaufte und sagte: »Ich habe die Glimmstängel nur für Notfälle dabei. Das ist heute definitiv einer! Darf nur meine Frau nicht wissen ... dann gibt's Ärger! Sie hasst es, wenn ich rauche. Eigentlich hab ich mir das Rauchen ja abgewöhnt, aber es gibt Situationen, da brauche ich einfach eine. Während meiner ganzen

Jahre bei der Polizei habe ich weiß Gott schon eine Menge Scheiße gesehen. Habe immer gedacht, dass mich kaum noch etwas schocken kann, aber das hier ...! Diese Mutilationen erinnern mich an meine Ausbildung auf der Polizeihochschule, als wir Vorträge über Fritz Honka, Fritz Haarmann und anderen Massenmördern gehört haben. Da fühle ich mich wirklich an einen Hollywood-Thriller erinnert. Hannibal Lecter's return.«

Lorenzo und Jens stimmten ihm zu. Auch für sie war so ein Anblick außergewöhnlich. So etwas kam zum Glück nicht häufig vor. Keiner der Männer konnte sich erinnern, jemals so ein grauenhaft zugerichtetes Mordopfer gesehen zu haben.

Die alte Frau hatte ihren Garten mit viel Liebe angelegt. Jetzt, Ende Mai, blühten hier schon etliche Blumen. Auch den Bäumen konnte man ansehen, dass der Sommer nicht mehr weit weg sein konnte. Frisches Maigrün. Die Sonne schickte ihre warmen Strahlen auf die Erde, doch gelegentlich kam immer wieder ein kühler Wind vom nahe gelegenen Lanker See herauf geweht.

Das Grundstück wurde von der Bahnlinie Kiel-Lübeck begrenzt. Als die Männer dort standen, fuhr ein roter Zug der *Regionalbahn Schleswig-Holstein* am Anwesen vorbei. Sie schauten dem Zug nachdenklich hinterher. Lorenzo brach als Erster das Schweigen.

»Ich weiß, dass dort drinnen im Haus noch ein ziemliches Chaos herrscht, aber habt ihr schon irgendetwas Brauchbares gefunden?«

Frank Zobel schüttelte den Kopf. Er inhalierte erneut den Rauch seiner Zigarette, bevor er die Kippe auf den Boden

warf und mit dem Schuhabsatz ausdrückte. Als er antwortete, bildete sich eine graue Nikotinwolke vor seinem Mund.
»Bisher noch nicht, aber wir fangen ja auch gerade erst an. Die Mordwaffe scheint mir ziemlich markant zu sein. Das ist ein außergewöhnliches Mordwerkzeug. Diese Symbole auf der Waffe sind so speziell, dass wir damit sicherlich etwas anfangen können. Das scheinen mir irgendwelche Schriftzeichen zu sein. Vielleicht Runen oder so etwas Ähnliches? Ansonsten müssen wir erst einmal abwarten.«

»Hier, ich habe etwas gefunden«, rief Jens plötzlich. Die ganze Zeit über hatte er auf sein Smartphone gestarrt. Nun hielt er seinen Kollegen das Gerät entgegen und ließ sie auf das Display schauen.
»Ich habe einfach mal VELOS bei Google eingegeben und tatsächlich etwas gefunden. Velos muss anscheinend so eine Art Gottheit der Slawen sein. Sogar einer ihrer Hauptgötter. Zuständigkeitsbereich für ihn ist die Unterwelt. So eine Art Teufel. Ob das etwas mit unserem Mord zu tun hat?«
Frank Zobel nickte zustimmend.
»Als ich diesen Messergriff gesehen habe, war mein erster Gedanke, dass es sich um einen Ritualmord handeln könnte. Diese Symbole auf dem Messergriff sind schon recht seltsam.«
»Aber weshalb wird eine alte Lady unter so bestialischen Umständen umgebracht und regelrecht zerstückelt? Warum sollte ausgerechnet sie etwas mit slawischen Dämonen oder Göttern zu tun haben, die es in dieser Region seit über eintausend Jahren nicht mehr gibt?«
Der Kriminaltechniker bohrte Lorenzo seinen rechten Zeigefinger in die Brust und grinste.

»Das kann ich dir sagen, mein lieber Herr Kollege. Erstens heißt es nicht zerstückelt, sondern Mutilation, das solltest du als langjähriger Kripobeamter wissen. Und zweitens habe ich vorhin mit einem der Nachbarn gesprochen. Die alte Lady war früher Archäologin. Sie hat vor einigen Jahrzehnten jede Menge Ausgrabungen in Schleswig-Holstein durchgeführt und sogar wissenschaftliche Bücher über die alten Slawen geschrieben. Sie soll eine Koryphäe in Sachen slawischer Mythologie gewesen sein.«

Codex Slavicum – Der Tod

Die drei Männer kamen nachts. Es waren nur noch wenige Tage bis Vollmond. Sie durchquerten den Pastsee kurz hinter Porsvelde. Dort gab es eine Untiefe, eine Seeenge, die gelegentlich von Händlern und Bauern als Furt genutzt wurde. Momentan war das Wasser nicht besonders tief. Sie konnten somit das gegenüberliegende Ufer gut erreichen.
Gleichzeitig überschritten sie dort aber auch den Limes Saxoniae. Jene Grenzlinie, die Karl der Große gegen die barbarischen Völker im Osten errichtete. Der Limes war zum Schutz der Sachsen und Holsten gedacht, die zum fränkischen Großreich gehörten. Diese Linie wurde gut bewacht. Zurzeit herrschte allerdings Frieden mit den Slawen, den Abodriten und den Wagriern.
Diesmal kam die Gefahr jedoch nicht aus dem Osten. Nun machten sich Sachsen auf den Weg, um Unheil zu stiften.
Die Männer befanden sich jetzt im Gebiet der Abodriten. Sie mussten vorsichtig sein, denn die Grenze wurde durch eine Turmhügelburg, eine sogenannte Motte, gut bewacht.

Der Wachtturm befand sich nur eine kurze Wegstrecke vor dem Limes.

Die dunklen Gestalten waren mit Speeren und Kurzschwertern bewaffnet. Einer von ihnen trug einen Langbogen. In seinem Köcher befanden sich viele todbringende Pfeile.
Sie waren zwar Sachsen und mussten, auch wenn sie von den Grenzwachen erwischt wurden, nicht mit dem Tod rechnen, aber trotzdem bewegten sie sich äußerst vorsichtig, denn mit einer harten Bestrafung mussten sie allemal rechnen. Die Knute des Scharfrichters würde ihr Fell gerben, bis es blutete. Aber sie wollten sich nicht erwischen lassen. Die Männer hassten die Abodriten, die in ihren Augen nur Wilde waren, die unheimliche Götzen auf Holzpfählen anbeteten und die sich von den christlichen Missionaren nicht bekehren lassen wollten. Unheimliche Barbaren, nur wenig mehr als Tiere in ihren Augen.
Inzwischen waren die Männer in einem dichten, fast undurchdringlichen Wald angekommen, den man Isenhorn, den Eisenwald, nannte.
Er erstreckte sich von der Slie im Norden bis zur Hammaburg am großen Fluss Labe.
Die Männer umgingen in beträchtlichem Abstand die Motte. Waren leise. Auf dieser etwa zehn Meter hohen Turmhügelburg, die ein Wassergraben umschloss, befanden sich meistens zehn bis zwanzig schwer bewaffnete sächsische Krieger. Mit diesen Recken wollten sie es nicht zu tun bekommen.
Einige Meilen weiter, kurz vor dem slawischen Grenzdorf Porece, das an einer Furt am Fluss Sventana lag, fanden sie ihr Ziel. Eine kleine Bauernkate. Das winzige Haus duckte

sich auf der gerodeten Waldlichtung zwischen die alten Buchen. Aus dem Schornstein zog eine dünne Rauchfahne in die Kronen der riesigen Bäume. Auf dem angelegten Feld sah man bereits die ersten Sprösslinge vom Dinkel aufgehen. Die hiesigen Bauern fristeten ein karges Leben. Sie versuchten, die undurchdringlichen Wälder zu roden, um Getreide anzubauen. Doch diese Ernten konnten kaum jemanden ernähren.
Sie verdingten sich deshalb oft als Holzfäller oder jagten Pelztiere.
Die Sachsen hockten sich am Waldrand nieder. Warteten. Lauschten und spähten in die Dunkelheit. Im fahlen Licht des Mondes konnten sie den Hofhund erkennen. Das wolfsähnliche Tier bemerkte die Männer nicht, denn sie pirschten gegen den Wind auf das kleine Gehöft zu. Der zottelige Hund lief vor dem Haus hin und her, ahnte nichts von der tödlichen Gefahr. Ab und zu hob er seine Nase und roch in den nächtlichen Wind hinein.
Der Mann mit dem Langbogen legte einen gefiederten Pfeil auf die Sehne. Lautlos flog das Geschoss durch die Luft. Traf den Hund direkt ins Herz. Das große Tier brach sofort zusammen und bewegte sich nicht mehr. Die Männer schlichen weiter zur Kate. Völlig geräuschlos. Als sie das kleine Haus erreichten, zogen sie ihre Kurzschwerter. Diese Waffen besaßen zweischneidige Klingen. Der vorderste Bursche trat ohne zu zögern gegen die Tür. Sie brach krachend aus den Angeln. Die Menschen in der Kate wurden im Schlaf überrascht. Der Bauer, ein großer, bärtiger Abodrite, sprang sofort auf. Hatte sogar bereits ein Messer in der Hand, wurde allerdings von einem Schwerthieb niedergestreckt und brach augenblicklich zusammen. Zwischen seinem Hals und

der Schulter klaffte eine riesige Wunde, aus der das Blut pulsierend herausspritzte. Der Anführer der Sachsen stürzte sich auf die Frau, die immer noch in ihrem Bett lag. Er beendete ihr Leben, indem er einen Dolch in das Herz der Slawin rammte. Man konnte nur ein leises gurgelndes Geräusch aus ihrem Rachen hören. Jetzt fing ein kleines Baby an zu weinen. Einer der Sachsen nahm es aus seiner liebevoll gezimmerten Wiege. Packte es an den Beinen. Er schwang den Säugling durch die Luft und schmetterte das Kind auf den Lehmboden. Ein grauenhaftes Krachen entfuhr dem Kinderschädel, als er brach. Sofort erlosch das Weinen.

Plötzlich stürmte ein kleiner, etwa dreizehn Jahre alter Junge auf den Mann zu. Dieser hielt den toten Säugling immer noch in der rechten Hand. Der anstürmende Knabe hatte ein Messer in seiner Hand. Rammte die kurze Klinge in den Oberschenkel des Mannes. Dieser schrie vor Schmerz laut auf. Fluchend ließ er den Säugling auf den Boden fallen. Schlug dem Jungen die Faust gegen den Kopf, woraufhin das Kind zusammenbrach und benommen liegen blieb. Der Sachse zog das Messer aus seinem Bein und stieß wüste Verwünschungen aus. Der große, bärtige Mann besah sich die Wunde. Sie blutete kaum. Er spuckte auf den Boden. Wischte sich das Blut mit einem Lappen ab, den er irgendwo gefunden hatte. Als wenn nichts geschehen wäre, grinste er seine Komplizen an. Keiner von ihnen sprach ein Wort.
Nun entdeckten die Angreifer ein etwa fünfzehn Jahre altes Mädchen. Es hatte sich unter einem grob gezimmerten Eichentisch gekauert und weinte. Ihre Augen waren vor Entsetzen weit aufgerissen. Die Sachsen lachten diabolisch. Grinsten sich lüstern an. Einem von ihnen lief der Speichel

aus seinem rechten Mundwinkel und tropfte in seinen dunklen Bart. Er zog das Mädchen brutal unter dem Tisch hervor. Gleichzeitig riss er dem Kind das grobe Wollhemd herunter und öffnete seine eigenen Beinkleider.
Einer nach dem anderen vergingen sie sich an dem Mädchen. Irgendwann hörte das Kind auf zu weinen. Wimmernd ließ sie alles geschehen. Die ganze Zeit über lachten die Sachsen aus ihren dunklen Kehlen.
Nachdem die Männer sich alle befriedigt hatten, warfen sie dem Mädchen das Kleid wieder zu. Sie zog sich zitternd an. Die beiden Geschwister wurden nun an ihren Händen gefesselt und die Männer schubsten sie aus der Hütte heraus. Das war es, was sie wollten. Kinder. Die Sklavenhändler aus Danmark zahlten gute Preise für diese Ware. Brutal stießen die Sachsen ihre Beute den Weg zurück. Sie marschierten Richtung Pastsee. Während der ganzen Zeit sprachen sie kein einziges Wort. Nur ihr leises, finsteres Lachen war zu hören. Als sie an der Motte vorbeikamen, steckten sie ihren Gefangenen Knebel in die Münder. Sie passierten zügig den Zugang zur Turmhügelburg. Niemand bemerkte den kleinen Trupp.
An der Seeenge wateten sie durch die Untiefe. Nun waren sie wieder auf sächsischem Gebiet. Hierher würde niemand der Slawen wagen ihnen zu folgen.

Eine halbe Meile weiter, kurz vor dem Dorf Porsvelde, hatten die Männer ihre Pferde festgebunden. Einer von ihnen war dortgeblieben, um die Reittiere zu bewachen. Der Platz lag im Wald, unweit des Pastsees. Einige Schritte entfernt befand sich eine kleine, von Schilf eingefasste Bucht. Im Osten begann es bereits zu dämmern.

Der Mann, der bei den Pferden gewacht hatte, begrüßte seine Kumpane. Hier hörten die Kinder die Mörder ihrer Eltern das erste Mal sprechen. Doch sie konnten diese Sprache nicht verstehen.
Die Männer setzten sich auf den Waldboden und aßen. Dazu tranken sie Met aus einem Tonkrug. Die Pferde grasten an den Bäumen. Schnaubten gelegentlich. Es waren kleine, gedrungene Reittiere, eher Ponys als Pferde. Solche Pferde sah man eigentlich nur bei den Nordmännern, den Wikingern, die oben in Angeln hinter dem Danewerk wohnten. Diesen Schutzwall hatten die Dänen in mehreren Abschnitten gebaut. Schon Jahrhunderte alt, sollte er das Dänische Reich vor den Franken und Sachsen schützen.

Als die Sonne ihre ersten Strahlen auf das Land schickte, hatten die Männer sich genug ausgeruht und erhoben sich. Nun blickte der Pferdewächter lüstern auf das slawische Mädchen. Er wischte sich mit seinem Ellenbogen über sein bärtiges Kinn, packte das Kind am Arm und zerrte es hinter einen Haselnussstrauch. Schon nach kurzer Zeit konnte man ihn stöhnen hören. Doch plötzlich schrie er vor Schmerz auf und fluchte. Das Mädchen hatte ihm einen handtellergroßen Stein gegen die Stirn geschlagen. Er blutete aus einer Platzwunde am Kopf. Der Mann wollte aufstehen, doch das Mädchen schlug noch mal zu. Nur wenige Augenblicke später trat sie dem Sachsen mit ihrem Fuß zwischen die Beine, woraufhin er in die Knie ging und sich erbrach. Doch das Mädchen ließ nicht locker. Sie warf ihrem Peiniger den Stein an den Kopf. Der Mann fiel um. Die ganze Zeit über schrie sie ihn wütend an.

Der kleine Junge weinte. Er wünschte sich so sehr, dass seine Eltern kämen, um ihnen zu helfen und sie aus den Händen dieser Bestien befreiten. Doch schnell erinnerte er sich daran, dass sie ihm niemals wieder helfen konnten. Sie lagen tot in der kleinen Bauernkate. Man würde sie dort wahrscheinlich erst in einigen Tagen finden. Sein Onkel aus Porece kam alle paar Tage einmal vorbei, um ihnen Fische aus der Sventana zu bringen.
Doch nun beobachtete der Knabe voller Erstaunen die Taten seiner Schwester Liljana. Sie war zwar nackt, aber sie hatte den Sachsen niedergeschlagen. Fest blickte sie ihrem Bruder in die Augen. Sie rief, er solle immer tapfer sein und niemals vergessen, dass er ein stolzer Slawe, ein Abodrite sei. Auch rief sie ihm zu, wie sehr sie ihn liebte. Sie würde ihn immer lieben und eines Tages wiedersehen. Er sah, wie sehr sie plötzlich weinte. Dann drehte sie sich um und rannte auf das Ufer des Pastsee zu. Einer der Sachsen lief hinter dem Mädchen her, doch sie hatte bereits die kleine Bucht erreicht, und stürzte sich in das kalte Wasser. Innerhalb von Sekunden war sie im tiefen See unter der Wasseroberfläche verschwunden. Die Männer versammelten sich am Ufer und fluchten, aber das Mädchen tauchte nicht wieder auf. Das Gewässer hatte sie verschluckt.
Mit weit aufgerissenen Augen sah Vlad auf die sich kräuselnden Wellen des Sees. Er hatte plötzlich keine Tränen mehr. Er konnte nicht mehr weinen und blickte die Sachsen hasserfüllt an. Innerhalb weniger Stunden verlor er alles, was er bisher kannte und liebte.
Sei tapfer. Du bist ein Abodrite, waren ihre letzten Worte. Wir werden uns wiedersehen, doch nun war sie tot.

In kürzester Zeit wurde er zum Mann. Einsam und unter Feinden. Doch er wollte nicht mehr weinen. Vlad hasste die Sachsen, so sehr wie er noch niemals irgendetwas in seinem kurzen Leben gehasst hatte. Er würde sich rächen. Innerlich gab er einen Eid, einen Blutschwur ab. Blutrache!
Doch sein Leben würde anders verlaufen. Aber das konnte er jetzt noch nicht wissen.

Gegenwart – Drei

Als die drei Kripobeamten wieder zurück ins Haus gingen, hielt Lorenzo Frank Zobel am Arm fest und fragte: »Wer hat die alte Dame eigentlich gefunden?«
»Eine Krankenschwester. Sie arbeitet bei einem ambulanten Pflegedienst und betreute Liselotte Sievers schon lange. Sie heißt Heidi Stahmer. Vierzig Jahre alt. Als ich vorhin ankam, befand sich die Ärmste schon auf dem Weg ins Krankenhaus. Sie hat anscheinend einen schweren Schock erlitten. Kein Wunder bei dem Anblick. Ich denke, dass sie vorerst keine Aussage machen kann und psychologische Betreuung benötigt. Kurz nachdem sie die Tote gefunden hat, ist sie aus dem Haus gerannt und hat um Hilfe gerufen. Danach ist sie völlig zusammengebrochen. Daraufhin ist ein Nachbar in das Haus gegangen. Er wollte nachsehen, was dort passiert ist. Dabei hat er dann ebenfalls die Leiche entdeckt. Der Mann heißt Richard Brandt und wohnt im rechten Nachbarhaus. Ist ein ehemaliger Kollege von uns, pensionierter Polizist. Hat lange auf der Preetzer Wache im Streifendienst gearbeitet. Auch er ist ziemlich fertig. Ich habe vorhin kurz mit ihm geredet. Ich glaube, er ist ein alter

Haudegen. Alte Schule. Wahrscheinlich wartet dieser Brandt schon darauf, dass jemand von der Kripo kommt und er seine Aussage machen kann.«

Lorenzo hörte Zobel aufmerksam zu und nickte, dabei sah er Jens Rönfeld an.

»Ich würde sagen, wir statten diesem Ex-Kollegen mal einen Besuch ab und reden mit ihm.«

»Gute Idee. Ich muss dann wohl oder übel wieder in dieses Schlachthaus zurück und meine Mitarbeiter unterstützen«, erwiderte Frank Zobel schwermütig. Man konnte ihm am Gesichtsausdruck ablesen, dass er es momentan hasste Kriminaltechniker zu sein.

Lorenzo und Jens verließen das Haus der Ermordeten. Gingen die Straße hinauf zum Grundstück von Richard Brandt. Die Zahl der Schaulustigen stieg mittlerweile immer mehr an. Sogar ein Team vom NDR, dem Norddeutschen Rundfunk, hatte bereits eine Kamera auf der Straße aufgebaut und filmte das Anwesen.

Lorenzo öffnete die grüne Eisenpforte, um auf das Grundstück des Nachbarn zu kommen. Als sie es betraten, hörten sie hinter der verschlossenen Haustür einen Hund, der aufgeregt bellte. Eine männliche Stimme rief das Tier zur Ordnung und es wurde augenblicklich ruhig. Die Tür öffnete sich. Ein älterer, leicht übergewichtiger Mann mit Halbglatze und einem weißen Haarkranz trat heraus, um die Ankömmlinge zu begrüßen. Er trug eine runde Lesebrille auf der Nasenspitze und schaute neugierig darüber hinweg.

»Kripo?«, fragte er.

Jens Rönfeld wollte schon seinen Dienstausweis aus der Jackentasche herausnehmen, aber der alte Mann winkte ab.

»Lass stecken, mien Jung! Kommt rein. Ich bin selbst lange Polizist gewesen. Nu bin ich seit zehn Jahren pensioniert.«
Er trat einen Schritt zur Seite, sodass Lorenzo und Jens ins Haus gehen konnten.
Am Ende des Flurs stand ein Jack-Russel-Terrier, wedelte mit seinem Schwanz und schaute den beiden Kommissaren freudig entgegen.
»Keine Angst, das ist Kutteldaddeldu, der tut nix. Der freut sich über jeden Besucher, der kommt.
Geht doch gerade durch, dort ist das Wohnzimmer. Da können wir uns hinsetzen und unterhalten.«
Richard Brandt hatte ein freundliches Gesicht. Er war einer dieser Zeitgenossen, der seine Mitmenschen einfach alle duzte, und keiner nahm es ihm übel.
Sie kamen in einen gemütlich eingerichteten Raum. Die Möbel waren altersentsprechend. Standen wahrscheinlich über dreißig Jahren hier. An den Wänden waren Unmengen von Familienbildern aufgehängt. Brandt hatte anscheinend viele Kinder und Enkel. In einem kleinen Kaminofen brannte ein Feuer, das den Raum in behagliche Wärme hüllte. Kutteldaddeldu rannte die ganze Zeit über aufgeregt durch die Wohnung und bellte. Dabei wirbelte sein kleiner Stummelschwanz aufgeregt hin und her.
Auf dem Wohnzimmertisch standen eine Flasche französischer Cognac und zwei Gläser.
»Meine Frau und ich haben uns auf diesen Schock erst einmal einen Schnaps genehmigt. Diesen Anblick werde ich mein gesamtes restliches Leben nicht mehr vergessen. Wir kennen Liselotte, also Frau Sievers, schon seit über vierzig Jahren. Schrecklich, was dort drüben passiert ist. Einfach furchtbar.«

Lorenzo und Jens hatten sich noch nicht einmal vorgestellt, doch der alte Mann hatte sie bereits auf einer Couch platziert und sich ebenfalls hingesetzt. Als Lorenzo gerade auf dem bequemen Sofa saß, sprang Kutteldaddeldu auf seinen Schoß und ließ sich dort nieder.

Richard Brandt wollte den Hund zurechtweisen, aber Lorenzo winkte ab und kraulte dem Tier bereits den Hals.

»Ist schon in Ordnung. Ich mag Hunde und bin mit Tieren aufgewachsen. Übrigens hat er einen tollen Namen. Kutteldaddeldu ist wirklich originell.«

Richard Brandt schmunzelte: »Den Namen hat meine Frau ihm gegeben. Sie liebt die Gedichte über den Seemann Kuttel Daddeldu von Joachim Ringelnatz. Nu heißt der Köter eben so.«

Die Männer mussten lachen, denn der kleine Hund hörte die ganze Zeit über gespannt zu. Spitzte die Ohren, als ob er jedes Wort verstehen würde.

»Mein Name ist Lorenzo Bartonelli und ich bin Hauptkommissar bei der Kieler Mordkommission. Das ist mein Kollege Oberkommissar Rönfeld.«

Lorenzo hatte den Anschein, als würde der alte Polizeibeamte seine Worte gar nicht richtig registrieren. Er führte es darauf zurück, dass den alten Mann immer noch der grausige Anblick seiner Nachbarin beschäftigte.

»Meine Frau und ich ... wir sind mächtig geschockt. Zum Glück hat meine Frau Erika die Leiche nicht gesehen. Sie musste sich aber trotzdem hinlegen. Bei so einem Stress bekommt sie meistens sofort einen Migräneanfall. Dann kann sie den ganzen Tag nicht mehr aufstehen, da helfen dann nicht mal ihre starken Medikamente.«

Richard Brandt stockte und schüttelte den Kopf, bevor er weiter sprach.
»Wie kann so etwas nur geschehen? Wer macht so was? In was für einer Zeit leben wir nur? Ich war Jahrzehnte lang Polizist und habe etliche Leichen gesehen. Selbstmörder, Verkehrstote und sogar zwei Mordopfer, aber so etwas, nee. Was sind das nur für Menschen, die so etwas machen? Nicht einmal Tiere tun so etwas, oder?«
Der alte Mann schenkte sich einen Cognac ein und bot auch den Kommissaren davon an, aber beide lehnten dankend ab. Er stürzte den Schnaps hinunter und schaute gedankenverloren in das Feuer des Kamins. Plötzlich wurde er von seinen Gefühlen übermannt und begann zu weinen. Doch der alte Polizist hatte sich schnell wieder im Griff, nahm ein kariertes Stofftaschentuch aus seiner Hosentasche, schnäuzte hinein und rieb sich die feuchten Augen.
»T'schuldigung. Ich glaube, die ganze Sache nimmt mich doch sehr mit.«
»Ist schon in Ordnung«, sagte Lorenzo.

»Das da drüben ist wirklich kein schöner Anblick. Wir hätten trotzdem ein paar Fragen, wäre das okay?«
Richard Brandt nickte.
»Können Sie sich vorstellen, wer so etwas getan haben könnte?«
»Nee, absolut nicht. Liselotte war ein herzensguter Mensch. Sie hat nie jemandem etwas angetan und ist in der ganzen Nachbarschaft sehr geschätzt. Ein liebenswerter und gutmütiger Mensch, so kann man sie beschreiben. Allerdings ist mir vorhin eingefallen, dass der Hund heute Nacht angeschlagen hat. Er hat sich gebärdet wie ein Verrückter.«

»Zu welcher Uhrzeit?«
»So gegen drei. Ich hab mit ihm geschimpft. Er hat sich dann wieder beruhigt, aber weiterhin immer mal wieder geknurrt.«
Der alte Mann nahm wieder sein Taschentuch aus der Hosentasche. Wischte sich erneut die feuchten Augen, kämpfte sichtlich um Fassung.
»Haben Sie dabei etwas bemerkt?«
»Nein. Normalerweise habe ich einen guten Schlaf. Meine Frau sagt immer, dass ich nachts nicht einmal merken würde, wenn ein Spielmannszug mit Trommeln und Trompeten durch unser Schlafzimmer marschieren würde.«
Der alte Polizist lächelte. Lorenzo und Jens konnten sich ein Schmunzeln ebenfalls nicht verkneifen.
Plötzlich veränderte sich das Gesicht Brandts, er wirkte nachdenklich und sagte: »Doch da war etwas. Jetzt ist es mir wieder eingefallen. Bin wohl doch manchmal etwas tüdelig. Ich bin heute Nacht aufgestanden. Der Hund hatte mich ja sowieso schon wach gemacht, also war ich noch auf der Toilette. Als ich dann zurückgegangen bin, habe ich aus dem Fenster auf die Straße hinausgesehen. Ich gähnte im Halbschlaf, aber ich glaube, ich habe Müll-Kalle gesehen, wie er auf seinem Fahrrad an einer Laterne vorbeifuhr.«
»Müll-Kalle?«, fragten Lorenzo und Jens gleichzeitig.
»Ja, Müll-Kalle. Ich meinte, dass er es gewesen ist.«
»Wer ist das?«
»Ein alter und ziemlich verschrobener Kerl, der hier in Preetz wohnt. Er ist Rentner und verdient sich sein Geld mit Müll sammeln. Pfandflaschen und sowas. Die Leute mögen ihn nicht. Er ist ein Einzelgänger und wohnt am

Stadtrand. Kalle hatte schon oft Ärger mit der Polizei und ist ein richtiger Stinkstiefel.«

»Und den haben Sie heute Nacht gesehen?«

Brandt nickte.

»Trauen Sie dem eine solche Tat zu?«

Brandt schüttelte energisch den Kopf.

»Ehrlich gesagt nicht. Wie gesagt, er ist zwar ein ziemlich raubeiniger Zeitgenosse, aber einen Mord, nein, das glaube ich nicht. Das ist einer, der nur bellt und nicht beißt. Ein Meckerpott eben.«

»Wie heißt Müll-Kalle denn mit richtigem Namen?«

»Karl Friedrich Bohnsen.«

Brandt nannte ihnen auch die Adresse. Jens Rönfeld hatte inzwischen einen kleinen Schreibblock aus seinem Sakko hervorgeholt und machte sich darin Notizen. Diesen Müll-Kalle wollten sich die beiden Kripobeamten auf jeden Fall genauer ansehen. Vielleicht war dies bereits eine erste heiße Spur.

»Hat Frau Sievers noch Verwandte oder lebte sie ganz allein in ihrem Haus?«, fragte Lorenzo weiter.

»Seit etwa zehn Jahren lebt sie völlig allein. Vor fünfzehn Jahren ist ihr Mann Rudolf gestorben. Herzinfarkt. Ganz plötzlich und unerwartet. Er kam morgens aus dem Badezimmer und brach jählings tot zusammen. Kurze Zeit später starb auch ihre Tochter Annegret an Krebs. Das waren damals schwere Schicksalsschläge für die alte Frau. Einige Zeit lang ist sie in ein tiefes, psychisches Loch gefallen. Aber sie hat sich da heraus gekämpft und ist seit einigen Jahren wieder ganz die Alte und für jeden Schabernack zu haben.«

»Soweit wir wissen, war sie früher Archäologin?«, fragte Lorenzo.
Richard Brandt nickte, stand auf und ging zu einem Bücherregal hinüber. Dort nahm er mehrere Bücher heraus und legte sie auf den Tisch.
»Die hat alle Liselotte geschrieben. Sie war ziemlich berühmt. Hat sich ihr Leben lang mit den Ureinwohnern hier im Norden befasst. Sie wusste alles. Alles, was hier geschichtlich in Schleswig-Holstein geschehen ist. Von der Steinzeit bis in die Gegenwart konnte man sie alles fragen, sie wusste es! Ein wandelndes Historienlexikon. Besonders die Slawen und die Wikinger hatten es ihr angetan. Ihr Herz blühte förmlich auf, wenn sie davon erzählen konnte, dann haben ihre Augen gestrahlt. Sie war eine hochgradig intelligente Frau, aber trotzdem ist sie immer sehr bescheiden geblieben.«
Die beiden Kripobeamten hörten aufmerksam zu.
»Gab es in der letzten Zeit irgendwelche Merkwürdigkeiten? Besondere Vorkommnisse?
Fremde Menschen, die die alte Frau besucht haben? Hatte sie mit jemandem Ärger oder Streit?«
»Nö, sie hatte eigentlich nur zu den Nachbarn Kontakt. Sie kam ja kaum noch raus, weil sie nicht mehr so gut gehen konnte, bei dem Alter ist das ja auch kein Wunder. Und Ärger hatte sie schon mal gar nicht. Sie war wirklich sehr liebenswürdig. Außerdem kommt täglich der ambulante Pflegedienst vorbei, um ihr bei der Insulinspritze zu helfen. Seit dem Tod ihrer Tochter leidet sie an Diabetes. Einmal wöchentlich nehmen Erika und ich sie mit in den Ort runter, damit sie einkaufen kann, oder wenn sie zum Arzt muss. Ansonsten lebt sie völlig allein. Das heißt nee, Moment mal.

Seit etwa einem halben Jahr kommt ab und zu eine junge Frau zu ihr. Die heißt Lina, Nachnahme kenne ich nicht. Ein nettes Mädchen. Sie sieht zwar ein bisschen verrückt aus, ist aber ausgesprochen freundlich.«

»Warum meinen Sie, dass die junge Frau verrückt aussieht?«, unterbrach Jens Rönfeld den alten Mann.
Richard Brandt lachte nun.
»Ach, so schlimm ist das gar nicht. Sie hat so rot-blaue, hoch toupierte Haare und trägt Kleidung wie diese, wie heißen die mal noch ... Punkers.«
»Wissen Sie, was sie von Frau Sievers wollte?«
»Natürlich, ich habe manchmal mit dem Mädchen gesprochen. Sie studiert Archäologie an der Uni in Kiel. Die beiden haben sich irgendwie kennengelernt. Liselotte hat ihr von ihrer Arbeit erzählt und beim Lernen fürs Studium geholfen.«
Auch diese Information notierte Jens in seinem Buch.
»Sie können uns nicht zufällig sagen, wo diese junge Dame wohnt?«
»Die Lina? Nee, aber sie hat mir mal erzählt, dass sie immer mit dem Zug von Kiel nach Preetz kommt. Ich glaube, sie wohnt in Kiel, aber genau kann ich das auch nicht sagen. Tut mir leid.«
»Hatten die beiden Termine miteinander vereinbart? Kommt diese Lina regelmäßig?«
»Das weiß ich nicht. Wie gesagt, ich habe sie nur ab und zu mal gesehen. Aber Liselotte hat von dem Mädchen geschwärmt. Sie meinte, sie sei sehr intelligent. Lina hat sich für historische Zusammenhänge interessiert. Besonderes Augenmerk zeigte sie anscheinend für die alten Slawen und

deren Kultur, genau wie Liselotte. Ansonsten kann ich euch da auch nicht weiterhelfen.«
»Ich bedanke mich ganz herzlich bei Ihnen«, sagte Lorenzo. »Sie haben uns vorerst wirklich sehr geholfen. Falls Ihnen noch etwas einfällt oder dieses Mädchen hier auftaucht, dann informieren Sie uns bitte. Sagen Sie dieser Lina, dass sie uns unbedingt kontaktieren soll.«
Der Hauptkommissar hatte eine Visitenkarte aus der Innentasche seiner schwarzen Lederjacke hervorgeholt und reichte sie Richard Brandt. Der alte Mann nahm sie entgegen, blickte kurz darauf und legte sie dann auf den Tisch.
»So Kutteldaddeldu«, sagte Richard Brandt zu seinem Hund, »nu lass den Kommissar mal aufstehen und komm von seinem Schoss runter.«
Sofort sprang der Terrier von Lorenzos Schoß. Laut bellend rannte er zur Haustür.
Die Männer verabschiedeten sich voneinander. Die Kripobeamten gingen zurück zum Haus der Ermordeten. Dabei vermieden sie es aber, noch mal in die Küche zu gehen.
Sie sprachen kurz mit Frank Zobel, aber der Kriminaltechniker konnte ihnen keine Neuigkeiten mitteilen. So machten sich Lorenzo und Jens auf den Weg zu ihrem Dienstfahrzeug. Sie würden zurück nach Kiel in die *Blume* fahren, wie ihr über Hunderte Jahre altes Verwaltungsgebäude in der Blumenstraße liebevoll von allen Beamten genannt wurde. Dort wollten sie mit ihrem Vorgesetzten Kriminaloberrat Rüdiger Rühmann sprechen und ihm von den Ereignissen in Preetz berichten.

Gegenwart – Vier

Lorenzo und Jens wollten gerade in ihren Dienstwagen einsteigen, als einer der uniformierten Polizisten hinter ihnen herrief.

»Wie gut, dass ich Sie noch erwische«, sagte der Mann. »Gerade eben habe ich eine Nachricht über den Polizeifunk erhalten. Mein Kollege würde Sie gern sprechen. Er hat wichtige Informationen für Sie, die diesen Mordfall betreffen könnten. Der Kollege wartet auf der Wache und würde sich freuen, wenn Sie bei ihm vorbeischauen könnten.«

»Wie heißt denn der gute Mann?«, fragte Lorenzo den Polizisten.

»Schneekloth, Polizeihauptmeister Schneekloth«, antwortete der Mann.

Lorenzo bedankte sich bei dem Polizisten und stieg zu Jens Rönfeld in den Wagen. Diesmal saß der Oberkommissar am Steuer des BMW. Er startete das Fahrzeug und sie fuhren langsam den Birkenweg hinunter.

Die Preetzer Polizeidienststelle lag sowieso auf dem Rückweg nach Kiel. So bogen sie kurz hinter dem Cathrinplatz auf den Hof der Wache ab, um dort ihr Fahrzeug zu parken.

Sie stiegen aus und gingen die wenigen Stufen zum Haupteingang des 1914 erbauten Gebäudes hinauf. Da die schwere, mit Ornamenten verzierte Holztür stets verschlossen war, presste Jens seinen Daumen auf den Klingelknopf. Schon nach wenigen Sekunden hörten sie den summenden Ton des Türöffners. Lorenzo drückte die Tür auf. Sie kamen in einen Vorraum. Große Glasfenster riegelten ihn vom Revier ab. Hinter einem Tresen kam ihnen bereits ein älterer Polizeihauptmeister entgegen, öffnete eine der Glastüren und ließ die Kommissare herein.

Der Beamte war um die sechzig Jahre alt. Etwa einen halben Kopf kleiner als Lorenzo. Er hatte hellgraue, fast weiße Haare und einen mächtigen, buschigen Oberlippenbart. Seine blauen Augen blinzelten den Kommissaren neugierig entgegen. Lorenzo musste unwillkürlich an Otto von Bismarck denken. Der Mann besaß eine frappierende Ähnlichkeit zum alten Reichskanzler.

»Moin, Moin. Ich bin Werner Schneekloth.« Der Mann reichte ihnen seine Hand und begrüßte die Kripobeamten. »Sie sind bestimmt die Kollegen vom Kieler K1. Lassen Sie uns doch in mein Büro gehen.«

Lorenzo und Jens stellten sich vor. Der Beamte führte sie über eine alte, knarrende Holztreppe in den ersten Stock. Dort gingen sie einen Flur entlang und kamen in ein typisches Polizeibüro. Auf dem Schreibtisch türmten sich Aktenberge. Der Monitor eines altersschwachen Computers flimmerte ihnen entgegen. Polizeihauptmeister Schneekloth nahm auf seinem Drehstuhl Platz. Die beiden Kripobeamten setzten sich auf zwei Holzstühle, die wahrscheinlich schon seit der Weimarer Republik zum Mobiliar der Dienststelle gehörten.

Trotz seiner lustigen, blauen Augen sah der Preetzer Polizist seine Kollegen ernst an.

»Nach dem Notruf bin ich einer der ersten Beamten gewesen, die am Tatort ankamen. Ein wirklich schreckliches Bild, das sich uns dort gezeigt hat.«

Lorenzo und Jens nickten dem Beamten zustimmend zu.

»So etwas Grausiges haben wir vorher auch noch nicht gesehen. Ihr Kollege hat uns gesagt, dass Sie Informationen für uns haben?«

Der Polizeihauptmeister klopfte mit seiner rechten Handfläche auf einen etwa dreißig Zentimeter hohen Aktenstapel, der sich auf seinem Schreibtisch befand.

»Als ich heute Morgen die Symbole auf dem Messergriff gesehen habe, der in der Brust der alten Dame steckte, musste ich sofort an diesen Aktenstapel denken.«

»Inwiefern?«, fragte Jens Rönfeld interessiert.

Schneekloth schenkte sich Kaffee aus einer silbernen Isolierkanne ein. Er bot auch den Kommissaren davon an, die das heiße und starke Gebräu dankend annahmen.

»Dazu muss ich etwas ausholen. Seit etwa einem halben Jahr gibt es hier in Preetz jede Menge mysteriöse Vorfälle. Zuerst dachten wir, dass irgendwelche Jugendlichen einen okkultistischen Zirkus veranstalten. Dumme-Jungen-Streiche. Aber mittlerweile haben diese Ereignisse sich zu handfesten Straftaten ausgeweitet. Es fing damit an, dass hier in Preetz immer mal wieder Haustiere verschwanden. Katzen, Hunde, Hühner. Am Stadtrand wurden sogar zwei kleine Ziegenlämmer gestohlen. Außerdem wurden auf dem Preetzer Friedhof Grabsteine umgekippt, Gräber geschändet und Kreuze gestohlen. Zudem gab es auf dem Friedhof nächtliche Ruhestörungen. Anwohner haben uns benachrichtigt und von seltsamer Musik, Kirchenglocken und Lichterscheinungen berichtet. Doch jedes Mal, wenn Kollegen dort eintrafen, war der Spuk schon wieder vorbei. Die Ruhestörer waren verschwunden. Ich ermittele jetzt schon eine geraume Zeit, aber bisher haben wir kaum konkrete Spuren.«

»Was haben diese Fälle mit dem Messergriff zu tun?«, fragte Lorenzo.
Daraufhin öffnete der Polizeihauptmeister eine der Akten, entnahm mehrere großformatige Fotos und reichte sie Lorenzo. Auf den Bildern waren verwüstete Gräber und umgekippte Grabsteine zu sehen. Auf den Steinen befanden sich lauter Symbole, die denen auf dem Messergriff sehr ähnelten. Man hatte für die Zeichnungen anscheinend rote Farbe benutzt.
Offenbar konnte Schneekloth Gedanken lesen.
»Keine Farbe. Wir haben dieses angebliche Rot analysieren lassen. Es ist Tierblut. Auch im Umfeld der Grabschändungen haben wir jede Menge Blut gefunden ... und das hier.«
Schneekloth lächelte geheimnisvoll. Er nahm eine weitere Fotografie aus der Akte heraus und reichte dem Hauptkommissar das Bild.
Lorenzo schaute auf die Ablichtung. Schlagartig sträubten sich seine Nackenhaare. Auf dem Bild konnte man eine weiße Wand sehen, völlig besudelt mit Blut und Tierinnereien. In großen Buchstaben stand dort: VELOS.
Lorenzo pfiff durch die Zähne und reichte das Bild an Jens weiter.
»Ach du Scheiße«, entfuhr es dem Oberkommissar. »Sorry, aber das ist ja interessant. Wo ist das Foto aufgenommen worden? Auch hier in Preetz?«
»Es handelt sich dabei um die Rückseite der Preetzer Friedhofskapelle. Aber das Beste und die Krönung der ganzen Geschichte kommt noch. Diese, ich nenne sie mal Verrückten, haben letzte Woche versucht eine Leiche zu stehlen.«
Lorenzo wollte gerade von seinem Kaffee trinken und verschluckte sich. Nacheinander blickte er zu Jens und dem

Polizeihauptmeister. Er wischte sich mit der Hand die Kaffeetropfen vom Mund und hustete: »Nein?«
Auch Jens Rönfeld starrte Schneekloth ungläubig an.
Schneekloth lachte bitter.

»Doch, in der Nacht zum vergangenen Donnerstag ist bei einem hier ansässigen Bestattungsunternehmen eingebrochen worden. Man hat dort tatsächlich versucht, einen der Verstorbenen aus der Kühlkammer zu entwenden. Zum Glück wohnt der Bestatter auf dem gleichen Grundstück, unmittelbar neben seinem Unternehmen. Der Mann besitzt einen Schäferhund. Dieser hat nachts angeschlagen, woraufhin der Mann nachgesehen und uns verständigt hat. Doch auch diesmal gab es keine Spuren. Die Täter waren über alle Berge, bevor meine Kollegen eingetroffen sind.«
»Und der Verstorbene?«, fragte Lorenzo. Er musste sich räuspern, denn die Kaffeetropfen kratzten immer noch in seinem Hals.
»Lag vor der Tür auf dem Hof. Anscheinend haben sie die Leiche bis dorthin geschleppt und wurden dann bei ihrer Tat gestört. Bjarne Christiansen, das ist der Bestattungsunternehmer, hat noch ein größeres Fahrzeug gesehen, das mit quietschenden Reifen davongefahren ist. Er gab zu Protokoll, dass es sich wahrscheinlich um einen dunklen Lieferwagen handelte. Mehr konnte er im Finstern leider nicht erkennen. Aber er ließ zuvor seinen Hund los. Der hätte einen der Täter fast erwischt.«
»Gab es diesmal irgendwelche Spuren?«, fragte Lorenzo und nahm noch einen Schluck Kaffee, um damit seinen Frosch im Hals runterzuschlucken.

»Nee, wie in den anderen Fällen nichts. Absolut nichts. Keine Fingerabdrücke. Nichts. Meine Kollegen und ich sind langsam der Meinung, dass wir es hier mit Poltergeistern zu tun haben.«
Wieder lachte Schneekloth bitter.
»Auch wenn es keinerlei Spuren gibt, haben Sie einen Verdacht, wer solche Aktionen veranstalten könnte. Preetz ist eine Kleinstadt. Hier kennt doch jeder jeden, da müsste doch irgendetwas auffallen?«
Schneekloth wiegte daraufhin seinen Kopf hin und her. Machte einen verkniffenen Gesichtsausdruck.

»Wir beobachten seit geraumer Zeit ein paar Jugendliche. Eigentlich sind es eher junge Erwachsene. Einer von ihnen wohnt hier in Preetz, die anderen kommen aus Kiel, Wankendorf und Plön. Es handelt sich um vier junge Männer und eine Frau. Ihr Aussehen ähnelt dem von Punks, aber auch doch wieder nicht so richtig. Die haben alle ziemlich verrückte Frisuren. Irokesenschnitt, Glatzen, verwegene Zöpfe. Sie tragen meistens mittelalterliche Kleidung. Ich sage immer zu meinen Kollegen, die könnten auch aus einem Wikinger- oder Ritterfilm entsprungen sein. Wir nennen sie hier auf dem Revier mittlerweile nur noch die Mittelalterfreaks. Natürlich haben wir ihre Personalien bereits vor geraumer Zeit aufgenommen, aber bisher sind alle eher unauffällig. Der Preetzer Mittelalterfreak scheint ihr Anführer zu sein. Hat hier am Stadtrand ein kleines, ziemlich heruntergekommenes Häuschen und ein dazugehöriges Grundstück. Er heißt Tim Martens und ist arbeitslos. Woher er das Geld hat, um das Grundstück zu finanzieren, kann ich Ihnen aber nicht sagen. Das ist uns auch ein Rätsel. Er be-

zieht nicht einmal Hartz IV oder andere Sozialhilfeleistungen. Auf dem kleinen Gelände seines Anwesens treibt sich diese Gruppe oft herum. Sie inszenieren dort irgendwelche Mittelalterspielchen. Lagerfeuer, Bier trinken und so'n Kram. Bei einem von ihnen haben wir mal etwas Marihuana gefunden, aber kaum der Rede wert. Also gehen wir davon aus, dass bei diesen Treffen auch gekifft wird. Einer von ihnen ist ganz dicke mit Martens, anscheinend sind das regelrechte Busenfreunde. Er heißt Marvin Krause, wohnhaft in Wankendorf. Azubi zum Zimmermann im elterlichen Betrieb. Die beiden anderen Herren kommen anscheinend nur sporadisch nach Preetz. Einer arbeitet bei der Müllabfuhr in Kiel und der andere ist Altenpfleger in Plön. Bunt gemischte Truppe, was?«
»Keine Auffälligkeiten bei den Personalien? Oder etwa sogar Vorstrafen?«
»Nein, nichts. Vielleicht liegen wir bei denen ja auch völlig falsch und beschuldigen sie zu Unrecht. Beweise, dass sie die Übeltäter sind, haben wir jedenfalls nicht.«
»Was ist mit der jungen Dame?«
»Sie heißt Lina Böhrnsen, wohnt in Kiel Mettenhof, zweiundzwanzig Jahre alt. Studiert an der Kieler Uni Archäologie.«
Lorenzo und Jens warfen sich einen schnellen Blick zu. Der Oberkommissar zog die Augenbrauen hoch.
»Das wird ja immer interessanter. Ich glaube, wir sollten dieser jungen Dame mal einen Besuch abstatten.«
Schneekloth sah sie verdutzt an. Die spontane Reaktion der beiden Kommissare fiel ihm sofort auf.
»Kennen Sie die junge Frau etwa?«, fragte er.

Lorenzo erzählte dem Polizisten, was ihnen Richard Brandt mitgeteilt hatte.
»Ich habe lange mit Richard zusammengearbeitet. Guter Polizist und sehr netter Kollege. Einer vom alten Schlag. Der ist schon Polizist gewesen, als die noch mit einem Tschako auf dem Kopf rumgelaufen sind. Ist jetzt schon fast zehn Jahre in Pension. Aber was Sie über diese Lina Böhrnsen erzählen, ist ja wirklich äußerst bemerkenswert. Ich gebe Ihnen hier mal ihre Kieler Adresse«, meinte Schneekloth daraufhin und schrieb etwas auf einen kleinen Zettel, den er Lorenzo reichte.
Lorenzo fuhr sich mit seiner rechten Hand durch die Haare.
»Die junge Dame können wir später noch aufsuchen. Ich würde mir gern mal dieses Grundstück von Tim Martens ansehen. Außerdem möchte ich auch diesen Bestattungsunternehmer Christiansen sprechen. Hätten Sie vielleicht Zeit und Lust uns zu begleiten?«, fragte er Schneekloth.
»Na klar, immer doch. Wollen wir gleich los. Wir könnten einen unserer Dienstwagen nehmen und ich zeige Ihnen alles.«
Die beiden Kripobeamten willigten ein. Schneekloth nahm seine Schirmmütze, zog seine Jacke an und meldete sich bei seinen Kollegen ab.
Gemeinsam verließen sie die Preetzer Dienststelle und stiegen in einen Streifenwagen ein. Sie fuhren vom Hof der Wache und Schneekloth steuerte den Wagen in Richtung Süden.
Im Fahrzeug wandte Lorenzo sich an Schneekloth.
»Kennen Sie einen Mann namens Karl Friedrich Bohnsen?«
»Müll-Kalle«, rief Schneekloth erstaunt. »Natürlich kenne ich den. Mit Bohnsen haben wir alle paar Wochen einmal

zu tun. Das ist in ganz Preetz der größte Stänkerer, den es gibt. Ich glaube, es gibt im ganzen Ort niemanden, der den alten Zausel mag. Der meckert bereits rum, wenn man ihn auch nur anspricht. Wie kommen Sie denn mit einmal auf Kalle?«

Lorenzo erzählte ihm, was sie von Richard Brandt erfahren hatten und Schneekloth hörte belustigt zu.

»Also Müll-Kalle, der stibitzt vielleicht mal irgendwo etwas oder beleidigt seine Mitmenschen, aber einen Mord? Nie im Leben. Eigentlich ist der sogar einigermaßen friedlich, solange man ihn in Ruhe lässt. Der ist ziemlich eigen und ein regelrechter Schmuddel. Manchmal ärgern ihn die Leute und ziehen ihn auf, dann flippt er natürlich aus. Gelegentlich wird er dabei auch handgreiflich, aber einen Mord? Nein, das kann ich mir beim besten Willen nicht vorstellen. Wenn Sie wollen, besuchen wir ihn gleich, nachdem wir bei Martens waren. Sie werden Ihre Freude mit dem ollen Zausel haben.«

*

Sie fuhren mit Schneekloth an den südlichen Stadtrand von Preetz. Dort zeigte der Streifenpolizist ihnen das Anwesen von Tim Martens. Das heruntergekommene Haus lag etwas abseits von Preetz in der sogenannten Feldmark. Haus und Hof machten wirklich einen ziemlich verwahrlosten Eindruck. Als sie langsam an dem Grundstück vorbeifuhren, rührte sich dort nichts. Offenbar war momentan niemand anwesend.

Danach fuhr Schneekloth mit ihnen zum Bestattungsunternehmer Bjarne Christiansen. Sie schauten sich die Örtlichkeiten an. Allerdings ergab sich bei der Befragung des Bestatters nichts. In der Nacht, als die Leiche bei ihm gestohlen werden sollte, konnte er kaum etwas von den Tätern erkennen.

Nun machten sie sich auf den Weg zum Grundstück von Karl Friedrich Bohnsen. Er besaß ein kleines Holzhaus im Nordwesten von Preetz, außerhalb der Ortschaft, an der Preetzer Landstraße. Als sie auf das Grundstück fuhren, hatten sie den Eindruck, auf eine Müllhalde zu kommen. Auf dem gesamten Areal lagen Haufen von Gerümpel, Bauschutt, Holzabfälle und anderem Unrat herum. Rund um das Haus stapelten sich Berge von Brennholz.
In einem Zwinger befand sich ein gefährlich aussehender Schäferhund, der sofort anfing zu bellen, als die Männer aus ihrem Auto ausstiegen.
Sie schauten sich auf dem Gelände um, aber von Bohnsen war nirgendwo etwas zu sehen. Schneekloth meinte, dass Bohnsen stets mit einem altersschwachen Fahrrad unterwegs sein würde, aber auch von dem Vehikel war nichts zu entdecken.

Jens schaute während ihres Rundganges in einen verwitterten Holzschuppen, eigentlich eher eine Ruine. Darin befanden sich fünf 10-Liter-Kanister, die wahrscheinlich Benzin enthielten. Außerdem gab es dort auch noch einige größere Papiertüten mit Zement und anderen undefinierbaren Baustoffen.
Der wütende Hund bellte ununterbrochen.
Wahrscheinlich gleicht das Tier verbal seinem Herren, dachte Lorenzo.

Er und Jens nahmen sich vor, Müll-Kalle demnächst noch mal einen Besuch abzustatten. Sie mussten unbedingt mit diesem Eigenbrötler sprechen.

Vielleicht hatte er ja in der letzten Nacht etwas Verdächtiges im Birkenweg gesehen, oder der Mann war sogar in den Mord von Lieselotte Sievers verwickelt.
Als sie wieder vor der Preetzer Polizeidienststelle waren, verabschiedeten sich die beiden Kripobeamten von Schneekloth und fuhren in das Kieler Präsidium zur Blumenstraße zurück.

Codex Slavicum – Esesfelth und der Weg nach Haithabu

Sie waren seit Tagen unterwegs. Immer Richtung Westen. Die Landschaft und die Zeit glitten stumpfsinnig an Vlad vorüber. Zwei der Sachsen waren kurz hinter Porsvelde verschwunden. Die übrigen Männer redeten so gut wie nie miteinander. Schweigsame Gesellen mit missmutigen Gesichtern. Sie ritten durch das Land. Mieden die spärlichen Dörfer und Ansiedlungen. Nach drei Tag erreichten sie einen großen Fluss. Dort sprach einer der sächsischen Mörder mit dem jungen Abodriten. Er erzählte ihm, dass der Fluss die Sturia wäre. Sie würden sich ganz in Nähe zur Burg Esesfelth befinden. Dort würde für Vlad eine neue Zukunft beginnen, fügte der Mann grinsend hinzu. Vlad wunderte sich darüber, dass ihn der Mann auf Slawisch ansprach. Sie ritten entlang der Sturia immer weiter nach Westen, bis sie nach einigen Stunden auf eine Waldlichtung

kamen. Schon von Weitem konnte man das Feuer riechen. Sie erreichten ein kleines, verstecktes Lager. Dort befanden sich zwei kleine Zelte. Drei Männer saßen um das Feuer herum. Als diese Männer die Reiter bemerkten, erhoben sie sich. Langsam kamen sie ihnen entgegen. Es waren hünenhafte Männer mit langen Haaren und wilden Bärten. In der Nähe des Feuers lehnten runde Kampfschilde an einem Baum. Die Hünen waren mit langen Schwertern und Streitäxten bewaffnet.
Vlads Onkel aus Porece hatte ihm oft von den Nordmännern erzählt. Den Wikingern. Finstere Gesellen, die hoch oben im Norden lebten. In einem Land, das Danmark hieß. Nach den Beschreibungen seines Onkels mussten diese Männer Wikinger sein.
In einiger Entfernung zum Lagerfeuer saßen acht Jungen, die etwa das Alter von Vlad haben mussten. Sie waren an den Beinen gefesselt. Stumpfsinnig blickten sie zu den Ankömmlingen herüber. Den Meisten von ihnen konnte man ansehen, dass sie alle Hoffnung aufgegeben hatten.
Jetzt erklärte sich Vlad alles. Diese wilden Männer waren Sklavenhändler. Er sollte hier verkauft werden. Sein Onkel hatte ihm damals erzählt, dass die Wikinger einen regen Handel mit Sklaven betrieben. Oben im Norden, an einem Fluss, der Slie hieß, gebe es eine große Stadt. Sein Onkel reiste vor vielen Jahren einmal dorthin, um Handel zu treiben. Hatte Felle gegen Bernstein und Silber eingetauscht. Dabei hatte er ein gutes Geschäft gemacht. Er hatte Vlad weiterhin berichtet, dass in dieser Stadt sehr viele Menschen lebten. Er habe dort sogar Leute gesehen, die eine schwarze Hautfarbe besaßen. Unglaublich. Vlad überlegte, wie der

Name dieses Ortes lautete. Es fiel ihm tatsächlich wieder ein. Haithabu. Die Stadt hieß Haithabu.

Der Anführer der Wikinger, ein rothaariger Mann, erhob die Hand zum Gruß. Die Sachsen sprachen mit den Nordmännern. Sie kannten sich anscheinend von früheren Begegnungen. Schnell wechselten einige Silberstücke den Besitzer. Die Sachsen verschwanden kurz darauf, ohne noch einmal zurückzublicken.

Vlad stand allein auf der Waldlichtung. Wusste nicht, was er machen sollte. Einer der Wikinger kam nun auf ihn zu. Der junge Abodrite hatte stets gedacht, dass sein Vater der größte Mann gewesen sei, den er kannte. Aber dieser blonde Nordmann war bestimmt mehr als einen Kopf größer. Der Wikinger lächelte Vlad an und warf ihm einen schrumpeligen Apfel zu, den der Junge geschickt auffing. Der Hüne gab ihm zu verstehen, dass er sich zu den anderen Jungen setzen sollte. Vlad gehorchte. Nahm auf dem Waldboden Platz und biss in den Apfel. Da er seit Tagen nichts Richtiges mehr gegessen hatte, schmeckte ihm die Frucht köstlich.

Nachdem der Wikinger zurück zum Lagerfeuer gegangen war, sah Vlad in die Gesichter der Mitgefangenen. Sie blickten alle traurig und apathisch auf den Boden. Einer weinte ununterbrochen. Doch ein dunkelhaariger Junge, der schon leichten Bartflaum im Gesicht besaß, blickte ihn neugierig an und grinste, bevor er Vlad auf slawisch ansprach.

Er hieß Pribislaw und erzählte Vlad, dass er vor einigen Tagen aus seinem Dorf fortgelaufenen wäre und sofort in die Hände der Wikinger gefallen sei. Das Dorf, in dem er gelebt hatte, hieß Pogeez. Es lag in der Nähe eines großen Sees, nicht weit entfernt von Racesborg. Der junge Mann wirkte in keinerlei Weise traurig. Seine Eltern seien schon lange tot. Er lebte, mehr schlecht als recht, bei Verwandten. Dort schlug man ihn ständig. Schlimmer könne es nirgendwo sein, so lautete seine Meinung. Er schien eine rechte Frohnatur zu sein. Pribislaw erzählte Vlad, dass die anderen Jungen nur am Jammern und Weinen waren. Zwei von ihnen seien Friesen, einer kam aus Hammaburg. Die restlichen Burschen würden nie sprechen. So befreundete Vlad sich mit dem jungen Abodriten. Sie verstanden sich auf Anhieb.

Am nächsten Tag brachen die Wikinger frühzeitig auf. Die Reise Richtung Norden dauerte mehrere Tage. Die Nordmänner ritten auf kleinen, gedrungenen Pferden. Es waren kräftige und ausdauernde Tiere. Damit sie schnell vorankamen, saß auch jeder ihrer neuerworbenen jungen Sklaven auf einem dieser Pferde. Dazu gab es auch noch drei Packtiere.

Sie bewegten sich meistens durch unbewohntes Gebiet. Mieden Ansiedlungen. Von den Wikingern wurden die Jungen gut behandelt. Sie bekamen regelmäßige Mahlzeiten und Wasser. Sogar Trockenfleisch und Stockfisch gab es. Am zweiten Abend gab der Hüne ihnen sogar etwas Met. Außerdem kam es den Jugendlichen vor, als würde der Vorrat an verschrumpelten Äpfeln nie enden. Vlad und Pribislaw meinten, dass es kein Wunder wäre, dass sie so gut behandelt wurden, denn sie sollten ja schließlich einen guten Eindruck auf dem Sklavenmarkt machen, um einen vernünftigen Preis zu erbringen. Abgemagerte und ausgezehrte Jungen würden den Wert drücken.

Nach einigen Tagen erreichte die kleine Reisegruppe einen großen Wall. Diese Anlage zog sich von einer Seite des Horizonts bis zur anderen hin. Auf ihrem Kamm thronte eine

Palisade aus dicken, angespitzten Eichenstämmen. In etwa einer Meile Entfernung erblickten sie einen Wachturm. Dort befand sich eine gesicherte Passage durch den Wall, die man mit einem großen Tor verschließen konnte.
Als sie sich dem Tor näherten, wurden sie von den Wachposten begrüßt. Anscheinend kannten sich die Männer gut. Die Nordmänner auf dem Turm sahen genau so verwegen aus wie die Sklavenhändler. Ohne Probleme ließ man sie durch das Tor. Sie kamen nun auf einen gut befestigten Weg. Wieder ritten sie eine geraume Zeit weiter nach Norden. Wenig später erreichten sie eine weitere Wallanlage. Auch diese Befestigung wurde von Männern bewacht. Man ließ sie auch dort passieren. Später erfuhr Vlad, dass dies das Danewerk sei.
Kurz vor Sonnenuntergang überquerten sie einen Hügel. Vom Kamm aus erblickten sie erstmalig die große Stadt. Niemals in ihrem Leben hatten die Jungen so viele Häuser gesehen. Hier mussten Tausende von Menschen leben. Halbkreisförmig umgaben die Stadt mehrere Befestigungsanlagen, die aus Wällen und Wassergräben bestanden. Dahinter sah man das Wasser der Slie. Es gab mehrere lange und kurze Brücken, die teilweise weit in den Fluss hineingebaut waren. An diesen Anlegestellen befanden sich annähernd mehr als hundert Boote in verschiedenen Größen. Auf dem großen Fluss dümpelten fünf hochseetüchtige Drachenboote, die eine bedrohliche Stärke ausstrahlten. Am Bug ihrer Rümpfe befanden sich furchterregende Drachenköpfe. Jedes dieser Schiffe war bestimmt an die dreißig bis fünfzig Schritte lang. Niemals hätten Vlad und Pribislaw gedacht, dass es möglich war, solch gewaltige Boote zu bau-

en. Wahrscheinlich konnten über hundert Männer auf jedem einzelnen dieser Schiffe die Meere befahren.
Vom Hügel aus sahen sie zudem ein geschäftiges Durcheinander von Menschen. Ein reges Treiben herrschte an den Anlegestellen, den Marktplätzen und zwischen den Häusern. Aus den Schornsteinen der Häuser kräuselte sich Rauch zum Himmel empor. Vlad konnte die vielen Schornsteine nicht zählen.
Noch niemals in seinem kurzen Leben hatte Vlad so eine gewaltige Menge von Menschen gesehen. Ein Ameisenhaufen voller Leute.
Sie hatten Haithabu erreicht.

Gegenwart – Fünf

Kriminaloberrat Rüdiger Rühmann schüttelte betroffen den Kopf. Auf seinem Schreibtisch lagen die Aufnahmen der toten Rentnerin Liselotte Sievers. Erst vor ein paar Minuten hatte ihm ein Mitarbeiter der Kriminaltechnik die großformatigen Fotos hereingereicht. Als Rühmann die Bilder betrachtete, war er froh, dass er diesen Anblick nicht in Natura erleben musste.
»Wenn Sie mich fragen, dann haben wir es hier mit einem Psychopathen zu tun«, sagte Rühmann. »Blanker Irrsinn. Das ist ja das reinste Schlachtfeld.«
Der sechzigjährige, extrem übergewichtige Chef der Kieler Mordkommission blickte immer wieder auf die grauenhaften Bilder. Er konnte kaum fassen, was er dort sah.
Rühmann war bei seinen Mitarbeitern äußerst beliebt. Wer den mindestens einhundertzwanzig Kilogramm schweren

Mann zum ersten Mal sah, hatte den Eindruck, einen vergeistigten Universitätsprofessor vor sich zu haben. Aber der erste Anschein täuschte. Stets trug der Kriminaloberrat einen grauen Anzug. Auch seine etwas längeren Haare ließen nicht sofort erkennen, dass es sich hier um einen intelligenten Kriminalanalytiker handelte, der mit seinem scharfen Verstand bereits so manchen Kriminellen zur Strecke gebracht hatte.

»Kaum zu glauben, dass so etwas in unserem beschaulichen Schleswig-Holstein geschehen ist«, sagte Rühmann.

Ihm gegenüber saßen Lorenzo Bartonelli, Jens Rönfeld und die junge Kommissarin Jenny Breitfeld. Die beiden Kommissare hatten gerade von ihren bisherigen Ermittlungen in Preetz berichtet. Sie waren vor einer halben Stunde zurück ins Präsidium gekommen. Die Kommissare hatten ihren Bericht noch nicht ganz beendet, als ein Mitarbeiter der Kriminaltechnik ihnen die Fotos vom Tatort hereingereicht hatte.

»Mich interessieren diese Mittelalterfreaks«, sagte Kriminaloberrat Rühmann. »Wir müssen diese Jugendlichen genauer unter die Lupe nehmen. Mein sechster Sinn sagt mir, dass diese jungen Herrschaften irgendetwas mit den mysteriösen Vorkommnissen in Preetz zu tun haben. Vielleicht bringt uns diese Spur sogar zu dem Psychopathen, der dieses Blutbad angerichtet hat. Aber wir sollten vorerst vorsichtig handeln. Es wäre gut, wenn diese Jugendlichen gar nicht bemerken, dass wir auf sie aufmerksam geworden sind. Vielleicht überprüfen und observieren wir sie insgeheim. Des Weiteren sollten wir diesen Müll-Kalle noch mal unter die Lupe nehmen. Der erscheint mir auch nicht so ganz ko-

scher. Vielleicht schauen wir bei dem heute Nachmittag noch mal vorbei. Kleiner Überraschungsbesuch.«
Alle nickten und stimmten dieser Taktik zu.
»Was mich wundert, ist, dass es überhaupt keine Spuren bei diesen Preetzer Ereignissen gibt.

Ich bin gespannt, ob Frank Zobel in dem Haus der Ermordeten etwas findet, worauf wir bauen können«, sagte Lorenzo, der sich wieder einmal mit seiner rechten Hand durch die Haare fuhr.
»Außerdem habe ich vor, heute Abend Professor Snider nach der Ermordeten zu befragen. Ich könnte mir vorstellen, dass der alte Archäologie-Professor Liselotte Sievers vielleicht kannte. So viele Archäologen gibt es ja schließlich nicht. Zudem wäre es nicht das erste Mal, dass Old Henry uns bei einem Fall behilflich wäre.«
Kriminaloberrat Rühmann nickte zustimmend.
»Gute Idee. Grüßen Sie die beiden alten Herren bitte von mir, wenn Sie zu Hause in Tüxendorf sind. Ich schätze Professor Snider sehr, und auch Ihr Onkel, Herr Stoltenberg, ist ein äußerst amüsanter Zeitgenosse.«
Lorenzo musste lachen, ja, die beiden alten Männer, die zusammen auf einem Bauernhof in Tüxendorf

am Großen Plöner See lebten, waren wirklich ein uriges Gespann und schon seit ihrer Kindheit gute Freunde.

Plötzlich bemerkte Lorenzo, dass es in seiner rechten Hosentasche vibrierte. Er fischte sein Smartphone heraus. Nachdem sich der Hauptkommissar gemeldet hatte, hörte er seinem Gesprächspartner einige Zeit aufmerksam zu, ohne diesen mit Nachfragen zu unterbrechen. Immer wieder nickte er. Seine Gesichtszüge wurden im Laufe des Gesprächs immer ernster. Seine Kollegen beobachteten ihn neugierig.

»Okay, ich danke Ihnen für diese Information. Wir sind in gut einer halben Stunde bei Ihnen in Preetz. Bis gleich. Tschüss.«

Lorenzo beendete das Gespräch und steckte sein Handy wieder zurück in die Hosentasche. Jens Rönfeld, Kriminaloberrat Rühmann und Jenny Breitfeld sahen ihn erwartungsvoll an.

»Polizeihauptmeister Schneekloth von der Preetzer Dienststelle hat Neuigkeiten. Er hat mich davon in Kenntnis gesetzt, dass vor etwa zwanzig Minuten ein Notruf in der Notruf-Leitzentrale eingegangen ist. Die Feuerwehr in Preetz musste zu einem Großbrand ausrücken. Anscheinend brennt das Haus von diesem Tim Martens. Schneekloth und seine Kollegen sind bereits dort, um die Gegend abzusichern. Er berichtet, dass das Gebäude lichterloh in Flammen steht. Die Feuerwehr sieht wohl keine Möglichkeit mehr, das Haus zu retten. Es soll sich um ein infernalisches Feuer handeln. Die Einsatzkräfte sind darum bemüht, ein Übergreifen der Flammen auf einen benachbarten Wald zu verhindern. Sie lassen das Haus jetzt kontrolliert abbrennen. Auch weiß niemand, ob sich noch Personen in dem brennenden Gebäude befinden. Meinem Erachten nach ist das ein sehr merkwürdiger Zufall.«

»Ja, äußerst mysteriös«, stimmte ihm Rühmann zu.

Lorenzo stand auf und blickte in die Runde.

»Herr Rönfeld und ich werden uns sofort auf den Weg nach Preetz machen, um uns das Geschehen vor Ort anzusehen. Vielleicht können wir dort etwas entdecken«, sagte er.
Rühmann schüttelte energisch den Kopf.
»Nein, mein lieber Herr Bartonelli. Wir beide werden zusammen nach Preetz fahren. Kollege Rönfeld wird für heute Feierabend machen und seinen letzten Nachmittag vor der Fortbildung in Wiesbaden zusammen mit seiner Familie genießen. Überstunden haben wir ja schließlich alle genug.«
Der Kriminaloberrat grinste jovial und sah Jens Rönfeld freundlich an.
»Sie fahren schön nach Hause und grüßen Ihre Familie von uns. Herr Bartonelli und ich, wir kümmern uns um diesen Brand in Preetz. Ich bin schon lange nicht mehr bei einem Außeneinsatz dabei gewesen. Also?!«
Der beleibte Chef der K1 blickte belustigt in die Runde seiner Mitarbeiter. Jens Rönfeld wunderte sich zuerst, beschloss aber, diesem Befehl Folge zu leisten, und freute sich bereits auf diese überraschend geschenkte Freizeit, die er nun mit seiner Ehefrau Doris und den beiden Töchtern genießen wollte. Er bedankte sich. Gemeinsam verließen sie das Büro Rühmanns. Auf dem Flur verabschiedeten sich alle vom Oberkommissar. Sie wünschten ihm viel Erfolg in Wiesbaden.
»Dann kümmere ich mich um diese Lina Böhrnsen und versuche sie aufzuspüren, um sie dann zu observieren«, rief Jenny Breitfeld dem Kriminaloberrat und Lorenzo hinterher, die beide dem Ausgang zustrebten.
Rühmann blieb abrupt auf der Treppe stehen und wandte sich zu ihr um.

»Gute Idee, Kollegin«, erwiderte er. »Wir bleiben in telefonischem Kontakt. Aber nehmen Sie sich zur Unterstützung jemanden vom Kriminaldauerdienst mit.«
Ohne eine Antwort abzuwarten, stieg er auch schon die Treppe hinunter und folgte Lorenzo durch die Tür.
Jenny Breitfeld zuckte mit den Achseln und murmelte genervt: »Männer!«

Gegenwart – Sechs

Als die beiden Kieler Kriminalbeamten Preetz erreichten, konnten sie schon von Weitem die dunklen Rauchschwaden erkennen, die von der südlich gelegenen Feldmark über die alte Schusterstadt in Richtung Norden geweht wurden. Es musste wirklich ein großes Feuer sein, das dort wütete.
Am Brandort erwartete sie ein Blaulichtgewitter der Einsatzfahrzeuge. Ein dunkler, beißender Smog hüllte die ganze Gegend ein. Es sah aus, als ob dicker Nebel über der Feldmark lag. Die Einsatzkräfte der Freiwilligen Feuerwehr Preetz bekämpften das Feuer aus mehreren Richtungen gleichzeitig. Sie versuchten verzweifelt, ein Überspringen der Flammen auf einen nahe gelegenen Wald zu verhindern. Die meisten Einsatzkräfte trugen Atemschutzgeräte. Zum Glück lag das Grundstück von Tim Martens ziemlich isoliert, fast mitten in einem kleinen Wald. Nördlich begrenzt durch anliegende Felder und Weiden. Benachbarte Häuser befanden sich gottlob mehrere hundert Meter weit entfernt.
Die Kameraden der Preetzer Feuerwehr sowie weitere Wehren aus der Umgebung gingen bei ihrer Arbeit äußerst professionell vor. Jeder ihrer Handgriffe wurde fachkundig

durchgeführt, was bei diesem Großfeuer extrem gefährlich war. Immer wieder hörte man Explosionen in dem brennenden Gebäude. Die Einsatzkräfte erschraken jedes Mal und duckten sich.
Lorenzo bewunderte stets, mit wie viel Enthusiasmus und Engagement die Frauen und Männer der Feuerwehren im Land ihrer meist ehrenamtlichen Tätigkeit nachgingen. Oft aufopferungsvoll und den Gefahren eines Unfalls ausgesetzt. Man konnte diesen Menschen gar nicht genug danken, die mit ihrer Arbeit so viel Gutes für das Gemeinwohl der Menschen ausrichteten.

Als die Kripobeamten aus ihrem BMW ausstiegen, schlug ihnen ein beißender Geruch entgegen. Rühmann musste unwillkürlich anfangen zu husten. Durch die dicken Rauchwolken kam ihnen bereits Schneekloth entgegen. Er trug einen Mundschutz und bugsierte die Kieler Kollegen ein Stück den Sandweg hinauf, wo die Luft besser war. Schneekloth nahm seinen Mundschutz vom Gesicht und räusperte sich ausgiebig.
»Das Haus ist nicht mehr zu retten. Die Feuerwehr tut ihr Bestes, aber sie können das Feuer nur noch kontrolliert abbrennen lassen. Der Nachbar, der den Brand zuerst bemerkt und gemeldet hat, meinte, dass er Tim Martens kurz zuvor noch gesehen hat. Anscheinend ist der junge Mann noch im Haus. Wenn er sich dort drinnen aufhält, ist er mit absoluter Sicherheit bereits tot. Momentan kann wirklich niemand zu einer Rettungsmaßnahme in diese Flammenhölle hinein. Das wäre reinster Selbstmord. Der Wehrführer vermutet, dass in dem Haus gezielt große Mengen von Brandbeschleunigern und brennbaren Materialien entzündet wur-

den. Es riecht extrem nach Thermit und brennenden Kraftstoffen. Da will wohl jemand, dass dort alles vernichtet wird, was sich im Haus befindet. Das ist das größte Feuer, das ich in meiner gesamten Dienstzeit hier in Preetz erlebt habe.«

Die Ausführungen Schneekloths konnten Lorenzo und Rühmann nur bestätigen. Man spürte auch hier, fast zweihundert Meter entfernt, noch die große Hitzeentwicklung, die von dem Brand ausging. Durch den Rauch konnten die Männer sehen, dass die Flammen bis zu fünfzig Meter hoch in den Himmel emporstiegen. Zudem lag ein bestialischer, beißender Geruch in der Luft, der Lorenzo an brennende Autoreifen und die Flamme eines Schweißgerätes erinnerte. Er fragte sich, was im Haus wohl für sonderbare Substanzen brannten? Schneekloth hatte recht, bei dieser Feuersbrunst würden es die Kriminaltechnik schwer haben, noch irgendwelche Spuren in der Ruine zu entdecken.

Lorenzo sah Schneekloth fragend an.

»Thermit? Wird das nicht zum Verschweißen von Bahnschienen benutzt?«

»Ganz genau«, erwiderte der Preetzer Polizist. »Der Wehrführer meint, dass dieses Thermit nur extrem schwer zu löschen sei. Er vermutet, dass in dem Gebäude eine ganze Menge von diesem Höllenzeug brennt. Wenn es erst einmal entflammt ist, kann man es nur noch ausbrennen lassen.«

»Sollte sich im Haus wirklich noch jemand aufhalten, hat derjenige absolut keine Überlebenschance«, meldete sich nun auch der wohlbeleibte Chef der Kieler K1 zu Wort.

Polizeihauptmeister Schneekloth nickte zustimmend.

»Jeder Rettungsversuch vonseiten der Feuerwehr wäre blanker Wahnsinn. Allein sich dem brennenden Gebäude zu

nähern, wäre schon Selbstmord. Wahrscheinlich wird es jeden Moment einstürzen. Vor morgen früh kann wirklich niemand auch nur in die Nähe des Hauses!«
Sie hatten in Bohnsens Schuppen mehrere Benzinkanister gefunden! Erst jetzt erinnerte Lorenzo sich daran. Schnell erzählte er Rühmann davon.
Der Kriminaloberrat meinte, dass ein kleiner Abstecher dorthin nicht schaden könnte, denn sie wollten ja ohnehin mit dem Querkopf sprechen.
Auch Schneekloth fand die Idee gut, war momentan aber an der Brandstelle unabkömmlich.
Lorenzo und Rühmann hatten genug gesehen, hier konnten sie momentan nichts mehr tun. Sie verabschiedeten sich von Schneekloth und gingen zurück zu ihrem Fahrzeug.
Auf dem Weg zu Bohnsens Haus konnten sie noch in ganz Preetz den beißenden Geruch des Feuers wahrnehmen. Erst als sie einen Kilometer entfernt waren, wurde die Luft klarer.
Auch bei ihrem zweiten Besuch auf Müll-Kalles Grundstück war dieser nicht dort. Der Schäferhund bellte, aber von Bohnsen gab es keine Spur.
Lorenzo ging zum Schuppen und spähte durch die löchrige Tür. Leise pfiff er durch die Zähne. Von den fünf Benzinkanistern, die noch vor kurzer Zeit hier standen, fehlten zwei.
Rühmann erstaunte dieser Sachverhalt ebenfalls. Sie stiegen wieder in den BMW ein. Lorenzo rief Schneekloth an und teilte ihm mit, was sie gerade entdeckt hatten. Sie verabredeten, dass Schneekloth dafür sorgen sollte, dass seine Kollegen und er die Augen offenhielten und nach Bohnsen such-

ten. Schneekloth würde sich bei den Kollegen der K1 melden, sowie sie den Querkopf gefunden hatten.
»Ich bin gespannt, was uns dieser Müll-Kalle für eine Geschichte auftischt und vor allem, was die Spurensicherung morgen in dem abgebrannten Haus finden wird«, sagte Lorenzo. Er schaute seinen Vorgesetzten auf dem Beifahrersitz kurz an.
Dieser blickte nachdenklich aus dem Fenster und beobachtete die ihnen entgegenkommenden Fahrzeuge. Es vergingen einige Minuten, bis Rühmann antwortete.
»Ich auch, Herr Bartonelli! Ich auch!«

Codex Slavicum – Die Aufzeichnungen des Abtes Magnus von Bremen beginnen

Die winzige Kammer war nur spärlich beleuchtet. Eine dicke Kerze stand auf dem Schreibpult und versuchte, mit ihrer kleinen Flamme, den Raum zu erhellen. Bruder Magnus legte den Federkiel behutsam auf den Tisch. Er rieb sich mit Daumen und Zeigefinger der rechten Hand seine übermüdeten Augen. Die Erinnerungen übermannten ihn. Es war lange her. Sehr lange. Schon seit geraumer Zeit hatte der alte Abt des Bremer Klosters Sankt Paul geplant seine Lebensgeschichte aufzuschreiben. Nun, im hohen Alter von fast siebzig Jahren, konnte er sein Werk endlich beginnen.
Bin ich wirklich schon so alt? Wo ist nur die Zeit geblieben, überlegte er.

Damals, als alles begann, war er noch so jung gewesen. Vor über fünfzig Jahren. In den großen Wäldern von Isenhorn.

Am Limes Saxoniae. Unweit des heiligen Fluss Sventana wuchs er auf. Er war dort glücklich gewesen, bis diese Sachsen kamen und ihn aus seiner Kindheit rissen. An seine Eltern, die damals auf grausame Weise umkamen, konnte er sich so gut wie kaum noch erinnern. Aber seine Schwester sah er immer noch, wie sie völlig nackt zum Ufer des Pastsees lief. Ihm zurief, er solle tapfer sein. Sie floh vor den brutalen Mördern. Verschwand in den Fluten des großen Sees.

Wie lange das her war! Er schüttelte langsam den Kopf.
Manche seiner Erinnerungen waren verblasst. Einige der Bilder blieben so lebhaft in seinem Kopf, als wären sie erst gestern geschehen.
Schon einmal hatte er zur Feder gegriffen und alles aufgeschrieben. Damals war er noch ein junger Mönch gewesen. Die Erinnerungen an die Geschehnisse waren damals frisch. Nun war er alt geworden. Er hoffte, dass dieser schreckliche Bericht noch wohl verschlossen in seinem Urnengrab lag. Gleichzeitig wollte er diese Geschichte nun noch mal aufschreiben.
Die Jahre waren ins Land gezogen. Inzwischen betrachtete er die Sache etwas distanzierter. Aber immer noch liefen ihm Schauer über den Rücken, wenn er an diesen Fluch dachte. Zudem übermannte ihn immer wieder die Trauer, wenn er an Liljana und Harald dachte ... und an Grå Ulv. Er vermisste sie alle.
Sobald Abt Magnus seine Aufzeichnungen beendet hatte, wollte er sie zu den Chroniken des Klosters legen. Dann konnte er in Ruhe vor seinen Schöpfer treten. Er schmunzelte, denn er hoffte, dass das noch etwas dauern würde.

Bruder Magnus nahm den Federkiel wieder in seine Hand. Er tunkte die Spitze des Schreibgerätes in die Tinte, rückte das Pergament zurecht und begann wieder zu schreiben.
Obwohl ich so viel Leid in den letzten Tagen erlitten hatte, staunte ich. Ich staunte über diese große Stadt.
Haithabu.
In meinem ganzen Leben hatte ich bisher noch niemals einen so großen Ort gesehen. Sicherlich, ich ging mit meinen Eltern öfter einmal nach Porece, aber dort lebten nur wenige Menschen. Nicht einmal auf der Olsburg und in Plune gab es annähernd so viel Volk wie in dieser Wikingerstadt. Als junger Knabe erschien es mir damals, als ob sich Haithabu bis zum Horizont erstrecken würde. Es gab so viele Menschen wie Sterne am Himmel. Mir wurde schwindlig bei diesem Gewimmel und der Lautstärke von so viel Treiben.

Auch Pribislaw kam aus dem Staunen nicht mehr heraus. Als wir durch die engen Gassen und Straßen ritten, gafften wir aus offenen Mündern dem emsigen Treiben entgegen.
Mitten in der Stadt trennten sich die Wikinger. Wir Gefangenen wurden unter ihnen aufgeteilt. Pribislaw und ich wurden dem großen Blonden zugeteilt. Auf der Reise hatten wir mitbekommen, dass er Gunnar hieß. Er entpuppte sich als einigermaßen freundlich. Immer wieder hatte er uns mit diesen schrumpligen Äpfeln versorgt. Pribislaw und ich atmeten erleichtert auf und wir freuten uns, dass wir mit ihm gehen durften. Seine Statur war die von einem Hünen. Sein Gesicht konnten wir unter dem dichten Bart kaum erkennen. Meistens sah es aber so aus, als ob er grinsen würde. Seine hellblauen Augen schienen regelrecht zu leuchten.

Nach kurzer Zeit kamen wir zu einem Haus, das ziemlich nahe am Hafen lag. Hier roch es modrig und nach Fisch. Zudem befand sich die Hütte in der Nähe der Stadtmauer. Eigentlich eher eine kleine Kate als ein Haus. Die Wände bestanden aus Lehm und das Dach war mit Reet gedeckt. Wie sich schnell herausstellte, gehörte diese Hütte Gunnar. Er lebte hier mit seiner Frau Stina, vier kleinen Kinder und seiner Mutter.

Nachdem wir die Pferde versorgt hatten, sperrte er uns in einen kleinen Stall, der zum Haus gehörte. Da saßen wir nun, zusammen mit zwei borstigen Schweinen, und so kamen wir uns auch vor. Wie Schweine. Es stank erbärmlich. Wir ebenso. Wir waren armselige, bemitleidenswerte Kreaturen, die darauf warteten, bald verkauft zu werden. Wir überlegten, ob wir versuchen sollten von hier zu entfliehen. Aber was würde es bringen? In dieser völlig fremden Stadt gäbe es für uns keine Fluchtmöglichkeit. Die Wikinger würden uns sofort wieder einfangen und hart bestrafen. Also harrten wir der Dinge, die da kommen sollten.

Kurz vor der Dämmerung kam tatsächlich etwas. Ein altes, zahnloses Weib. Gunnars buckelige Mutter stapfte in den Stall. Sie schimpfte und keifte herum, aber sie brachte uns auch einen Krug mit Wasser, Zwiebeln und ein hartes Brot. Trotz der Umstände empfanden Pribislaw und ich es als köstliches Mahl. Doch es wurde eine unruhige Nacht. Die Geräusche und der Lärm der Stadt brachen niemals ab. Zudem machten wir uns Gedanken, was wohl am nächsten Tag geschehen würde. Dass uns Gunnar verkaufen würde, wussten wir natürlich. Aber an wen? Pribislaw und ich hoff-

ten, dass wir vielleicht zusammenbleiben konnten. Auch wenn wir das eher für unwahrscheinlich hielten.
Wie würde unser weiteres Leben verlaufen?

Gegenwart – Sieben

Jenny Breitfeld hatte sich kurz nach dem Aufbruch ihrer Kollegen ebenfalls auf den Weg gemacht. Sie fuhr zum Kieler Stadtteil Mettenhof. Natürlich war sie allein. Die junge Frau hatte sich keine Unterstützung vom Kriminaldauerdienst geholt, denn sie arbeitete gern als einsamer Wolf. Schon des Öfteren hatte sie sich deswegen Ärger eingefangen. Die junge Kommissarin saß in ihrem dunkelblauen Golf und beobachtete das Gebäude, in dem die Archäologiestudentin Lina Böhrnsen wohnte.
Mettenhof ist ein Stadtviertel, in dem überwiegend sozial schwache Menschen lebten. Genau so sah das Hochhaus, das aus den Siebzigerjahren des letzten Jahrhunderts stammte, auch aus. Die Fassade wirkte mehr als renovierungsbedürftig. Von der rissigen Vorderseite blätterte überall der Putz ab. Von Farbe konnte man kaum noch sprechen, bis natürlich auf die vielen bunten Graffiti.

Die Kommissarin stieß erst vor etwa eineinhalb Jahren zur Kieler Mordkommission. Die Neunundzwanzigjährige kam ursprünglich aus Rostock. Hatte dort im Rauschgiftdezernat gearbeitet. Vor einigen Jahren lernte sie einen gleichaltrigen Marineoffizier kennen. Es hatte gefunkt. Da er in Kiel stationiert war und auch dort wohnte, hatte sie einen Antrag auf Versetzung gestellt und kam ziemlich schnell zur hiesigen Mordkommission. Die junge Frau war allerdings alles andere als das, was man sich unter einer Kripobeamtin vorstellte. Sie trug ihr Haar zweigeteilt. Ein Sidecut. Eine Seite kurz rasiert und rot gefärbt, doch die Farbe änderte sich alle paar Wochen. Auf der gegenüberliegenden Seite zierte sie langes Haar. Auf den Mund gefallen war die Kommissarin nicht gerade. Man konnte fast schon von einer Kodderschnauze sprechen. Allerdings hatte sie mit ihrer freundlichen und quirligen Ausstrahlung bereits nach kurzer Zeit die gesamten Mitarbeiter der Mordkommission für sich eingenommen. Während ihres Studiums hatte sie Bestnoten hingelegt. Fachlich ein kleines Ass. Von ihren Kollegen wurde sie meistens nur »Punky« genannt.

Mittlerweile war es Nachmittag geworden. Die junge Kripobeamtin hoffte, dass die Studentin bald von der Uni aus nach Hause kommen würde. Dann sollte sich zeigen, ob und was geschehen würde. Jenny Breitfeld hatte sich inzwischen einen Becher Coffee to go sowie mehrere Donuts aus einer nahe gelegenen Bäckerei geholt. Sie liebte diese süßen und fetten Dinger. Als sie ihren ersten Schluck Kaffee schlürfte, erschien Lina Böhrnsen plötzlich in der Haustür. Jenny Breitfeld wusste sofort, dass es nur Lina Böhrnsen sein konnte. Die Beschreibung passte. Anscheinend war die Zwanzigjährige gar nicht in der Universität gewesen. Die junge Frau telefonierte mit einem Mobiltelefon. Es sah aus, als würde sie weinen.

Nachdem Jenny aus dem Golf ausgestiegen war, folgte sie der Studentin. Diese hatte inzwischen aufgehört zu telefonieren. Ging mit schnellen Schritten die Straße entlang.

Lina Böhrnsen wirkte etwas größer als Jenny Breitfeld. Sie trug eine verwaschene Jeans, Basketballschuhe und eine alte

Wildlederjacke. Ihre bläulich schimmernden Haare waren vorn toupiert. Am Hinterkopf befanden sich diverse verfilzte Zöpfe, sogenannte Dreadlocks.
An der Ecke Göteborgring – Skandinaviendamm blieb die junge Frau an einer Bushaltestelle stehen und wartete. Schon nach kurzer Zeit kam ein großer, roter Gelenkbus der Kieler Verkehrsgesellschaft und hielt an. Lina Böhrnsen stieg in den Bus ein und setzte sich auf einen freien Platz hinter dem Busfahrer. Auch Jenny Breitfeld löste eine Fahrkarte und platzierte sich einige Sitzbänke hinter der jungen Studentin. Von hier aus konnte sie sehen, dass Lina Böhrnsen immer noch weinte. Immer wieder wischte sie mit dem Ärmel ihrer Wildlederjacke über ihr Gesicht, um die Tränen zu entfernen.
Nach etwa zwanzig Minuten erreichten sie die Kieler Innenstadt. Lina Böhrnsen stieg an der Haltestelle Andeas-Gayk-Straße aus. Sie machte sich auf den Weg zur Holstenstraße. In einigem Abstand folgte ihr die junge Kommissarin. In der größten Einkaufsmeile Kiels ging Lina Böhrnsen in Richtung Nikolaikirche und stoppte auf dem Asmus-Bremer-Platz. Es vergingen mehrere Minuten. Die junge Frau schaute sich auf dem Platz um, anscheinend wartete sie auf jemanden.
Ein junger Mann kam vom Gebäude der Kieler Nachrichten aus auf Lina Böhrnsen zu. Die Studentin lief ihm entgegen. Sie umarmten und küssten sich. Lange verharrten die beiden in dieser Position, setzten sich dann auf eine Bank, direkt neben die lebensgroße Bronzestatue des ehemaligen Kieler Bürgermeisters, der mit seinem Dreispitz hier schon seit Jahrzehnten über den Platz wachte, dessen Namensgeber er war.

Jenny Breitfeld konnte auch in dem Gesicht des jungen Mannes Tränen und Trauer erkennen. Er sah verzweifelt aus. Sie schätzte ihn auf Anfang Zwanzig. Er hatte ziemlich kurz geschnittene Haare, fast schon einen Kahlkopf. Am Hinterkopf zierte ihn ein langer, geflochtener Zopf. Er trug eine alte, verwaschene Jeans, die diverse Löcher aufwies. Dazu einen dicken, selbst gestrickten Pullover aus Schafswolle und schwarze Kampfstiefel von der Bundeswehr. Die beiden unterhielten sich aufgeregt. Nach geraumer Zeit standen sie von der Bank auf und gingen über den Asmus-Bremer-Platz in Richtung Fleethörn davon. Sie überquerten den Rathausplatz. Nach einiger Zeit kamen sie zur Dammstraße. Dort steuerten sie zielstrebig einen geparkten, dunkelblauen und ziemlich verrosteten Ford Transit an, den der junge Mann öffnete. Beide stiegen in das Fahrzeug ein.
Jenny Breitfeld überlegte, ob dies der Transporter gewesen sein könnte, mit dem die Preetzer Leichendiebe versucht hatten, den Verstorbenen aus der Kühlkammer des Bestattungsunternehmers Christiansen zu stehlen. Noch ehe Jenny richtig überlegen konnte, fuhren die jungen Leute in ihrem Gefährt die Dammstraße hinunter.
»Oh Fuck«, kommentierte die junge Kommissarin das Geschehen. Sie hatte ihre Zielperson verloren. Nun musste sie erst einmal zurück nach Mettenhof, um ihren Wagen zu holen.
Vor dem Kieler Rathaus fand sie in der Nähe des Kleinen Kiel, einem Parkgewässer, ein freies Taxi und ließ sich zurück nach Mettenhof fahren. Innerhalb von zehn Minuten brachte der Taxifahrer sie zu ihrem abgestellten Golf zurück. Jenny Breitfeld bezahlte den Chauffeur und stieg in ihr eigenes Fahrzeug ein. Ihr Kaffee war natürlich in der

Zwischenzeit kalt geworden, aber das erschien ihr nun auch egal. Jenny ärgerte sich darüber, dass sie die Archäologiestudentin verloren hatte. Sie öffnete die Fahrertür und schüttete den Inhalt des Bechers auf den Asphalt.

Bevor sie ihren Wagen startete, entdeckte sie eine alte Frau, die sich gerade abmühte, mit ihrem Rollator durch die schwere Eingangstür des Mehrfamilienhauses zu kommen, in dem auch Lina Böhrnsen wohnte. Kurz entschlossen sprang die junge Kripobeamtin aus ihren Golf und lief zu der Seniorin, um ihr die Tür aufzuhalten. Diese bedankte sich mehrfach. Jenny half der Frau dabei, ihre schweren Einkaufstaschen in den ersten Stock zu bringen, wo sich ihre Wohnung befand.

Heidi Kabel stand auf dem Türschild. Eine gewisse Ähnlichkeit mit der verstorbenen Hamburger Volksschauspielerin war nicht zu verleugnen. Jenny musste über diesen Zufall schmunzeln. Dachte an ihre Großmutter, die das Ohnsorg Theater immer gern im Fernsehen angeschaut hatte.

»Dat is aber wirklich nett von di, mien Deern, dassu mir helfen tust. Gibt ja nich mehr viele junge Leude, die ein helfen tun. Irgendwann schaff ich die paar Stufen hier rauf auch nich mehr.«

Die Rentnerin redete in einem norddeutschen Kauderwelsch, dabei schnaufte sie und blickte Jenny Breitfeld dankend an.

»Ist schon okay, ich helfe gern.«

»Willst du mit rein komm? Ich mach uns nen Kaffee.«

Die alte Frau sah Jenny bittend an. Die junge Kommissarin willigte kurz entschlossen ein. In der kleinen Wohnung roch es alt und muffig.

Heidi Kabel ging langsam durch den Flur. Sie kamen in die Küche, wo die greise Frau anfing, einen Kaffee zu kochen. Jenny setzte sich auf eine altersschwache Eckbank und blickte sich um. Dass die Frau nur wenig Geld zur Verfügung hatte, konnte man sehen. Wahrscheinlich reichte ihre Rente gerade so, um zu überleben. Zum Leben zu wenig und zum Sterben zu viel.

Als der Kaffee fertig war, stellte Heidi Kabel zwei dampfende Becher auf den Tisch und ließ sich schwerfällig in einen Küchenstuhl plumpsen. Die alte Frau keuchte völlig außer Atem.

»Meech un Zucker?«, seufzte sie.

Die Kripobeamtin schüttelte den Kopf.

»Wie heißt du eigentlich? Du siehst mit deine verrückten Haare nen büschen aus wie die Lina. Kennst du die?«

Jenny Breitfeld blickte erstaunt auf, nickte aber. Sie hatte sich insgeheim erhofft, vielleicht Informationen über Lina Böhrnsen von der alten Frau zu erhalten.

»Mein Name ist Jen..., äh, Jennifer. Lina und ich haben uns vor Kurzem an der Uni kennengelernt. Ich wollte sie besuchen, aber sie ist nicht da«, log sie und dachte gleichzeitig an die Ausweispflicht für Kripobeamte. *Egal.*

»Och, die Lütte is ja dauernd unterwegs. Entweder anne Uni oder bei ihr'm Freund oder in ihrer Lieblingskneipe inne Holtenauer. Ihr jungen Mädels müsst ja immer auffe Piste sein. Ich hab mein ganzes Leben lang malocht und nu sind meine alten Knochen so doll hin, dass ich kaum noch krauchen kann. Über fünfzig Jahre lang bin ich Bodenkosmetikerin bei Karstadt gewesen.«

Heidi Kabel lachte. Die Kommissarin sah sie verdutzt an.

»Bodenkosmetikerin! Ich war Putze! Jeden Tach mehr als fünf Stunden geackert wie nen Gaul. Nu sind die Knochen in Moors. Mein Alter, also mein ehemaliger Herr Gemahl, war ne Spritnase. Hing anne Schnapsbuddel wie nen Baby anne Flasche. Außerdem war er von Adel; nich von und zu, nee, auf und davon isser und hat mich mit drei lütte Kinners allein gelassen. Düssen Schietbüddel, de. Hab die Görn denn allein aufgezogen und nu ... kümmert sich keine Sau mehr um mir! Scheiß Leben issas, wa.«
Heidi Kabel seufzte schwer, lachte ihr Gegenüber aber sofort wieder vergnügt an.
Jenny nahm einen großen Schluck vom heißen Kaffee.

Heidi Kabel tat ihr zwar leid, aber sie musste versuchen, etwas über Lina Böhrnsen herauszufinden.
»Ich kenne Lina noch nicht sehr lange. Seit wann wohnt sie schon hier?«
»Ich glaub, so ungefähr nen Jahr oder so.«
»Wissen Sie, in welche Kneipe Lina gern geht?«
»Na klar. Sie geht öfters ma inne *Bazille*. Holtenauer Straße.«
Die Kommissarin nickte, sie kannte die Gaststätte. Eine beliebte Kieler Studentenkneipe.
»Ja, die *Bazille* kenne ich. Vielleicht kann ich Lina dort heute noch treffen?«
»Kanns ja ma versuchen. Ihr Freund is bestimmt auch da. Manchmal kommt der auch mit her. Ich bin ja nich neugierig, nöö, aber ich schau gern ma aussm Fenster und da kann ich den dann ab und zu ma sehn. Kommt immer mit son großen, blauen Bus.«
»Wissen Sie, wie ihr Freund heißt?«

»Ich glaub Chrischan. Also Christian. Son großer, mit Glatze und nem langen Zopf. Sieht zum Fürchten aus, is aber sehr nett. Der hat mich auch schon mal den Rollator rauf getragen.«

»Kennen Sie seinen Nachnamen?«

»Nöö, weet ik nich. Aber du soll's nich immer Sie sagen, ich heiß Heidi. Bei Sie komm ich mich immer so alt vor«, kicherte die Kielerin.

»Hat Lina eigentlich noch Familie?«

Heidi Kabel schüttelte den Kopf.

»Nee, sie hat mich ma erzählt, dass ihre Eltern in Elmshorn leben. Sie hat sich mit denen wohl ordentlich inne Wolle. Der Vadder is da son hohes Ross bei ner Bank. Spielt anscheinend immer den Familienpascha. Aber ich hab nix gesacht, nee. Ich nich …«

Die Kieler Hauptkommissarin musste immer wieder über Heidi Kabel schmunzeln. Die alte Frau wirkte sympathisch auf sie.

Nach einem Blick auf die Küchenuhr sah die Rentnerin Jenny Breitfeld erschrocken an.

»Oh Gott, oh Gott, meine Lieblingssendung im Fernsehen fängt gleich an. *Verbotene Liebe*. Die Schnulze guck ich zu gern. Da darf ich keine Folge von verpassen. Wissu das mit mich zusamm gucken?«

Die Rentnerin sah Jenny Breitfeld erwartungsvoll an.

»Nein, danke! Ich muss los.«

Heidi Kabel stand die Enttäuschung ins Gesicht geschrieben. Wahrscheinlich fühlte die alte Frau sich sehr einsam und gierte nach jeder Abwechslung.

Die Kripobeamtin bedankte sich für den Kaffee und verabschiedete sich von ihrer Gastgeberin. Sie ging die Treppe hinunter und pustete erleichtert einen Atemstoß aus.
Verbotene Liebe, puhhh, das ist zum Glück noch mal gut gegangen, dachte sie und lachte in sich hinein.

An ihrem Golf angekommen, klingelte ihr Handy. Rühmann. Die beiden sprachen kurz miteinander und verabredeten, dass sie sich in etwa fünfzehn Minuten in seinem Büro treffen wollten, um ein kurzes Brainstorming von den Tagesereignissen abzuhalten. Die junge Frau sah auf ihre Armbanduhr. Es war schon fast achtzehn Uhr. Pünktlich würde sie heute wohl keinen Feierabend bekommen, aber das kam in ihrem Beruf sowieso nicht häufig vor.

*

Schneekloth ließ es einfach keine Ruhe. Immer wieder musste der Polizist an Müll-Kalle denken und daran, was sie in seinem Schuppen entdeckten. Warum fehlten dort plötzlich zwei der Benzinkanister? Hatte der alte Querkopf das Feuer in Tim Martens Haus gelegt und falls ja, warum? Gab es zwischen den beiden eine Verbindung? War Müll-Kalle sogar ein Mörder?
Er kannte den aufbrausenden Typ bereits seit Jahren und hatte schon häufig mit ihm beruflich zu tun gehabt. Meistens waren dies aber keine angenehmen Begegnungen gewesen, denn der Mann galt als unberechenbar und jähzornig, wurde aber jedenfalls nicht handgreiflich.

Seine Kollegen fuhren bereits seit einigen Stunden vermehrt Streife in Preetz und suchten Bohnsen, bisher aber vergeblich.
Schneekloth hatte eigentlich schon Feierabend, machte sich aber noch mal auf den Weg zu Müll-Kalles Grundstück, obwohl es bereits auf zwanzig Uhr zuging. Wenn er nach Hause kam, würde Dörte, seine Ehefrau, wahrscheinlich wieder darüber schimpfen, dass er nicht immer so viel arbeiten solle, so kurz vor seiner Pensionierung; aber vielleicht traf er den alten Bohnsen ja jetzt an.
Schneekloth stieg aus und ging zur Haustür. Bohnsens klappriges Fahrrad war nirgendwo zu sehen. Wieder bellte der Schäferhund im Zwinger wie ein Wahnsinniger.
Eine Klingel gab es nicht, also klopfte er an. Keine Reaktion. Er drückte gegen die Tür. Verschlossen. Der Polizeihauptmeister zwirbelte an seinen Bartenden. Langsam ging er um das Haus herum. Auf einer Terrasse gab es eine Feuerstelle und einen gemauerten Grill. Unter einem Überdach duckten sich mehrere Kaninchenställe, doch es waren keine Tiere darin. Überall lag Abfall herum.
Wirklich nicht gerade der Ordentlichste, dachte Schneekloth.
Da fiel sein Blick auf eine Hintertür. Er ging darauf zu und fasste an die Klinke. Die Tür war offen. Schneekloth öffnete sie.
»Bohnsen!«
Keine Antwort. Also ging er hinein. Auch in der hinter der Tür befindlichen Küche war es unordentlich und schmutzig. Schneekloth durchsuchte jeden Raum im Haus, doch von Müll-Kalle konnte er nichts entdecken.

Plötzlich schepperte es in der Küche. Schneekloth erschrak, obwohl er sich eigentlich nicht als ängstlichen Typen empfand.
»Hier ist die Polizei! Ist da jemand? Bohnsen?«, rief er und legte seine Hand vorsichtshalber auf den Griff seiner Dienstwaffe.
Langsam ging er zurück zur Küche. Kein Laut mehr.
»Bohn ...«
Weiter kam er nicht. Als er gerade durch die Küchentür treten wollte, kam diese ihm mit enormer Wucht entgegen und traf ihn voll. Er stolperte nach hinten und stürzte der Länge nach in den Dreck des Flures. Schneekloth verspürte einen Schmerz auf seiner Stirn und ihm wurde kurzzeitig übel. Trotzdem fluchte er.
Für sein Alter erstaunlich schnell kam er wieder auf die Füße und hatte gleichzeitig seine Waffe gezogen. Obwohl er aus einer kleinen Platzwunde am Kopf blutete, war er stinksauer. Seine Verletzung war ihm jetzt scheißegal. Wie ein Berserker stürmte er, mit der Waffe im Anschlag, in die Küche. Wer auch immer das gewesen sein mochte, er war inzwischen verschwunden.
Schneekloth ging nach draußen. Zügig umrundete er das Haus. Auch hier war niemand. Der Angreifer musste Fersengeld gegeben haben und hatte das Weite gesucht, also steckte er seine Waffe zurück ins Holster.
Eigentlich wollte er nach seinem Smartphone greifen, aber etwas verwunderte ihn. Er stutzte. Irgendwas war anders. Dann kam er darauf. Der Hund bellte nicht mehr. Schnell warf er einen Blick zum Zwinger. Der Hund war nicht mehr da. Schneekloth ging auf den Käfig zu. Als er am Ma-

schendraht ankam, stellten sich seine Nackenhaare auf und er wendete angewidert den Blick ab.
In einer Ecke des Zwingers lag der Schäferhund in einer Blutlache. Seine Kehle war aufgeschlitzt.

Gegenwart – Acht

Von Schneekloths abenteuerlichen Ereignissen am Abend hatte Lorenzo noch nichts mitbekommen. Die Seitenscheibe des alten, gelben Postkäfers, Baujahr 1977, heruntergedreht, hing sein linker Arm lässig aus dem Autofenster heraus. Es war Ende Mai, den ganzen Tag über schien die Sonne. In diesem Jahr meinte Petrus es wirklich gut mit Schleswig-Holstein. Das Wetter fühlte sich herrlich an. Obwohl seine Armbanduhr bereits zwanzig Uhr zeigte, war es immer noch sommerlich warm.
Lorenzo fuhr inzwischen kurz vor Plön auf der Bundesstraße 76 und wollte nach Tüxendorf. In der *Blume* hatten sie über eine Stunde lang die Ereignisse des Tages Revue passieren lassen und besprochen. Immer wieder ging Lorenzo der Anblick der grauenhaft zugerichteten Leiche von Liselotte Sievers durch den Kopf. Auch das infernalische Feuer, das das Haus von diesem Tim Martens vernichtete, kreiste durch seine Gedanken. Zudem grübelte er über Müll-Kalle nach. Auch am Nachmittag war dieser Querkopf nicht aufgetaucht, obwohl Schneekloth und seine Leute ihn in ganz Preetz suchten.
Morgen früh wollten er und seine Kollegen sich in Preetz an der Brandruine treffen, um zu sehen, ob Frank Zobel und

die Mitarbeiter der Kriminaltechnik dort noch brauchbare Spuren sichern konnten. Lorenzo überlegte, ob Tim Martens wirklich in den Flammen den Tod gefunden hatte.
War Bohnsen darin verwickelt?
Nun wollte Lorenzo aber nach Hause in die holsteinische Provinz. Dort würde der Hauptkommissar auch den alten Archäologie-Professor Henry Snider aufsuchen. Vielleicht hatte der Pensionär die Ermordete ja gekannt. Old Henry konnte ihm bestimmt Informationen zum Leben und Wirken von Liselotte Sievers geben. Höchstwahrscheinlich gab es in Schleswig-Holstein nicht besonders viele Archäologen. Er hoffte, dass diese wenigen sich untereinander kannten.

Lorenzo kam immer wieder gern nach Tüxendorf. Er liebte dieses Dorf am Großen Plöner See, in dem er aufgewachsen war. Der Hauptkommissar hatte zwar auch noch eine kleine Wohnung in der Kieler Saarbrückenstraße, gegenüber vom Südfriedhof, aber diese diente ihm quasi nur als eine Art Notquartier, wenn es aus beruflichen Gründen einmal später wurde. Das kam oft genug vor. Viel lieber hielt er sich auf dem Bauernhof seines Onkels Fiete Stoltenberg auf. Er liebte den alten Mann, der ihm nach dem frühen Tod seiner Eltern, damals mit erst zehn Jahren, aufgenommen hatte, und er liebte das Landleben. Für Lorenzo gab es keine schönere Landschaft als die Holsteinische Schweiz mit ihren Wäldern, Feldern und Seen.
Onkel Fiete lebte als absoluter Eigenbrötler. Ein norddeutscher Landwirt wie aus dem Bilderbuch. Der alte Mann trug meistens alte Kordhosen sowie eine schmuddelige, blaue Jacke und eine Mütze auf dem Kopf, die man kaum noch als solche erkennen konnte. Nur wenige Haare zierten sein

Haupt. Zudem war er meistens unrasiert. Außerdem qualmte stets eine uralte Pfeife in seinem rechten Mundwinkel. Mit diesem Aussehen hätte der alte Mann ohne Weiteres in der Kultserie *Neues aus Büttenwarder* vom Norddeutschen Rundfunk in einer Hauptrolle mitspielen können.

Jan Fedder und Peter Heinrich Brix würden bestimmt viel Spaß mit dem Holsteiner Original haben.

Seit ein paar Jahren lebte auf dem Hof auch noch ein alter Schulfreund seines Onkels. Ein pensionierter Archäologie-Professor. Henry Snider, der von allen nur Old Henry genannt wurde. Nach dem Tod seiner Ehefrau vor einigen Jahren zog Henry Snider auf den Hof. Dort hatte er sich einen alten Stall als kleines Wohnhaus umgebaut. Old Henry verbrachte sein gesamtes Arbeitsleben auf Ausgrabungen in der ganzen Welt. Er kannte sich im Nahen Osten genauso aus wie in Mexiko oder in Asien.

Die beiden alten Männer mochten sich sehr und keiner von ihnen wusste, wer kauziger war.

Fiete Stoltenberg und Henry Snider konnten kaum unterschiedlicher sein. Der eine ein norddeutscher Landwirt, der seinen Bauernhof wahrscheinlich noch nie für längere Zeit verlassen hatte, und der andere ein weltgewandter Akademiker, der sich in der Weltgeschichte Zuhause fühlte. Aber die beiden kannten sich schon seit der Grundschule und waren mittlerweile unzertrennlich.

Endlich hatte Lorenzo Tüxendorf erreicht. Am Ortseingang des kleinen Dorfes gab es einen Schrotthandel. Bis vor einem Jahr lebte dort sein bester Freund Kalle Knöthke. Sie waren zusammen aufgewachsen. Im letzten Jahr hatte er diesen alten Sandkastenkumpel auf dramatische Weise verloren. Damals verfolgten sie einen Profikiller und Kalle Knöthke wurde von diesem Auftragsmörder angeschossen und starb einige Tage später in der Preetzer Klinik an seinen schweren Verletzungen. Immer noch musste Lorenzo oft an seinen Freund denken und bekam jedes Mal einen Kloß im Hals. Diesen Killer hatten sie damals allerdings nicht gefasst, er war wie vom Erdboden verschluckt entkommen. Noch heute versuchte Lorenzo, hinter das Geheimnis dieses Killerfroschs zu kommen, und stellte Nachforschungen an. Doch dieser Mann hatte sich wie ein Dschinn spurlos in Luft aufgelöst.

Nachdem er seinen Wagen auf dem großen Hof des Anwesens geparkt hatte, sah er sich um. Die Dämmerung brach langsam an, doch Lorenzo wunderte sich. Normalerweise kam Fiffy ihm schon entgegen, wenn er die Auffahrt zum Bauernhof hinauffuhr. Aber heute? Wo streunte das große Tier nur herum?
Fiffy gehörte seinem Onkel und war der Hofhund. Ein Riese von einem Köter. Die Mutter eine Bernhardinerhündin und der Vater eine Dänische Dogge. Das Tier sah furchterregend aus, benahm sich aber normalerweise lammfromm. Diesem riesigen Untier den Namen Fiffy zu geben, auf so eine verrückte Idee konnte wirklich nur sein verschrobener Onkel kommen.
Lorenzo nahm zwei Finger in den Mund und stieß einen lauten Pfiff aus, aber auch auf dieses Signal ließ Fiffy sich nicht blicken. Nur die Galloways im Gatter neben der Scheune schauten ihn interessiert an.
Äußerst merkwürdig, wo war Fiffy?

Neben dem Wohnhaus des Bauernhofes erstreckte sich ein großes Stallgebäude. Das Tor stand offen und man konnte Licht darin erkennen. Von dort aus rumpelte es gewaltig. Lorenzo hörte, dass jemand mit einem Hammer auf Metall schlug. Er ging auf das Tor zu. Aus dem Stall vernahm er nicht gerade jugendfreie Flüche.
Lorenzo lachte. Typisch Onkel Fiete. Vorsichtig schaute er durch den Eingang. Sein Onkel kniete neben einem seiner Traktoren. Die Vorderräder waren abmontiert und der alte Mann schlug fluchend mit einem Hammer auf die verrostete Achse. Lorenzo musste über dieses Bild lachen. Sein Onkel bastelte gern an seinen Maschinen herum und meinte dazu, das sei die beste Meditation und Entspannung für einen Mann.
»Lass den Trecker heil. Von diesen alten Lanz Bulldogs gibt es nicht mehr viele. Das ist ein wertvoller Oldtimer. Landwirtschaftliches Kulturgut«, rief er seinem Onkel belustigt zu.
Dieser drehte sich überrascht um und grinste breit. Sein Antlitz und die Hände waren schwarz vom Maschinenöl.
»Na mien Jung. Hast du Feierabend?«, krächzte der alte Mann mit seiner unverkennbaren rauen Stimme.
Fiete Stoltenberg stand auf und warf den Hammer in eine Werkzeugkiste, wo das schwere Gerät laut polternd landete. Er holte seine Pfeife aus der Hosentasche, steckte sie sich zwischen die Zähne und entzündete den Tabak. Der Rauch umhüllte ihn wie eine dicke Nebelwand.
»Ik heff keen Lust mehr. Morgen is auch noch nen Tach. Dat döösige Ding kann warten. Kann ich morgen auch noch reparieren. Komm, wir geh'n rein.«

Der Landwirt nahm einen alten Lappen und wischte sich damit die Hände ab.
So lange Lorenzo bei seinem Onkel lebte und ihn kannte, hatte er noch niemals gehört, dass dieser richtig Hochdeutsch sprach. Wahrscheinlich war er der deutschen Sprache gar nicht mächtig. Nur ein Mix aus Deutsch und Plattdeutsch kam über seine Lippen.
Auf dem Weg zum Wohnhaus stieß Lorenzo noch mal einen lauten Pfiff aus und blickte sich suchend um.
»Sag mal, wo ist eigentlich Fiffy? Normalerweise ist der doch neugierig und kreuzt sofort auf, wenn jemand auf den Hof kommt.«
Der alte Landwirt verdrehte die Augen und lachte laut auf.
»De Köter is völlig bekloppt. Den hab ich heute den ganzen Tach noch nich geseh'n.«
Lorenzo schaute seinen Onkel verwundert an. Fiete erzählte ihm, dass Old Henry gestern Abend Besuch bekommen hatte. Eine Nichte von ihm würde für ein paar Tage bei dem ehemaligen Archäologie-Professor zu Gast sein, da es am Wochenende eine große Familienfeier bei den Sniders gäbe. Alle Sniders kämen dazu aus der ganzen Republik zusammen und würden sich in ein paar Tagen bei Old Henrys Sohn in Hamburg treffen. Anlass dazu gab der fünfzigste Geburtstag von Henrys Sohn, Frank Snider. Außerdem kehrte Old Henrys Enkeltochter Annelie aus den USA zurück, wo diese einige Jahre an der bekannten *UCLA - Cotsen Institute of Archaeology* in Los Angelas Archäologie studierte und dort ihren Hochschulabschluss absolviert hatte. Diese beiden Anlässe waren nun Grund genug, dass sich die gesamten Sniders in Hamburg treffen wollten. Old

Henrys Nichte nutzte dieses Ereignis, um ihren geliebten Onkel wieder einmal für ein paar Tage zu besuchen.

Im Haus angekommen verschwand Fiete Stoltenberg im Badezimmer, um sich zu waschen. Lorenzo ging unterdessen in die Küche. Dieser Raum war quasi der Lebensmittelpunkt und die »Schaltzentrale« der Dreier-Männer-WG. Lorenzo nahm zwei Flaschen Bier aus dem Kühlschrank, stellte diese auf den Küchentisch und setzte sich auf die museumsreife Eckbank, die hier schon stand, als er 1973 auf den Stoltenberghof kam. Lorenzo dachte oft daran, dass das Freilichtmuseum in Molfsee seine reinste Freude an den Einrichtungsgegenständen seines Onkels hätte.
Sie könnten dort ohne Weiteres Schleswig-Holsteinische Lebenskultur der letzten Jahrhunderte dokumentieren.

Fiete Stoltenberg kam aus dem Badezimmer zurück und setzte sich zu Lorenzo an den Tisch. Gemeinsam öffneten sie die Flaschen und genossen den Gerstensaft in großen Zügen. Lorenzo erzählte seinem Onkel von dem grausamen Mord an der alten Frau sowie vom Großfeuer in Preetz.
Der alte Landwirt war sichtlich erschüttert von der Brutalität, mit dem der Mord durchgeführt wurde. In seiner kleinen, heilen Welt auf dem Lande konnte sich Fiete kaum vorstellen, mit welchen kriminellen Energien und Machenschaften sein Neffe es häufig zu tun hatte.
Nachdem die Bierflaschen geleert waren, machte sich Lorenzo auf den Weg zu Henry Snider. Auf dem kurzen Fußmarsch dorthin blickte er sich noch mal nach Fiffy um, aber von dem Tier gab es weiterhin keine Spur. Ohne anzuklopfen öffnete Lorenzo Old Henrys Haustür und trat ein. Dies

war bei den Männern so üblich, da sie sich gegenseitig schon lange kannten und vertrauten. Er rief nach dem alten Mann und fand diesen in seinem gemütlich eingerichteten Wohnzimmer. Henry Snider saß an seinem antiken Schreibtisch aus Eichenholz und hämmerte im Zweifinger-suchsystem auf die Tastatur seines Macbooks ein. Der alte Mann blickte auf, nahm seine Lesebrille ab und lächelte Lorenzo an.

»Guten Abend, Lorenzo, schön dich zu sehen. Wie geht es dir?«, fragte er freundlich.

»Gut, danke«, erwiderte Lorenzo. »Ich habe gehört, dass du Besuch hast, und möchte dich nicht lange stören. Aber ich habe eine Frage an dich, die einen neuen Mordfall betrifft.«

»Gern, du störst mich nicht. Meine Nichte Nina wollte noch einen Abendspaziergang machen und hat dazu Fiffy mitgenommen. Sie ist Tierärztin und hat ein absolutes Händchen für Tiere. Während ihres Studiums wurde sie von allen nur Dr. Dolittle genannt, weil sie so gut mit ihnen umgehen kann. Ich glaube Fiete ist schon ganz eifersüchtig auf sie, weil Fiffy nicht mehr von ihrer Seite weicht. Tiere spüren, wenn man es gut mit ihnen meint. Aber du sagtest, dass dir etwas auf der Leber brennt. Schieß los, mein Junge, was kann ich für dich tun?«

Der alte Mann sah Lorenzo neugierig an. Dieser hatte es sich inzwischen in einem riesigen, roten Ohrensessel bequem gemacht. Lorenzo schlug die Beine übereinander und er berichtete Henry von dem grauenhaften Mord an Liselotte Sievers.

Der ehemalige Archäologie-Professor zeigte sich entsetzt von dem Verbrechen und der Beschreibung der Tat. Old Henry klappte sein Macbook zu und starrte lange ins Leere. Es schien, als wäre er in seinen Gedanken sehr weit weg. Nach etlichen Minuten blickte Henry Lorenzo ernst an und nickte.

»Liselotte Sievers war mir bekannt, aber nicht besonders gut. Mitte der sechziger Jahre habe ich einmal mit ihr zusammengearbeitet, in Jordanien, in der mehrere tausend Jahre alten Felsenstadt Petra. Ich war seinerzeit für die *British School of Archaeology* tätig und wir suchten das Grab eines alten jüdischen Propheten. Auch Liselotte Sievers gehörte kurzzeitig zum Ausgrabungsteam dazu. Aber wie gesagt, nur recht kurz. Sie befand sich am Anfang ihrer Schwangerschaft und musste wegen Komplikationen zurück nach Deutschland. Ich habe sie als sehr nette Kollegin und reizvolle Person in bester Erinnerung. Ihre große Leidenschaft galt allerdings dem frühen Mittelalter in Norddeutschland. Besonders die Slawen hatten es ihr angetan. Im Laufe der Jahrzehnte mauserte sie sich auf diesem Gebiet zu einer wahren Koryphäe und hat mehrere wissenschaftliche Fachbücher über dieses Thema geschrieben. Ich glaube, ich habe sogar ein oder zwei Bücher über slawische Mythologie von ihr in meiner Bibliothek. Soweit mir bekannt ist, hat sie ihren Beruf immer mit Leidenschaft und Hingabe ausgeübt, aber da gab es einen kleinen Makel am Anfang ihrer beruflichen Biografie.«

Lorenzo wurde hellhörig und beugte sich vor.

»Warum? Was ist passiert?«

»Kurz nach dem Zweiten Weltkrieg, in den Fünfzigerjahren, entdeckte man bei Bauarbeitern in Preetz, in der Nähe der Schwentine, ein Gräberfeld aus dem Frühmittelalter. Damals siedelten Slawen an dem Fluss. Der sogenannte Limes Saxoniae befand sich nur wenige Kilometer entfernt. Der

Limes Saxoniae war eine Grenzbefestigung zwischen dem Reich der Franken, zu jener Zeit unter Karl dem Großen, und den slawischen Volksgruppen. Er zog sich vom heutigen Kiel bis nach Hamburg hin, quer durchs Land. Na, jedenfalls gab es dort ausgedehnte Ausgrabungen unter der Leitung der bekannten Archäologin Dr. Johanna Brandt. Liselotte Sievers nahm als junge Studentin daran teil. Allerdings nicht sehr lange, denn sie wurde ziemlich schnell von der Ausgrabungsleiterin entlassen, quasi von heute auf morgen hinausgeschmissen.«

»Das hört sich aber merkwürdig an. Weißt du, was sich seinerzeit genau abgespielt hat und warum diese Johanna Brandt zu so drastischen Mitteln gegriffen hat? Man kann doch nicht einfach jemanden, so mir nicht dir nichts, hinausschmeißen.«

»Genau kann ich dir auch nicht sagen, was passiert ist, aber aus der Gerüchteküche unter Archäologen gab es doch einige Informationen, die man sich erzählte. Ich hörte zu jener Zeit, dass die junge Liselotte Sievers auf diesem Gräberfeld anscheinend ein Grab gefunden hat, in dem es eine noch verschlossene und unbeschädigte Urne gegeben haben soll. Du müsstest dazu wissen, dass die alten Slawen ihre toten Angehörigen zuerst verbrannt und die Asche der Verstorbenen in einer kunstvoll gefertigten Urne aus Ton bestattet haben. Na, jedenfalls muss Liselotte Sievers wohl so eine unbeschädigte Urne gefunden haben. Darin soll angeblich nicht die Asche eines Verstorbenen gewesen sein, sondern ein mysteriöses Schriftstück. Ein altes Pergament oder Dokument, ich weiß es nicht. Alles nur Gerüchte. Jedenfalls ist dieses Dokument wohl anscheinend verschwunden und Liselotte Sievers wurde beschuldigt, es entwendet zu haben.«

»Hat sie?«
Old Henry wiegte seinen Kopf langsam hin und her.
»Das kann ich dir nicht sagen, aber man hat nie wieder etwas von diesem skurrilen Fund gehört. Es bleibt ein Geheimnis. Alles, was ich davon weiß, habe ich dir erzählt.«
Lorenzo blickte den alten Professor nachdenklich an. Konnte es sein, dass dieses Dokument irgendetwas mit dem Mord an Liselotte Sievers zu tun hatte? Waren diese eigenartigen Mittelalterfreaks darin verwickelt?
Fragen, Fragen, Fragen ...
»Diese Ereignisse in Preetz sind fast sechzig Jahre her. Kannst du dir vorstellen, dass es noch ehemalige Mitarbeiter dieser Ausgrabung gibt, die darüber Auskunft geben könnten?«
Der Professor überlegte und fuhr sich mit der Rechten über seinen ausgeprägten Kahlkopf. Nur noch wenige Haare bildeten einen spärlichen Haarkranz.
»Meinem Erachten nach sind die Mitarbeiter der damaligen Ausgrabungen bereits alle tot. Aber ich erinnere mich daran, dass Liselotte Sievers ab den Siebzigern bis zu ihrer Pensionierung in Schleswig gearbeitet hat. Sie wirkte als stellvertretende Kuratorin vom Archäologischen Landesmuseum auf Schloss Gottorf. Dort hatte sie über zehn Jahre lang einen Assistenten. Nachdem sie pensioniert wurde, ist dieser Mann nach Kiel an die Christian-Albrechts-Universität gegangen und hat dort gelehrt. Mittlerweile müsste der aber auch im Ruhestand sein. Vielleicht hat Liselotte Sievers ja diesem Mitarbeiter mal von den Ereignissen berichtet. Wäre möglich ...«
»Du kannst mir nicht zufällig sagen, wie der Mann heißt?«

Old Henry lächelte Lorenzo verschmitzt an und zwinkerte ihm zu.
»Doch, mein Lieber. Vor zwei Jahren bin ich ihm zufällig begegnet. Das war auf einem Kongress in Hamburg. Beim Mittagessen saßen wir zusammen und sprachen miteinander. Er heißt Kurt Drexler. Ich glaube, er wohnt in Kiel. Aber frag mich nicht, wo dort.«
Lorenzo strahlte den alten Mann zufrieden an. Diese Informationen waren wirklich eine große Hilfe und er wollte morgen versuchen diesen Kurt Drexler ausfindig zu machen, um ihn zu besuchen. Dieser mysteriöse Fund, von dem Henry ihm gerade erzählt hatte, könnte ohne Weiteres etwas mit dem Mord zu tun haben. Sie mussten jede Spur verfolgen, auch wenn sie noch so verrückt und unbedeutend klang. Die Adresse von diesem Kurt Drexler herauszubekommen, wäre dabei das kleinste Problem.
»Henry, du hast mir wirklich sehr geholfen. Ich danke dir für die Informationen und ...«
Sie wurden unterbrochen, denn sie bemerkten, dass jemand die Haustür geöffnet hatte, und auf dem Flur schnaufte Fiffy, wie er es immer tat, wenn er sich wohlfühlte oder sich freute. Wie ein junger Welpe stürmte der große Hund in das Wohnzimmer und begrüßte Lorenzo. Doch die Begrüßung dauerte nicht lange und der Hund verschwand wieder durch die Tür zum Flur. Dort sprach nun eine weibliche Stimme mit dem Tier. Sekunden später stürmte Fiffy erneut ins Wohnzimmer. Diesmal folgte dem Hund Old Henrys Nichte.
Als die Frau durch die Tür kam, blieb für Lorenzo einige Augenblicke lang die Welt stehen. Henrys Nichte und der Kommissar blickten sich in die Augen. Lorenzo hatte das

Gefühl, diese Augen seit unendlichen Zeiten zu kennen. Diese blauen Augen … erschienen ihm wie das Universum. Er verlor sich in ihnen, wie in einem Labyrinth. *Sollte es Reinkarnation geben*, so dachte er, *dann haben sich gerade zwei Seelen, nach unendlicher Zeit ihrer einsamen Wanderschaft, auf Erden wiedergefunden.* Anscheinend ging es der Nichte von Old Henry ebenso, denn auch sie blickte ihn verwundert an.

Nach kurzer Zeit, die beiden wie Äonen erschien, sah die Frau irritiert zwischen Old Henry und Lorenzo hin und her.

»Oh, entschuldige Onkel Henry, ich wusste nicht, dass du Besuch hast«, stammelte sie peinlich berührt.

Old Henry hatte die Situation sofort richtig eingeschätzt. Er grinste die beiden abwechselnd an.

»Darf ich vorstellen. Lorenzo, das ist meine Nichte Nina Snider, die Tochter meines verstorbenen Bruders Charles. Sie ist mit Abstand die talentierteste Veterinärmedizinerin in ganz Hessen. Nina, das ist Lorenzo Bartonelli, der Neffe von Fiete. Ich hab dir ja schon von ihm erzählt. Seines Zeichens einer der erfolgreichsten Kriminologen seit Sherlock Holmes und zudem Hautkommissar bei der Kieler Kripo.«

Lorenzo hörte die Worte wie durch Watte hindurch. Er hatte das Gefühl, als wenn seine Ohren glühten. Es rauschte in ihnen wie in einem Wasserfall. Sein Verstand setzte kurzzeitig aus.

Die Frau, die gerade den Raum betreten hatte, war nur wenig kleiner als er selbst. Mitte Vierzig, hatte strahlend, blaue Augen und rote Haare. In ihrer verwaschenen Jeans und dem eng anliegenden, anthrazitfarbenen Kaschmir-Pullover war Nina Snider die attraktivste Frau, die Lorenzo jemals gesehen hatte. Die Einsicht, dass er sich innerhalb von Se-

kunden verliebt hatte, traf den gestandenen Hauptkommissar mit der Wucht eines Vorschlaghammers. Am Gesichtsausdruck von Henrys Nichte konnte er genau die gleichen Gefühle erkennen.
Doch Nina Snider hatte sich schon wieder einigermaßen im Griff, ging zur Wohnzimmercouch und setzte sich hin.
»Es ist besser, wenn Sie Ihren Mund wieder schließen«, sagte sie keck und lächelte Lorenzo an.
»Äh ..., ja, danke ... ich ...«, brachte er nur stotternd heraus.
Old Henry ging unterdessen zu einem großen Wohnzimmerschrank und öffnete die Tür. Nachdem er drei Weingläser sowie eine Flasche israelischen Weins der Marke *Canaan Red* herausgeholt hatte, öffnete er die Flasche und füllte die Gläser mit dem teuren Rotwein. Dann stießen sie gemeinsam an.
»Diese Flasche habe ich mir für einen besonderen Anlass zurückgestellt. Heute ist sie fällig. Lechájim! Auf das Leben heißt ein Trinkspruch in Israel«, sagte der alte Professor, der lange im Heiligen Land gelebt hatte.
»Lechájim«, antworteten Nina Snider und Lorenzo Bartonelli im Chor. Sie mussten lachen. Dabei konnten sie ihre Blicke kaum voneinander lösen. Nachdem sie sich gegenübersaßen, begannen sie, miteinander zu reden. Sie erzählten sich gegenseitig ihr Leben.

Lorenzo erzählte von seinen Eltern, sofern er sich noch an sie erinnern konnte. Eigentlich war er in Rom geboren und hatte bis zu seinem zehnten Lebensjahr dort gelebt. Sein Vater arbeitete als hoher Offizier bei der Carabinieri, einer italienischen Polizeieinheit. Seine Mutter Wiebke kam aus Tüxendorf. Sie wirkte damals als Austauschschülerin in

Rom und hatte dabei Giuseppe Bartonelli kennengelernt. Die beiden hatten sich schnell ineinander verliebt. Sie hatten geheiratet und kurze Zeit später wurde 1963 der kleine Lorenzo in Rom geboren.

Lorenzo verlebte eine glückliche Kindheit in Italien, bis zu jenem verhängnisvollen Tag im April 1973.

Seine Eltern wollten an jenem Abend in die Oper, um sich »La Traviata« anzusehen. Darauf freuten sich die beiden schon lange. Als sie auf dem Weg zum Opernhaus waren, explodierte das Auto seiner Eltern und beide waren auf der Stelle tot. Die italienische Mafia hatte den Wagen in die Luft gesprengt. Sein Vater brachte einige Zeit vorher einen lange gesuchten sizilianischen Gangsterboss lebenslänglich ins Gefängnis. Dieses Attentat war die Rache der Mafia und der Mord wurde damals nie richtig aufgeklärt.

Plötzlich hatte der kleine Lorenzo keine Eltern mehr und es gab auch keine weiteren Verwandten in Italien. Nur der Bruder seiner Mutter, Lorenzos Onkel, lebte noch in einem kleinen Dorf in Norddeutschland und so kam es, dass der junge Lorenzo als Zehnjähriger nach Tüxendorf kam. Lorenzo trauerte noch lange über den Verlust seiner Eltern, aber dieser Onkel war ein wahrer Glücksfall für den Jungen. Damals war Fiete Stoltenberg selbst erst fünfunddreißig Jahre alt. Ein absoluter Chaot, der einige Jahre zuvor, nach dem Tod seiner Eltern, den Familienhof übernommen hatte. In Tüxendorf galt der ledige Fiete Stoltenberg immer als ein bisschen verrückt, aber nachdem er die Verantwortung für den Jungen übernommen hatte, gab er ihm alle Liebe, die er aufbringen konnte.

So verbrachte der kleine Italiener eine schöne Kindheit und Jugend auf dem Lande, in der Holsteinischen Schweiz. Da

sein Onkel nur Plattdeutsch sprach, kam es zu dem kleinen Paradoxum, dass ein kleiner, italienischer Junge diese Mundart schnell perfekt beherrschte.
Er wuchs auf zwischen Wäldern und Feldern am Großen Plöner See. Besuchte die Schule in Plön. Nach seiner Schulzeit und Jugend wollte er unbedingt zur Polizei. Dort war Lorenzo, nach nun fast dreißig Jahren, immer noch. Mittlerweile war er Hauptkommissar im Dezernat K1 der Kieler Mordkommission, wo ihn alle nur Italo-Cop nannten. Er liebte seinen Beruf, auch wenn er ihn manchmal ziemlich schwer ertragen konnte.
Lorenzo erzählte auch von seiner geschiedenen Ehe.
Danach hatte Lorenzo immer mal wieder lose Bekanntschaften, aber nie für lange. Des Öfteren dachte er darüber nach, warum er solo bleiben sollte. Irgendwann sagte er sich, dass seine große Liebe entweder da draußen herumlief und

nur auf den richtigen Moment wartete, oder es sollte sie nie geben.
Anscheinend hatte er sie gerade gefunden und redete mit ihr.

Nina Snider wurde 1970 geboren und war in Hamburg aufgewachsen. Ihr Vater war der Kapitän Charles Snider, der Bruder von Old Henry. Er arbeitete für eine große Hamburger Reederei. Sie hatte noch zwei ältere Brüder und die ganze Familie freute sich, wenn der Vater einmal von einer seiner langen Reise zu Hause war. Ihre Mutter versorgte die Familie und sie wuchs mit ihren Geschwistern in einem kleinen Haus auf, das im Hamburger Stadtteil Finkenwerder lag. Schon als kleines Mädchen ging sie oft an die

nahe gelegene Elbe und beobachtete das Ein- und Auslaufen der Schiffe.
Da sie schon immer ein gutes Verständnis für Tiere besaß, studierte sie nach dem Abitur Veterinärmedizin in Hamburg. Nach dem Studium verliebte sie sich Hals über Kopf in einen Kommilitonen und sie heirateten. Die Ehe blieb kinderlos. Es erwies sich, dass auch diese Beziehung nach kurzer Zeit in die Brüche ging. Nach der Scheidung ging sie nach Kassel in eine große Tierklinik. Blieb dort einige Jahre. In der Klinik lernte sie einen alten Tierarzt aus Bad Sooden-Allendorf kennen, der in den Ruhestand gehen wollte und einen Nachfolger für seine Praxis suchte. Kurz entschlossen übernahm sie diese Praxis.
Inzwischen praktizierte sie über zehn Jahre. Ihr gefiel zwar die Kleinstadt an der Werra, insgeheim sehnte Nina sich aber in den Norden zurück. Was sie in Hessen am meisten vermisste, war das Meer. Die unendliche Weite der See. Den stetig wehenden Wind.
Auch sie hatte mehrere, lose Bekanntschaften, aber die große Liebe hatte sich bisher im Norden der Republik versteckt.
Nun saßen sich die beiden gegenüber. Schauten sich immer wieder an, wie verliebte Teenager.
Es wurde eine lange Nacht, denn Lorenzo und Nina hatten sich viel zu erzählen. Old Henry verließ die beiden irgendwann. Als der alte Mann in sein Schlafzimmer ging und die Verliebten allein ließ, bekamen sie davon nichts mit.

Codex Slavicum – Haithabu

Einige Stunden nach Sonnenaufgang kam der blonde Wikinger in den Stall. Er gab uns zu verstehen, dass wir ihm folgen sollten. Zu unserem Erstaunen war Gunnar heute nur mit einem einfachen Wams bekleidet. Zudem trug er keine schweren Waffen. Nur ein großer Dolch hing an seinem Gürtel. Wir folgten ihm. Es ging wieder durch unendliche Gassen und enge, schlammige Straßen. Wir kamen auf einen großen Platz. Ein Markt, auf dem ein reges Treiben herrschte. Zielstrebig steuerte Gunnar auf einen dicken Mann zu, der einen langen Ledermantel trug. Sie begrüßten sich und sprachen miteinander.

Der Dicke sah uns an. Zuerst musterte er mich, schüttelte aber verächtlich den Kopf.

Danach inspizierte er Pribislaw. Er untersuchte seine Arme und begutachtete sogar seine Zähne.

Wieder sprachen die Männer miteinander. Nach der Verhandlung wechselten einige Silberstücke den Besitzer. Die Männer grinsten zufrieden. Anscheinend hatten sie ein gutes Geschäft gemacht. Der Dicke packte Pribislaw am Arm, zerrte ihn hinter sich her. Nach einigen Metern blickte Pribislaw sich um. Wir sahen uns in die Augen. Ich war traurig, aber Pribislaw lächelte. Kaum zu glauben, er lächelte tatsächlich. Kurze Zeit später verschwand mein Freund zwischen den vielen Menschen. Ich sollte ihn unter sehr mysteriösen Umständen wiedersehen.

Abermals fühlte ich mich allein. Mich übermannte eine nie gekannte Traurigkeit. Fast hätte ich angefangen zu weinen, dachte allerdings an meine Schwester. Sei tapfer! Wir sehen uns wieder, waren ihre letzten Worte, bevor sie in den Fluten des Pastsees verschwand. Ich wünschte damals, dass auch ich endlich sterben würde. Am liebsten wäre ich hinunter zur Slie gelaufen, um mich ebenfalls in den Fluten zu ertränken. Doch ich war damals zu feige. Das Schicksal hatte etwas anderes mit mir vor. Die Wege des Herrn sind unergründlich. Ich fügte mich in meine Bestimmung.

Gunnar sah mich nun missgelaunt an. Natürlich hätte er auch mich gern verkauft. An diesem Vormittag sprach Gunnar noch mit anderen Händlern, aber niemand wollte mich armseliges, schmächtiges Bürschchen kaufen.
Die Sonne stand mittlerweile schon im Zenit. Gunnar wollte den Markt gerade verlassen, als ein Mann auf uns zukam. Dieser Fremde war über einen Kopf kleiner als der Wikinger. Er trug ein langes, braunes Gewand, das fast bis auf den Boden reichte. An seinem Hals baumelte eine dünne Kette, an deren Ende sich ein Zeichen befand, das ich noch nie gesehen hatte. Ein Holzkreuz. Zu meinem Erstaunen war eine kleine Figur an dieses Kreuz genagelt. Ein fast nackter Mann, mit einer Dornenkrone auf dem Kopf.
Die blauen Augen des Fremden sprudelten vor Lebensfreude. Er lächelte und zwinkerte mir zu. Seit Tagen war dies der erste Fremde, der mir freundlich gesinnt zu sein schien. Dieser Mann redete lange mit Gunnar. Ich verstand kein Wort. Nach geraumer Zeit wurden sich die beiden allerdings handelseinig. Der Fremde drückte dem Wikinger zwei Silberstückchen und ein seltsames Ding in die Hand. Ich konnte nicht sehen, um was es sich handelte, aber der Wikinger grunzte zufrieden. Die Augen des Kreuzträgers blitzten bei dem Handel schelmisch auf. Als Gunnar ging, schüttelte der Hüne den Kopf. Als er zwischen den Leuten verschwand, konnte ich ihn noch lange lachen hören.

»Mein Name ist Bruder Thaddäus«, sagte der Fremde. »Komm, wir gehen. Wie heißt du eigentlich?«
Ich blickte erstaunt auf. Der Mann hatte mich tatsächlich auf Slawisch angesprochen.
»Vlad«, stammelte ich verwundert.
Kaum zu fassen. Gerade eben sprach dieser Fremde mit dem Wikinger noch auf Dänisch. Nun redete er plötzlich mit mir in meiner Sprache. Wie war es möglich, dass jemand mehrere Sprachen beherrschte?
»Vlad. Schöner Name«, resümierte der Fremde, kicherte und marschierte los.
Ohne nachzudenken, folgte ich ihm. Als ich durch die Menschenmassen wortlos hinter ihm her trottete, bemerkte ich, dass Thaddäus' Haare an seinem Hinterkopf kreisförmig abrasiert waren. Was für eine merkwürdige Haartracht, dachte ich belustigt.
Wir durchquerten Haithabu. Ein Wirrwarr an Straßen und Menschen. Nach geraumer Zeit marschierten wir durch das Stadttor hinaus. Irgendwann kamen wir auf ein großes Feld, auf dem viele Zelte und Fuhrwerke standen. Der Lagerplatz von Reisenden und Kaufleuten. Ein buntes Gemisch und Treiben aus allen Herren Ländern. Tiere aller Art befanden sich hier. Zelte, Ochsengespanne, Marktbuden, Garküchen und noch viel mehr. Sogar einige Artisten und Gaukler gab es dort. Ich sah auch einen Mann, der Feuer spucken konnte. Mein Staunen war groß.
Zielstrebig steuerte Thaddäus durch dieses Treiben hindurch zum Rand des Platzes. An einem kleinen Lagerfeuer hielt er an. Dort saß ein gedrungener, dicker Mann. Er war genauso gekleidet wie Thaddäus. Auch er trug ein braunes

Gewand, ein merkwürdiges Kreuz und hatte sich die Haare am Hinterkopf abrasiert.

»Das ist Bruder Bartholomäus«, stellte mir Thaddäus den Mann vor.

Bartholomäus lächelte und begrüßte mich. Dieser Bartholomäus schmunzelte die ganze Zeit über schelmisch. Überhaupt machten die beiden den Eindruck auf mich, als seien sie mit sich und der Welt zufrieden. Bruder Thaddäus setzte sich ans Feuer und gebot auch mir, mich hinzusetzen. Bartholomäus kramte unterdessen in einem Lederrucksack. Bedächtig holte er einen dicken Laib Brot hervor. Er schnitt mehrere Scheiben davon ab und reichte sie Thaddäus und mir. Dazu gab es frisches Wasser aus einem Ziegenlederbeutel.

Ich verschlang das Brot wie ein Verhungernder. Thaddäus und Bartholomäus beobachteten mich dabei, wie ich aß, und amüsierten sich anscheinend. Dabei unterhielten sie sich in einer weiteren Sprache, die ich nie zuvor gehört hatte. War es tatsächlich möglich, dass es Menschen gab, die mehrere Sprachen gleichzeitig beherrschten? Ich staunte immer mehr. Hörte zeitweise sogar auf, zu kauen. Von Anfang an mochte ich die beiden. Thaddäus und Bartholomäus stellten keine Gefahr dar, das konnte ich spüren. Welchen Gott auch immer sie anbeteten, er musste gutherzig sein. Aber ich verstand nicht, warum dieser Gott sich dafür an ein Kreuz schlagen ließ? Ich dachte damals, dass dieser Gott wahrscheinlich nicht so stark und mächtig wäre wie Perun.

Lange Zeit saßen wir zusammen. Die beiden Gottesmänner erzählten mir, warum sie mich von dem Rothaarigen abgekauft hatten. Sie waren Priester eines Gottes, den sie Jesus

Christus nannten. Dieser Jesus sei auf die Welt gekommen, um die Menschen zu befreien und ihnen seine Liebe zu schenken.
Thaddäus und Bartholomäus waren zusammen mit einigen anderen Brüdern ihres Ordens aus einem weit entfernten Ort namens Bremen nach Haithabu gereist, um hier von den Wikingern christliche Sklaven freizukaufen. Ihre Brüder waren schon vor einigen Tagen aufgebrochen, um mit zwölf Befreiten die Heimreise anzutreten. Ihr Orden, der sich Benediktiner nannte, unternahm fast jedes Jahr solche Reisen. Dieses Jahr wurden so viele Armselige wie noch nie zuvor von den Dänen abgekauft.
Eigentlich wollten auch sie mit ihren Brüdern abreisen. Aber Thaddäus hatte in der Nacht vor ihrer Abreise einen Traum gehabt. Darin befahl ihm ein Engel, noch in Haithabu zu bleiben, denn in einigen Tagen würde er hier einen jungen Knaben treffen, den es noch zu befreien galt. Dieser Jüngling wäre zwar kein Christ, sondern ein junger Abodrite, aber er solle einmal der Abt ihres Klosters werden.
Als Thaddäus mich am Vormittag auf dem Sklavenmarkt sah, wusste er, dass dieser Verheißungsvolle ich gewesen sei. Er lachte verschmitzt und meinte, dass er dem blonden Wikinger königlich bezahlt hatte. Thaddäus schilderte mir, dass die Wikinger sehr abergläubisch und ganz wild auf Reliquien seien. Sie hingen zwar immer noch ihren Göttern Odin und Thor an, waren aber anderen Religionen gegenüber sehr aufgeschlossen. Man konnte ja nie wissen, welche von ihnen die Richtige war. So hätte er Gunnar etwas Silbergeld und einen Holzsplitter gegeben. Dieser Holzspan sollte vom Kreuz stammen, an dem Jesus Christus starb. Ein Glücksbringer von nicht geringer Güte. Dazu holte er einen

kleinen Lederbeutel aus seinem Rucksack hervor und öffnete ihn. Darin waren etwa fünfzehn weitere Holzstücke. Thaddäus und Bartholomäus grinsten sich an, bevor sie mir erzählten, dass sie diese Holzspäne aus einem alten Holzbalken herausgeschnitten hatten, der von einer abgebrochenen Scheune ihres Klosters stammte. Die beiden kicherten ununterbrochen. Es sei ja schließlich für einen guten Zweck geschehen. Nur dürfte der Abt ihres Klosters nichts davon erfahren.

Ich musste nun ebenfalls herzhaft lachen, auch wenn ich damals nur die Hälfte ihrer Schilderung verstand. Nach einiger Zeit beruhigten wir uns wieder. Bruder Thaddäus sah mich plötzlich ernst an. Er fragte, ob ich bereit dazu sei, sie in ihr Kloster nach Bremen zu begleiten. So eine Prophezeiung sollte man ernst nehmen. Sie würden mich dort in allem ausbilden, was ich als Gelehrter wissen müsste. Vielleicht erfülle sich die Prophezeiung tatsächlich und ich würde eines Tages ihr Abt werden.

Was sollte ich tun? Ich, ein Knabe von gerade mal dreizehn Jahren. Völlig hilflos und schutzbedürftig. Meine Familie tot. Doch ich wollte nicht verzweifeln. Diese Benediktinermönche waren mir sympathisch. Wenn alle Brüder in diesem Kloster solche fröhlichen Gesellen waren, dann hätte ich mit diesem fremden Gott Jesus Christus Glück gehabt. Ich bereitete mich innerlich darauf vor, meinen Rettern nach Bremen zu folgen.

Schon am nächsten Tag wollten Thaddäus und Bartholomäus aufbrechen. Wir wollten über den sogenannten Ochsenweg zuerst nach Hammaburg reisen, um dort die vorangegangenen Ordensbrüder zu treffen. Danach sollte es einige Tagesreisen weiter in Richtung Westen gehen. Ins Land der Friesen. Dort würde das Kloster Stankt Paul liegen. An einem großen Fluss, in der Nähe eines Meeres, das sich Britannisches Meer nannte.

Als wir uns zum Schlafen in unsere Decken einhüllten, sah Bruder Thaddäus mich lange an. Er sagte etwas zu mir, das ich damals noch nicht verstand.
»Ut in omnibus glorificetur Deus!«
Dabei machte er ein Zeichen über mir, das aussah wie ein Kreuz. Obwohl ich meine Wohltäter erst wenige Stunden kannte, fasste ich schnell Vertrauen zu ihnen. Ich mochte die beiden Mönche.
In der Nacht beobachtete ich viele Sternschnuppen und erkannte darin ein gutes Omen für unsere bevorstehende Reise.

Gegenwart – Neun

Lorenzo steuerte seinen gelben Postkäfer auf der Bundesstraße 76 in Richtung Preetz. Die Uhr zeigte kurz vor acht. Der Motor des Oldtimers tuckerte wie ein Uhrwerk. Kaum zu glauben, aber im Fahrzeug befand sich immer noch der erste Dieselmotor, der vor über fünfunddreißig Jahren in dieses Kult-Fahrzeug eingebaut wurde.

Der Hauptkommissar hatte in der vergangenen Nacht nur wenig geschlafen. Bis in die frühen Morgenstunden fanden er und Nina keinen Schlaf. Sie hatten sich unterhalten. Wirklich nur geredet. Über Gott und die Welt. Die

Schmetterlinge, die er dabei in seinem Bauch fühlte, waren unbeschreiblich. So etwas war in Lorenzos bisherigem Leben noch nicht vorgekommen. Er spürte, dass es auf Gegenseitigkeit beruhte.
Nina.
Gegen vier Uhr morgens hatten sie sich voneinander verabschiedet. Beim Auseinandergehen umarmten sie sich. Nicht einmal zu einem Kuss kam es. Trotzdem fühlte es sich großartig an, diese Frau in den Armen zu spüren. Lange standen sie eng umschlungen da, mehr wollten sie beide nicht. Zaghaft trennten sie sich irgendwann. Waren, jeder für sich, ins Bett gegangen. Es bedurfte auch noch nicht mehr. Es fühlte sich trotzdem gut an. Lorenzo freute sich bereits sehr darauf, Nina am Abend wiederzusehen.

Als er nun durch die Preetzer Innenstadt fuhr, versuchte er, sich auf seine bevorstehende Arbeit zu konzentrieren, doch es fiel ihm schwer. Immer wieder dachte er an das bezaubernde Lächeln der rothaarigen Tierärztin.
Nachdem Lorenzo kurze Zeit später in der Feldmark ankam, erkannte er sofort, dass seine Kollegen bereits dort standen. Das gesamte Areal hatte man weiträumig mit einem rot-weißen Flatterband abgesperrt. Ein Löschfahrzeug der Freiwilligen Feuerwehr Preetz stand immer noch auf dem Grundstück von Tim Martens. Die Brandwache. Außerdem befanden sich auch noch ein Streifenwagen und der dunkelblaue Ford Transit der Kriminaltechnik vor dem Anwesen. Neben dem Fahrzeug der Spurensicherung standen Kriminaloberrat Rühmann, Kommissarin Jenny Breitfeld, Hauptkommissar Frank Zobel und der Preetzer Polizist Werner Schneekloth. Verwundert stellte er fest, dass auf

Schneekloths Stirn ein überdimensionales, weißes Pflaster klebte.
Lorenzo blieb noch einen Moment in seinem Wagen sitzen, um Elisabeth Burmeister, die Sekretärin der Kieler Mordkommission, anzurufen. Sie liebte es, sozusagen die gute Seele der K1 und gleichzeitig Mädchen für alles zu sein. Er bat die Sechzigjährige die Adresse von Kurt Drexler herauszufinden und gab ihr dafür die nötigen Informationen, die er gestern Abend von Old Henry erhalten hatte. Sie versprach Lorenzo, sich sofort darum zu kümmern. Vielleicht konnte der ehemalige Assistent von Liselotte Sievers ja tatsächlich Angaben über den Verbleib des mysteriösen Dokuments machen.

Bartonelli stieg aus seinem Käfer aus und eilte zu seinen Kollegen. Sie begrüßten sich. Er sah auf das fast völlig abgebrannte Haus. Nur noch einige Mauerreste ragten wie ein kariöses Gebilde in die Höhe. An einigen Stellen qualmten noch kleine Rauchfahnen gen Himmel. Der Geruch von Thermit und anderen Brandstoffen lag immer noch unangenehm in der Luft, wenn auch nicht mehr so extrem wie gestern Nachmittag. Es bestand aber keine Lebensgefahr mehr, sich in der Brandruine aufzuhalten. So konnte man einige Mitarbeiter der Kriminaltechnik in ihren weißen Anzügen und mit Mundschutz in dem Trümmerfeld erkennen, die ihrer Arbeit nachgingen.
Schneekloth berichtete gerade von seinem gestrigen Abenteuer.
Schnell war ein weiterer Streifenwagen zu ihm gestoßen. Eine Kollegin fuhr mit ihm ins Preetzer Krankenhaus. Doch die Verletzung war nicht tief und brauchte nicht einmal

genäht zu werden. So hatte der diensthabende Arzt die Wunde geklammert und mit einem Pflaster versehen. Fluchend ließ Schneekloth auch noch eine Tetanusinjektion in seinen Allerwertesten über sich ergehen und er beschloss grummelig, dass das für heute an Schmerzen reichte.
Sie hatten danach noch das gesamte Grundstück Bohnsens abgesucht, aber nichts gefunden.
Als Schneekloth gegen Mitternacht nach Hause kam, musste er sich eine sorgenvolle Predigt von Dörte anhören.

»Bis gestern Abend um zweiundzwanzig Uhr hat es hier noch gebrannt«, berichtete Schneekloth weiter. »Erst gegen Mitternacht konnte die Feuerwehr den Brand endgültig löschen. Ein wahres Inferno, sage ich euch!«
»Kaum zu glauben, dass wir in dieser Ruine noch etwas Brauchbares finden werden«, meinte Frank Zobel verdrießlich und verzog sichtlich das Gesicht. »Aber in einer Stunde wollen die Brandsachverständigen kommen. Bin gespannt auf ihre Einschätzung.«
Langsam machte er sich auf den Weg zum Trümmerfeld, um seine Kollegen von der Spurensicherung zu unterstützen.
Kriminaloberrat Rühmann begann nun zu berichten, dass er heute Morgen bereits mit Dr. Kretschmann, dem Leiter des *Instituts für Rechtsmedizin an der Christian-Albrechts-Universität zu Kiel*, telefoniert hatte. Der Pathologe hatte die Leiche der ermordeten Liselotte Sievers noch am gestrigen Nachmittag obduziert und mitgeteilt, dass die alte Frau anscheinend vor ihrem Martyrium an einem Herzversagen gestorben sei. Wahrscheinlich erschreckte der Überfall des Mörders die alte Archäologin dermaßen, dass ihr greises

Herz vor Angst und Grauen einfach aufgehört hatte zu schlagen. Als der Täter – oder, wie Dr. Kretschmann sich ausdrückte, der Psychopath – seine Mutilation an der Frau vornahm, befand diese sich schon nicht mehr unter den Lebenden. Die Schnitte und Verstümmlungen seien aber quasi ohne Sinn und Verstand durchgeführt worden. Dr. Kretschmann meinte zudem, dass der Täter sich offensichtlich in einem Wahn, einem wahren Blutrausch befunden haben musste.

Während der Kriminaloberrat seinen Bericht vornahm, schüttelte er immer wieder verächtlich den Kopf, wobei sein enormes Doppelkinn fast schon tektonische Eruptionen in seinem Gesicht auslöste.

Was muss in dem Kopf des Mörders vor sich gegangen sein?, dachte Lorenzo, bevor er Rühmann und Jenny Breitfeld von dem Gespräch, das er am gestrigen Abend mit dem pensionierten Archäologen Henry Snider geführt hatte, erzählte. Seine kleine Romanze verschwieg er aber.

Noch während er berichtete, klingelte sein Mobiltelefon. Elisabeth Burmeister war am anderen Ende der Leitung. Sie hatte herausgefunden, dass Kurt Drexler vor etwa acht Jahren pensioniert und nun, zusammen mit seiner Ehefrau, in einer Eigentumswohnung im Kieler Vorort Schilksee an der Ostsee lebte.

Lorenzo gab diese Information an seine Kollegen weiter. Kriminaloberrat Rühmann stimmte zu, dass es wahrscheinlich dienlich wäre, mit dem ehemaligen Assistenten von Liselotte Sievers zu sprechen. Rühmann wollte Lorenzo bei dem Besuch Drexlers begleiten.

Da die Kriminaltechnik hier momentan intensiv arbeitete, mussten sie auf die Ergebnisse warten. Sie wollten zunächst nach Schilksee fahren, um mit Kurt Drexler zu sprechen, denn in Preetz konnten sie nichts ausrichten, solange nicht Karl Friedrich Bohnsen gefunden wurde, der bis zum Morgen immer noch nicht wieder aufgetaucht war. Danach würden sie sich um diese Mittelalterfreaks kümmern. Jenny Breitfeld sollte unterdessen versuchen, sich an die Fersen von Lina Böhrnsen zu heften. Vielleicht würde die Observierung der jungen Studentin ja neue Erkenntnisse ergeben.

Die drei Kripobeamten wollten sich gerade auf den Weg zu ihren Fahrzeugen machen, als sie ein lauter Pfiff zurückhielt. Frank Zobel winkte ihnen zu und näherte sich schnell. Er sah aufgeregt aus. Anscheinend hatten sie etwas gefunden, was er seinen Kollegen mitteilen wollte. Frank Zobel nahm seinen Mundschutz ab, räusperte sich mehrfach und musste husten. Der beißende Geruch, der direkt aus der Brandruine kroch, stank immer noch ziemlich ausgeprägt.
»Wir haben verkohlte Überreste einer Person gefunden. Es handelt sich aber nur um einige Knochenteile sowie um ein etwa zehn Zentimeter großes Stück vom Unterkiefer, an dem sich allerdings noch einige Zähne befinden. Der Rest vom Körper ist quasi in Rauch aufgegangen. Spurlos verschwunden. Ich glaube, das sollte mit diesem Feuer auch bezweckt werden. Aber die Fundstücke eignen sich höchstwahrscheinlich bestens für eine DNA-Analyse. Es grenzt sowieso an ein Wunder, dass wir noch menschliche Überreste nach diesem Höllenfeuer gefunden haben.«
»Wo befanden sich die Fundstücke?«, fragte Jenny Breitfeld.
»Der Raum, in dem wir sie gefunden haben, muss das Badezimmer gewesen sein. Sie lagen neben einer völlig defor-

mierten Toilette. Die Hitze muss ungeheuerlich gewesen sein.«
»Alles deutet darauf hin, dass dieser Tim Martens einen spektakulären Suizid hingelegt hat. Leider wissen wir immer noch nicht, woher der junge Mann überhaupt stammt. Deshalb wird es kaum möglich sein, die DNA bei Angehörigen abzugleichen«, sagte Rühmann. »Ich habe gestern Nachmittag noch versucht etwas über Tim Martens herauszufinden. Er ist hier in Preetz auf dem Einwohnermeldeamt registriert, aber seine Biografie ist anscheinend ein Fake. Ich konnte nicht nachvollziehen, woher er stammt. Die letzte Eintragung, bevor er nach Preetz gezogen ist, fand ich in Schwerin. Aber wo er vorher gewohnt hat, ist ein Rätsel. Aber ich bleibe dran. Mysteriöses Menschenkind, offensichtlich ohne Vergangenheit.«
Frank Zobel wirkte nachdenklich und überlegte.
»Es könnte aber auch sein, dass die Knochenfragmente gar nicht von Tim Martens stammen.«
»Denkbar, aber von wem sonst?«, resümierte Rühmann.

Gegenwart – Zehn

Nachdem sie kurz in der *Blume* anhielten, machten sich Lorenzo und Rühmann auf den Weg nach Schilksee. Jenny Breitfeld sollte unterdessen versuchen Lina Böhrnsen zu finden und zu beschatten.

Der Weg ins nördlich von Kiel gelegene Schilksee führte die beiden Kripobeamten über die Holtenauer Hochbrücke und somit über den Nord-Ostsee-Kanal. Eine der meistbefahrenen Wasserstraßen der Welt. Als sie über die hohe Brücke fuhren, konnten sie in einer der Holtenauer Schleusenkammern ein riesiges Kreuzfahrtschiff sehen, dessen Bug mit einem überdimensionalen Kussmund verziert war. Wahrscheinlich befand es sich auf dem Weg in die Ostsee oder wollte zum Kieler Hafen. Die schleswig-holsteinische Landeshauptstadt wurde schon seit Jahren gern von diesen schwimmenden Palästen angesteuert und viele Kreuzfahrer schätzten die Stadt sehr.

Kurze Zeit später trafen sie in dem beliebten Kieler Vorort ein. Die Strandpromenade in Kiel-Schilksee, wo Kurt Drexler wohnen sollte, fanden sie schnell. Der ehemalige Assistent von Liselotte Sievers lebte in einem Mehrfamilienhaus der gehobenen Klasse. Lorenzo drückte auf den Klingelknopf. Nach kurzer Zeit vernahmen sie das Summen des Türöffners, woraufhin der Hauptkommissar die schwere Eingangstür aufdrückte. Die Wohnung Drexlers lag in der zweiten Etage, ohne Fahrstuhl. Sie erklommen gemeinsam die Treppen. Als sie im zweiten Stock ankamen, schnaufte der beleibte Kriminaloberrat wie ein lungenkrankes Walross. In der offenen Wohnungstür wartete bereits eine ältere, schlanke Frau. Ihre mittellangen Haare waren vom Alter ergraut, fast weiß. Lorenzo zeigte der Frau seine Legitimation und stellte sich sowie Rühmann vor. Die Seniorin sah ihn erschrocken an. Leichte Panik erfasste ihr Gesicht, wie es immer geschieht, wenn normale und unbescholtene Menschen plötzlich mit der Kriminalpolizei konfrontiert werden.

Lorenzo beruhigte die alte Dame und erklärte ihr, dass sie nur mit ihrem Ehemann sprechen wollten, um ihm ein paar Fragen zu stellen.

Frau Drexler ließ die beiden Beamten in die Wohnung. Führte sie in ein gemütlich eingerichtetes Wohnzimmer. An einer der Wände stand ein riesiges Bücherregal, das den gesamten Raum dominierte. Es mussten Tausende von Bänden sein. Durch ein großes Panoramafenster hatten sie einen fantastischen Blick über die Kieler Förde. Am gegenüberliegenden Ufer sahen sie den achtundsechzig Meter hohen Turm des Laboer Ehrenmals.

Frau Drexler ließ die beiden Polizisten auf einer dunkelgrünen Sitzecke Platz nehmen.

»Mein Mann ist leider nicht hier. Er wollte noch etwas frische Luft schnappen und ist mit einem Bekannten hinunter zum Strand gegangen. Aber er bleibt meistens nicht lange fort. Er kommt sicherlich gleich wieder zurück. Kurt, also mein Mann, wurde erst vor ein paar Tagen aus dem Krankenhaus entlassen. Es geht ihm nicht gut. Er ist sehr schwach. Bronchialkarzinom im Endstadium. Wahrscheinlich hat er nicht mehr lange zu leben.

Aber entschuldigen Sie bitte. Ich bin unhöflich, möchten Sie einen Kaffee?«

Lorenzo und der Kriminaloberrat nahmen das Angebot gern an. Die Frau verschwand daraufhin in der Küche. Nur wenige Augenblicke später wurde die Haustür geöffnet. Sie konnten die Stimmen der Drexlers auf dem Flur vernehmen. Diese sprachen gedämpft. Einige Sekunden später kam Kurt Drexler in das Wohnzimmer und begrüßte die beiden Kriminalbeamten.

»Meine Frau sagte, Sie sind von der Polizei? Was kann ich für Sie tun?«, fragte er mit einem verunsicherten Gesichtsausdruck.
Man konnte Drexler ansehen, dass die schwere Krebserkrankung an ihm nagte. Er sah dünn aus, fast schon dürr und knochig, machte einen sehr kranken Eindruck. Sein Gesicht war grau und eingefallen.
Seine Frau hat recht, dachte Lorenzo, *Kurt Drexler hat wahrscheinlich wirklich nicht mehr lange zu leben.*

Lorenzo berichtete dem sichtlich geschockten Mann vom Mord an Liselotte Sievers, ließ dabei aber die brutalen Einzelheiten aus.
Kurt Drexler hatte anscheinend noch nichts von diesem Verbrechen aus den Medien gehört, denn er zeigte sich überrascht und bestürzt. Während Lorenzo sprach, wurde Drexler immer wieder von Hustenkrämpfen gepackt und entschuldigte sich jedes Mal dafür.
Nun kam auch seine Ehefrau in das Wohnzimmer zurück. Sie brachte ein Tablett mit, auf dem eine Porzellankanne und Geschirr standen. Sie deckte den Tisch und schenkte den Männern Kaffee ein. Zudem reichte sie auch noch ein paar Kekse.
»Stell dir vor, Gertrud, Liselotte Sievers ist ermordet worden«, sagte Drexler zu seiner Frau.
Er kämpfte sichtlich um Fassung. Lorenzo unterrichtete nun auch die Ehefrau Drexlers über den Vorfall. Die alte Dame schüttelte immer wieder den Kopf, auch sie sah erschüttert aus.

»Wie schrecklich.« Drexlers Stimme hörte sich belegt an. Wieder hustete er. Er bekam nur schwer Luft in seine Lungen. Drexlers Ehefrau verschwand kurz aus dem Raum. Sie kam mit einem Wasserglas und einer Tablette zurück, die Drexler sofort kommentarlos einnahm.
Der Hauptkommissar fragte den sichtlich angeschlagenen Mann, ob sie trotz seines Krankheitszustandes ein paar Fragen zu Liselotte Sievers stellen dürften.
Drexler nickte.
»Gern, wenn ich Ihnen dadurch irgendwie helfen kann.«
Kriminaloberrat Rühmann ergriff nun das Wort und kam auf die Ereignisse vor über fünfzig Jahren bei der Ausgrabung in Preetz zu sprechen. Er fragte Drexler, ob Liselotte Sievers ihm einmal davon berichtet hätte und ob er Kenntnisse von dem, unter mysteriösen Umständen, verschwundenen Dokument hätte?
Die Gesichtszüge des alten Mannes hellten sich auf. Plötzlich lächelte er.
»Natürlich weiß ich davon. Elisabeth nannte ihn immer ihren Schatz, den *Codex Slavicum*. Sie hat ihn mir sogar, unter dem Mantel der Verschwiegenheit, anvertraut und ich durfte ihn lesen. Ein großartiges Schriftstück.«
»Dann hat sie ihn damals also tatsächlich entwendet?«, fragte Lorenzo.
Drexler nickte und lächelte verschwörerisch.
»Ja, das hat sie. Aber für Liselotte war das kein Diebstahl, aus ihrer Sicht hat sie ihn quasi sichergestellt, das hat sie mir gegenüber immer wieder betont. Ich glaube auch, dass sie das Buch, außer mir, nie jemandem gezeigt hat. Sie nannte ihn ihr kleines Geheimnis. Sie hat den Codex geliebt. Niemals hätte sie ihn freiwillig hergegeben.«

»Wenn Sie diesen *Codex Slavicum* gelesen haben, dann können Sie uns sicherlich von dessen Inhalt berichten?«

»Natürlich. Er wurde von einem Mönch namens Magnus im frühen Mittelalter in lateinischer Sprache verfasst und dann in einer versiegelten Urne aus Ton auf einem Friedhof vergraben. Dieser Friedhof lag in der Nähe vom damaligen Porece, heute Preetz, an der Schwentine. Die Schwentine war damals der Heilige Fluss der dort lebenden Abodriten, einem slawischen Stamm.«

Lorenzo lauschte den Worten Drexlers so gespannt, dass er sogar vergaß, seinen Kaffee zu trinken.

»Was stand darin?«, fragte der Hauptkommissar neugierig.

Drexler lächelte erneut, sah seine Frau mit einem geheimnisvollen Blick an. Diese verstand ihn sofort und ging zu einem antiken Sekretär aus Kirschholz. Sie öffnete eine Schublade und holte etwas hervor. Bevor sie sich wieder neben ihren Ehemann setzte, legte sie die fingerdicke Akte auf den Tisch.

»Ich habe damals eine Abschrift von dem Codex angefertigt«, sagte Drexler. »In diesem Aktenordner ist der gesamte Inhalt des Schriftstückes aufgeschrieben.«

»Können Sie uns kurz erläutern, worum es darin geht?«

»Wie gesagt, dieser Mönch Magnus hat in diesem Codex gewissermaßen eine Kurzbiografie verfasst. Er wurde unter dem Namen Vlad als Abodrite in der Nähe von Preetz geboren und kam unter schrecklichen Umständen als Kind in ein Bremer Kloster, wo er sich offenkundig sehr wohlfühlte. Danach berichtet er von seltsamen, schrecklichen und grausamen Ereignissen, die sich im 9. Jahrhundert in Preetz und

Plön zugetragen haben. Damals hießen die Orte noch Porece und Plune.«
Wieder einmal wurde Drexler von einem Hustenanfall gepeinigt.
»Was war denn so schrecklich und grausam an seinen Erzählungen?«, fragte Rühmann gespannt.
»Damals gab es auf einer Insel im Großen Plöner See eine befestigte Slawenburg. Die sogenannte Olsburg.«
»Die kenne ich«, meinte Lorenzo. »Ich bin in Plön aufgewachsen. Die Olsburg soll damals über eine hundert Meter lange Holzbrücke mit dem Festland verbunden gewesen sein.
Ein sicherer Ort, den man bestimmt gut gegen Feinde verteidigen konnte.«
»Genau. Auf dieser Insel gab es, inmitten der Burg, ein slawisches Heiligtum, einen Tempel. Dort wurde einer ihrer vielen Götter verehrt.«
»Velos?«, unterbrach ihn Lorenzo und schaute Drexler wissbegierig an.
»Nein«, antwortete der alte Mann. »Velos wirkte als Gott der Unterwelt. Der wurde dort zuerst nicht verehrt. Auf der Olsburg gab es einen Tempel, in dem die regionale Göttin Podaga angebetet wurde. Podaga war so eine Art Wettergöttin, Sonnengöttin, und verantwortlich für die Morgenröte. Zudem beschützte sie die Jäger und Fischer. Wahrscheinlich handelte es sich dabei um einen dicken Eichenstamm, der grob menschliche Gesichtszüge aufwies, so eine Art Totem oder indianischer Marterpfahl. Aber laut Magnus gab es dort seinerzeit einen Priester mit dem Namen Ziric, der auch der dunkle Priester genannt wurde. Dieser Ziric führte sein Priesteramt wohl grausam aus.«

»Warum grausam?« Diesmal fragte Rühmann nach.
»In Magnus' Bericht steht geschrieben, dass dieser Ziric offensichtlich völlig verrückt war. Heute würde man ihn einen Psychopathen oder militanten Despoten nennen. Quasi einen slawischen Idi Amin. Er hat Podaga vom Thron gestürzt und den Totengott Velos dafür eingesetzt und verehrt. Ziric hat die ganze Plöner und Preetzer Gegend terrorisiert und schreckte auch vor Menschenopfern nicht zurück.«
Lorenzo zog die Augenbrauen hoch und warf Kriminaloberrat Rühmann einen schnellen Blick zu.
»Menschenopfer? Ich wusste nicht, dass die Slawen ihren Göttern auch Menschenopfer darbrachten.« Rühmann schien entsetzt zu sein.
»Doch, gelegentlich kamen auch Menschenopfer vor, was bei den Slawen allerdings eher die Ausnahme bedeutete. Aber dieser Ziric rotierte anders. Laut Magnus wirkte dieser dunkle Priester nur einige Jahre, aber währenddessen hatte er wohl eine große Anzahl von gewaltbereiten Anhängern um sich gescharrt. Mit dieser kleinen Armee konnte er die Gegend schnell unter seine Kontrolle bringen und seine Gewaltherrschaft aufbauen. Dazu hat er Velos zu einem blutgierigen Monster emporgehoben, was Velos normalerweise gar nicht war. Die Menschen hatten große Angst vor diesem Alleinherrscher und seinen Spießgesellen. Magnus berichtet in seinem Schriftstück weiterhin, dass er mithilfe seiner Schwester, die eine weiße Heilerin gewesen sein soll, sowie einigen Getreuen diesen Ziric nach einem brutalen Kampf und unter Lebensgefahr zur Strecke gebracht hat. Ziric letzte Worten weissagten, dass er eines Tages auferstehen werde. Dann würde er in Velos' Namen Rache nehmen

und die ganze Gegend in ein riesiges Blutbad stürzen. Die Seen sollten dann rot vom Blut der Menschenopfer werden. Er würde seinen Opfern die Kehle durchschneiden und ihnen die Därme herausreißen.«

Lorenzo und Rühmann warfen sich erneut einen schnellen Blick zu. Jeder wusste vom anderen, was er gerade dachte.

Stand dieses Dokument im Zusammenhang mit dem brutalen Mord an der alten Archäologin? Konnte es sein, dass sich jemand für die Reinkarnation dieses mittelalterlichen Ziric hielt? Sollte Tim Martens in dessen Fußstapfen getreten sein? Hatten diese Mittelalterfreaks den *Codex Slavicum* gestohlen und benutzten ihn nun als eine Art Bibel? Hatte Tim Martens Adepten um sich gescharrt, um zu morden?

Bei der Durchsuchung des Hauses der Ermordeten wurde dieses Schriftstück nicht gefunden, wo befand es sich jetzt?

Lorenzos Gedanken kreisten um die Informationen, die Kurt Drexler ihnen gerade mitgeteilt hatte. Außerdem dachte er auch immer wieder an Nina Snider. In seinem Kopf herrschte momentan ein leichtes Gefühlschaos.

Kurt Drexler wirkte nach seinem Bericht noch hinfälliger, er sah müde aus.

»Ich glaube, wir sollten meinen Mann nun in Ruhe lassen. Ihr Besuch hat ihn sehr angestrengt und er muss sich erst einmal hinlegen.« Frau Drexler wirkte besorgt.

Lorenzo und Rühmann hatten vorerst genug gehört. Bevor sie die Wohnung verließen, fragten sie Drexler, ob sie sich eine Kopie des Codex anfertigen dürften. Der alte Mann gab ihnen das Buch gern mit.

Nachdem sie sich von den Drexlers verabschiedet hatten, verstauten sie den Codex in ihrem Dienstwagen. Mittlerwei-

le war es schon früher Nachmittag. Sie hatten lange bei Kurt Drexler verweilt und seinen Ausführungen gelauscht. Der Kriminaloberrat kannte an der Strandpromenade in Schilksee ein kleines Restaurant und machte Lorenzo den Vorschlag, dort zum Mittagessen einzukehren.
Erst jetzt merkte Lorenzo, dass er den ganzen Tag über noch nichts gegessen hatte. Irgendwie war er nicht so ganz bei der Sache. Ob es an der hübschen Tierärztin lag?

Codex Slavicum – Die Reise nach Hammaburg

Bevor der erste Hahn an diesem trüben Morgen krähte, marschierten wir los. Es war noch kühl, aber die Sonne folgte immer weiter ihrem Lauf. Sie vertrieb den Nebel und wärmte schon bald die Erde. Schnell erreichten wir das große Tor im Danwerk, durch das ich erst vor zwei Tagen Haithabu betrat. Die Wachen auf dem Turm ließen uns passieren. Es schien, als ob die Wikinger meine beiden neuen Freunde gut kennen würden. Sie wünschten uns sogar einen guten Weg.
Stunde um Stunde gingen wir Richtung Süden. Schritt für Schritt. Meile um Meile. Den ganzen Tag über liefen wir unter einem bedeckten Himmel. Aber zum Glück regnete es nicht, denn das hätte unser Weiterkommen deutlich verzögert. Die Wege wären dann schlammig und beschwerlich gewesen.
Am Abend fanden wir einen geschützten Rastplatz an einem Waldrand. Immer wieder beschäftigte mich die merkwürdige Frisur meiner Retter. Ich fasste Mut und fragte sie danach. Thaddäus schmunzelte, bevor er antwortete. Er ent-

gegnete, dass es quasi ein Opfer für ihren Gott wäre. Alle Mönche würden damit ihre Hingabe an Jesu Christus demonstrieren. Ich nickte zwar, aber verstehen konnte ich es nicht. Ich schwor mir insgeheim, meine Haare niemals zu opfern.
Wir gönnten uns nur eine kurze Nacht. Nach einigen Stunden der Ruhe ging es weiter. In der Dämmerung des frühen Tages trafen wir auf dem Weg einen Händler mit seinem Ochsengespann. Wir durften aufsitzen und er nahm uns einige Meilen mit, bevor er nach Westen abbog, um Meldörp zu erreichen.

Also marschierten wir weiter. Unsere Füße trugen uns über den Ochsenweg immer weiter Richtung Süden.
Meine beiden neuen Freunde erzählten mir unterdessen ihre Lebensgeschichte. Sie redeten sowieso ununterbrochen.
Thaddäus wurde in einem weitentfernten Ort geboren, der Colonia hieß und an einem großen Fluss namens Rhenus lag. Thaddäus berichtete, dass er aus hochherrschaftlichem Hause käme. Als achter Sohn eines Grafen. Hieß ursprünglich Walther von Greifenbach. Mit achtzehn Jahren zog er in die Welt hinaus. Wurde Hauptmann in der Armee Karl des Großen. Lange Zeit kämpfte er auf der iberischen Halbinsel gegen die Mauren. Kam dabei sogar bis nach Cordoba. Er schwärmte, dies sei die schönste Stadt der Welt.
Während einer Schlacht gegen die islamischen Invasionstruppen wurde er in Kastilien schwer verwundet. Er verbrachte mehrere Monate in einem Benediktinerkloster, wo er mit dem Tode rang. In jenen schweren Tagen schwor Walther von Greifenbach Mönch zu werden, sollte er diesen Todeskampf überleben. Das Wunder geschah. Dank der

Pflege der Mönche sprang mein lieber Freund dem Teufel von der Schippe und wurde tatsächlich gesund. Seit jenen Tagen befand er sich nun im Orden der Benediktiner und lebte mittlerweile im Bremer Sankt Pauls Kloster.

Bartholomäus indessen kam aus einem Ort, der sich Augusta Vindelicorum nannte. Er wusste nicht, woher er kam, geschweige denn, wer seine Eltern waren. Man fand ihn als Säugling vor einer Klostertür. Die Nonnen nahmen sich seiner an und zogen ihn auf. Als er älter wurde, trat er als Novize in den Orden der Benediktiner ein. Schon bald wurde er zum vollständigen Bruder des Ordens ernannt.

Auch er besaß ein bewegtes und schicksalhaftes Leben. Auf einer Pilgerfahrt nach Santiago de Compostella geriet er, zusammen mit mehreren seiner Ordensbrüder, in die Gefangenschaft von zypriotischen Piraten. Man verschleppte sie auf eines ihrer Schiffe. Dort sperrten die Korsaren ihn und seine Freunde wochenlang im Bauch der Galeere ein. Die Gefangenen bekamen kaum etwas zu essen. Aber wahrscheinlich hätte sowieso keiner von ihnen einen Bissen herunterbekommen, denn alle quälte eine fürchterliche Seekrankheit. Innerhalb kürzester Zeit roch es überall nach Erbrochenem und Exkrementen.

Eines Tages kamen sie nach Ad Dar al Bayda, einer maurischen Hafenfestung am Mare Atlanticus, die man auch Casablanca nannte. Dort wurde Bartholomäus auf dem Sklavenmarkt verkauft. Nach einer weiteren strapaziösen Reise, quer durch die Wüste Sahara, kam er ins ägyptische Alexandria. Bevor er dort weiterverkauft werden sollte, gelang ihm allerdings die Flucht. Zufällig lag dort im Hafen das Schiff eines venezianischen Kaufmanns. Bartholomäus schlich sich an Bord. Erst als sie sich einige Tage auf hoher

See, mitten auf dem Mare Mediterraneum, befanden, gab er sich zu erkennen. Der Kapitän und seine Mannschaft konnten kaum glauben, was für eine Odyssee Bartholomäus erlebt hatte. Während der gesamten Überfahrt musste er den Seemännern immer wieder seine abenteuerlichen Geschichten erzählen. Nach Wochen kamen sie endlich nach Venedig. Von dort aus überquerte er die Alpen. Nach über sechs Jahren Irrfahrt kehrte er zurück in sein Kloster nach Augusta Vindelicorum. Keiner seiner Brüder, die damals auf dem Jakobsweg ebenfalls in die Hände der Piraten gefallen waren, kehrte jemals zurück. Nur Bartholomäus schenkte Gott das Privileg, wieder in die Heimat zu gelangen. Mittlerweile lebte er ebenfalls im Bremer Kloster. Er war so weit in den Norden gekommen, weil er den Glauben besaß, hier niemals wieder in die Hände der Mauren zu fallen.

Ich kannte damals noch nichts von der Welt und die schicksalhaften Berichte meiner Freunde ergriffen mich zutiefst. Gespannt lauschte ich ihren aufregenden Erzählungen. Dass sie sich dabei des Öfteren zuzwinkerten und grinsten, nahm ich damals nicht wahr.

An diesem Abend fanden wir ein ordentliches Lager an einem kleinen See. Thaddäus schaffte es sogar, im seichten Wasser ein paar Fische zu fangen, die wir über einem Feuer brieten. Es schmeckte köstlich. Ich fühlte mich in der Begleitung der beiden Mönche sehr wohl. Innerhalb kürzester Zeit waren sie meine neue Familie geworden.

In der Nacht träumte ich von Piraten. Von wilden Schlachten gegen die Mauren. Ich durchquerte die Wüste Sahara und segelte über das Mare Mediterraneum.

Am nächsten Morgen meinte Thaddäus, dass wir wahrscheinlich an diesem Abend die Hammaburg erreichen

würden, wo ihre Brüder auf uns warteten. So marschierten wir an einem sonnigen Tag weiter. Wir kamen gut voran. Gegen Mittag sahen wir, wie sich uns aus südlicher Richtung eine große Staubwolke näherte. Bartholomäus meinte, dass es besser wäre sich in einem nahen gelegenen Wald zu verbergen.
Man konnte nie wissen, was für merkwürdige Gesellen dort ankommen würden.
Wir lagen gut versteckt unter einem Holunderbusch, als eine große Schar von annähernd einhundert Kriegern an uns vorüber ritt. Es waren tatsächlich Wikinger. Sie sahen äußerst gefährlich aus. Wir konnten erkennen, dass sie Beute gemacht hatten. Ihre Pferde waren schwer bepackt und sie führten mehrere Sklaven mit sich. Schnell verschwand diese Schar in Richtung Norden.
Nachdem sie fort waren, warteten wir noch ein Weilchen und gingen danach vorsichtig weiter. Wir beobachteten die Gegend, aber die Gefahr schien vorerst gebannt. Die Hammaburg erreichten wir an diesem Abend allerdings nicht. So schlugen wir in dieser Nacht unser Lager an einem der größten Flüsse auf, die ich jemals zu Gesicht bekam. Bis zum gegenüberliegenden Ufer waren es bestimmt mehr als zwei Meilen. Meine Gefährten teilten mir mit, dass wir die Albis erreicht hatten, die man auch Labe nannte. Morgen früh wollten wir am großen Fluss entlang stromaufwärts gehen. Dort lag die Hammaburg.
Als die Sonne im Westen unterging, zeigte Bartholomäus plötzlich auf die Flussmitte. Dort trieben Holzteile den Strom hinunter. Inmitten dieser Fragmente befanden sich aufgedunsene Tierkadaver. Kühe, Pferde und zu unserem großen Entsetzen auch menschliche Leichen.

Thaddäus meinte, dass das kein gutes Omen wäre.
In dieser Nacht schlief keiner von uns.

Das schlechte Vorzeichen sollte sich mehr als bewahrheiten. Als wir am nächsten Mittag über einen Geestrücken marschierten, sahen wir schon von Weitem Rauchfahnen, die in den blauen Himmel aufstiegen.
Hammaburg war fast vollständig zerstört. In dem kleinen Ort und in der dazugehörigen Befestigungsanlage war fast alles niedergebrannt. Manche der Anwohner konnten sich in den umliegenden Wäldern in Sicherheit bringen. Nun kamen sie langsam und voller Furcht wieder von dort zurück in ihre verwüstete Heimat. Schnell trafen wir zwei von Bartholomäus' und Thaddäus' Brüdern. Sie hießen Justus und Markus. Die beiden erzählten uns, dass am gestrigen Vormittag eine kriegerische Meute den Ort erstürmt hatte. Ein Teil der Angreifer überfiel den Ort von Land aus. Außerdem kamen vier Drachenboote der Wikinger stromaufwärts. Sie waren mit ihren wendigen Schiffen die Albis hinauf gerudert. Viele Einwohner wurden erschlagen. Viele beraubt. Noch mehr Menschen wurden als Sklaven auf die Langschiffe gebracht. Meine Freunde waren sehr traurig, denn auch zwei ihrer Brüder hatte man erschlagen.
Bartholomäus meinte, dass es am besten wäre, den Ort so schnell wie möglich zu verlassen, um sich auf den Rückweg in das Bremer Kloster zu machen. Also begruben wir die sterblichen Überreste ihrer Freunde. Bereits am frühen Nachmittag verließen wir die Ruinen der Hammaburg. Schnell machten wir uns auf den Weg nach Westen.

Die Mönche sprachen an diesem Tag nur wenig miteinander. Trieben sich immer wieder zur Eile an. Die vier Benediktiner trauerten um ihre Freunde.
»Gott schütze uns vor den Barbaren«, murmelte Bartholomäus ununterbrochen. In seinen Augen sah ich Angst und Schrecken.

Gegenwart – Elf

Lorenzo und Kriminaloberrat Rühmann hatten in einem kleinen, maritimen Restaurant an der Strandpromenade in Schilksee mittaggegessen. Beim Essen hatten sie von dort aus einen herrlichen Blick auf die sonnige Kieler Förde. Auf dem Wasser war relativ viel Betrieb. Diverse Containerfrachter fuhren zu den Holtenauer Schleusen, die in den Nord-Ostsee-Kanal führten, oder Richtung offene See.

Der Hauptkommissar hatte ein einfaches Schnitzel mit Pommes frites genossen. Der beleibte Rühmann gönnte sich eine Ostseescholle mit Speckstippe und Pellkartoffeln. Beim Nachtisch konnten die Männer beobachten, dass die *Color Fantasy* gerade aus dem Hafen in das Baltische Meer hinausfuhr. Das riesige, blau-weiße Schiff bildete einen beeindruckenden Anblick. Lorenzo dachte an sein Abenteuer, das er im vergangenen Jahr zusammen mit der norwegischen Polizei in Oslo erlebt hatte. Sie hatten damals einen Mörder verfolgt, der das große Fährschiff zur Flucht aus Deutschland genutzt hatte. Aber dieser Profikiller, der auf seiner Flucht auch Lorenzos besten Freund erschossen hatte, entkam und konnte spurlos verschwinden.

»Sie denken noch oft an Herrn Knöthke, nicht wahr?« Es schien, als wenn Kriminaloberrat Rühmann Gedanken lesen konnte.
Lorenzo nickte wortlos. Sie schauten beide stumm auf die sich kräuselnden Wellen der Kieler Förde hinaus. Auch der Leiter der Kieler Mordkommission war damals über den Tod von Kalle Knöthke sehr betroffen gewesen.

Rühmann lud Lorenzo zum Essen ein, bezahlte die Rechnung. Die beiden machten sich auf den Weg zurück zur Blumenstraße. Auf dem Flur trafen sie Elisabeth Burmeister. Die agile Sekretärin teilte den Männern mit, dass Frank Zobel schon mehrfach nach ihnen gefragt hatte. Er wollte sie dringend sprechen. Die beiden Männer machten sich sofort auf den Weg zur Abteilung der Kriminaltechnik. Die sogenannte Spurensicherung lag nur eine Etage tiefer. Sie trafen Frank Zobel in seinem Büro an.
»Gut, dass Sie beide hier sind«, begrüßte sie der leitende Kriminaltechniker. »Ich habe die Knochenfragmente in unser Labor weitergeleitet. Normalerweise dauert es ja eine halbe Ewigkeit, bis DNA-Material ausgewertet und analysiert ist, aber ich kenne den Laboranten gut. Also habe ich etwas Dampf gemacht. Er hat mir versprochen, es sofort zu bearbeiten. Könnte sein, dass wir die Ergebnisse schon morgen Vormittag auf dem Tisch haben. Zudem will er auch gleich eine Vergleichsanalyse auf der Datenbank vornehmen. Mit etwas Glück haben wir dabei einen Zufallsfund und können die DNA zuordnen.«
Rühmann bedankte sich und sprach den Technikern ein großes Lob aus.

»Aber es gibt noch mehr zu berichten«, meinte Frank Zobel. »Nach den Erkenntnissen der Brandgutachter können wir mit fast hundertprozentiger Sicherheit sagen, dass das Haus von Tim Martens absichtlich angesteckt wurde. War ja fast schon klar. Eindeutig Brandstiftung. Es lagerten dort tatsächlich Unmengen von Brandbeschleunigern und Thermit. Scheint so, als ob jemand diesen Brand schon lange geplant hatte. Darüber hinaus haben wir Überreste von Waffen gefunden.«

»Waffen?«, entfuhr es Lorenzo und dem Kriminaloberrat gleichzeitig. Sie schauten sich an und mussten unwillkürlich lachen.

»Ja, Waffen! Jede Menge Messer, Macheten, Schwerter, Äxte. Sogar einige Gewehre. Diese Sammlung befand sich in einem versteckten Kellerraum. Alle metallischen Bestandteile dieser Kollektion haben den Brand, mehr oder weniger, überlebt. Einige dieser Messerklingen ähneln der Waffe, die in der Brust von Liselotte Sievers steckte. Offenbar bevorzugt dieser Tim Martens solche Klingen. Wir haben acht baugleiche Dolche gefunden.«

»Donnerlittchen«, staunte Rühmann. »Dann hatte dieser Tim Martens also doch etwas mit dem Mord an der alten Frau zu tun. Vielleicht plagte ihn das schlechte Gewissen und er hat deswegen so einen spektakulären Suizid hingelegt.«

»Hätte? Vielleicht?« Frank Zobel sah seinen adipösen Kollegen erbost an. »Ich bin mir immer noch nicht sicher, dass diese Knochenfunde aus der Brandruine zu Tim Martens gehören.«

»Natürlich könnten Sie recht haben ...,« erwiderte Rühmann. Er wollte noch weiter reden, aber sein Mobiltelefon klingelte. Er sprach etwa drei Minuten. Nachdem er das Telefonat beendet hatte, steckte er das Gerät zurück in die Innentasche seines Sakkos.

»Das war Frau Breitfeld. Sie hat Lina Böhrnsen beobachtet und einige Stunden lang beschattet. Anscheinend ging die junge Dame auch heute nicht in die Universität. Sehr ungewöhnlich. Vor etwa drei Stunden hat sie ihre Wohnung in Mettenhof verlassen und ist mit einem KVG-Bus in die Holtenauer Straße gefahren. Dort saß sie dann geraume Zeit in der *Bazille* und hat etwas getrunken. Sie wartete, bis ihr Freund kam. Der mit dem Zopf. Christian. Anscheinend hat er Lina Böhrnsen etwas erzählt, worüber sich beide sehr gefreut haben. Kurze Zeit später hat ein alter, roter Mercedes vor der Studentenkneipe angehalten. Die beiden haben daraufhin das Lokal verlassen, sind in das Fahrzeug eingestiegen und sind Richtung Innenstadt verschwunden. Leider hat Frau Breitfeld ihren Wagen etwas abseits parken müssen, sonst hätte sie diese Mittelalterfreaks weiter verfolgt. Aber sie hat das Kraftfahrzeugkennzeichen des Mercedes. Unsere junge Kollegin hat mit der Bedienung der *Bazille* gesprochen. Lina Böhrnsen besucht diese Studentenkneipe anscheinend täglich und gehört zu den Stammkunden. Eigentlich müsste Frau Breitfeld jeden Moment hier sein, denn sie ist schon auf dem Rückweg. Lassen Sie uns in mein Büro gehen und den Halter dieses Mercedes ermitteln.«

Lorenzo und Rühmann verabschiedeten sich von Frank Zobel und gingen zurück in das Büro des Kriminaloberrats. Dort erzählte ihnen Elisabeth Burmeister, dass Schneekloth angerufen hatte. Die Suche nach Bohnsen lief immer noch auf Hochtouren, aber bisher hatten sie immer noch nichts

von Müll-Kalle gefunden. Langsam kam ihnen diese Geschichte merkwürdig vor und Rühmann überlegte, ob er diesen Querkopf zur landesweiten Fahndung ausschreiben sollte.
In dem Moment betrat Jenny Breitfeld Rühmanns Büro. Wie immer lächelte die junge, sympathische Frau. Sie setzte sich auf einen freien Stuhl. Rühmann tippte unterdessen auf seiner Computertastatur herum, dabei erreichte er mit seinen dicken Fingern eine beachtliche Geschwindigkeit, die man ihm gar nicht zutraute.

»Soooo ..., da ist er schon. Der Halter des Wagens heißt Marvin Krause. Wohnhaft in Wankendorf im Kreis Plön. Wenn ich mich recht erinnere, dann ist das auch einer dieser Mittelalterfreaks, von denen Polizeihauptmeister Schneekloth uns erzählt hat. Mich würde ja mal interessieren, worüber diese Lina Böhrnsen und ihr Freund sich so sehr gefreut haben?«
»Von dem Gespräch konnte ich leider nicht viel verstehen. Nur Gesprächsfetzen wie ... *ist ja voll krass ...* , ... *wie ist das möglich?* ... und ... *wo ist er jetzt...?* Mehr habe ich bedauerlicherweise nicht hören können«, warf Jenny Breitfeld ein.
»Vielleicht hat Frank Zobel ja recht und der Tote aus der Brandruine ist doch nicht Tim Martens? Gestern waren diese Lina und ihr Freund zu Tode betrübt, wahrscheinlich haben sie irgendwie von dem Brand erfahren und dachten, dass ihr Freund dabei ums Leben gekommen ist. Heute haben sie sich über irgendetwas gefreut. Vielleicht haben sie eine Information bekommen, dass der Totgeglaubte noch lebt. Oder ist das alles nur Spekulation?«, meinte Lorenzo nachdenklich.

Kriminaloberrat Rühmann sah gedankenverloren zum Fenster hinaus. Er verharrte mehrere Minuten in dieser Position. Plötzlich erhellten sich seine Gesichtszüge. Er grinste konspirativ. Man konnte ihm ansehen, dass er in seinem Kopf etwas ausgeheckt hatte, was ihm sichtlich Vergnügen bereitete.

»Um herauszufinden, ob dieser Tim Martens tatsächlich noch unter den Lebenden verweilt, habe ich mir etwas ausgedacht. Wer weiß, vielleicht versteckt dieser Kerl sich ja tatsächlich irgendwo. Um der Sache auf den Grund zu gehen, müssen wir einen kleinen Trick anwenden. Ich weiß, wie wir an Lina Böhrnsen und diese Mittelalterfreaks herankommen können, ohne dass sie bemerken, dass die Kripo hinter ihnen her ist.«

Lorenzo und Jenny blickten sich fragend an und harrten der Dinge, die ihnen ihr Vorgesetzter nun offenbaren würde. Sie kannten den Leiter der Kieler Mordkommission gut und wussten, dass er unkonventionelle Ermittlungsmethoden liebte. Damit war er schon oft zum Erfolg gekommen.

Rühmann lächelte immer noch und sah dabei besonders die junge Kommissarin an.

»Meine Liebe, haben Sie Lust, ein bisschen undercover zu arbeiten? Dann sollten wir beide morgen ein kleines Theaterstück auf die Bretter bringen.«

Kriminaloberrat Rühmann erzählte seinen Mitarbeitern, was er sich ausgedacht hatte. Sie besprachen den Plan noch geraume Zeit bis in alle Einzelheiten.

Als Lorenzo die *Blume* zum Dienstschluss verließ, grinste er. Was für eine verrückte, aber geniale Strategie. Rühmanns

Idee war einfach phänomenal. Er mochte die unkonventionellen Methoden des Kriminaloberrats.

Gegenwart – Zwölf

Je näher Lorenzo Tüxendorf kam, desto mehr spürte er wieder die Schmetterlinge in seinem Bauch. Sie waren den ganzen Tag über da gewesen, aber jetzt fingen sie wieder an, zu fliegen. Ohne jeden Zweifel, er hatte sich verliebt. Die Tierärztin aus dem hessischen Bad Sooden-Allendorf hatte ihm tatsächlich den Kopf verdreht.

Kurz nachdem er die Dienststelle verlassen hatte, klingelte sein Handy. Eine SMS von Nina. Anscheinend war sie Hellseherin und wusste, dass er nun Dienstschluss hatte. Sie schrieb ihm, dass sie sich sehr darüber freuen würde, wenn er bald käme. Lorenzo drückte das Gaspedal des Oldtimers durch. Aber die Tachonadel kletterte nur mühsam auf einhundert Stundenkilometer. Mehr gab der alte Motor einfach nicht her.

Als er über die Umgehungsstraße in Plön fuhr, überlegte er kurz, ob er in den Ort fahren sollte, um Nina Blumen mitzubringen. Schnell verwarf er den Gedanken wieder als zu spießig.

Endlich war es geschafft. Lorenzo erreichte Tüxendorf. Bereits vor der Einfahrt zum Stoltenberghof konnte er sie sehen. Nina und sein Onkel unterhielten sich vor dem großen Stalltor. Sie saß auf einem von Fietes museumsreifen Traktoren. Sein Onkel werkelte wieder einmal an einem Gefährt herum. Die Tierärztin erblickte Lorenzo sofort und winkte ihm zu. Sie strahlte zu ihm herüber. Auch Lorenzos Herz

begann augenblicklich, höherzuschlagen. Er hielt an und stieg aus seinem Wagen aus.
Auf dem Weg zu Nina und Fiete rief sein Onkel plötzlich: »Pass op! De Hund ...«. Aber es war bereits zu spät. Noch bevor Lorenzo richtig reagieren konnte, hatte Fiffy ihn erreicht. Der riesenhafte Hund sprang an Lorenzo hoch und legte ihm seine großen Pranken mühelos auf die Schulter. Lorenzo spürte als Nächstes eine warme, feuchte Hundezunge in seinem Gesicht. Fiffy grunzte vor Vergnügen. Lorenzo musste das große Tier ausgiebig begrüßen.
Mittlerweile kam auch Nina Snider heran. Sie lachte.
»Na, ihr habt euren Fiffy aber gut erzogen«, frotzelte sie.
Lorenzo kraulte dem Hund immer noch den Hals und grinste.
»So ist das eben in unserer Männer-WG«, antwortete er. »Richtige Liebe gibt es eben nur unter Männern.«
Die Tierärztin zog einen Schmollmund.
»Das denke ich nicht. Ich bin nämlich gerade dabei, an die große Liebe zu glauben und meine, sie gefunden zu haben.«
Der Kieler Hauptkommissar sah sich suchend um.
»Wo denn, ich kann hier niemanden sehen.«
Sie kam jetzt lachend auf ihn zu. Fiffy löste sich von Lorenzo. Nina trommelte mit den Fäusten gegen die Brust des Hauptkommissars. »Blödmann«, murmelte sie dabei.
Dann umarmten sie sich. Nina legte ihren Kopf an seine Schulter, und die gesamte Welt um die beiden herum existierte nicht mehr.

Fiete Stoltenberg stand immer noch an seinem Traktor. Er hatte die Szene beobachtet. Machte einen verdutzten Gesichtsausdruck. Der alte Landwirt hob erstaunt seine Augenbrauen. Das Ereignis hatte ihn verblüfft und sprachlos gemacht. Mit vielem hatte er gerechnet, aber so etwas? Er wollte etwas sagen, aber was er hier gerade beobachtete, verschlug ihm die Sprache, was bei ihm äußerst selten vorkam. Nachdenklich fuhr er mit der ölverschmutzten Hand durch seinen Dreitagesbart, wobei er diverse schwarze Striche in seinem Gesicht hinterließ. Der alte Mann blickte zu Fiffy. Dieser sah seinen Herren ebenso verwundert an und legte den Kopf schief. Fiete Stoltenberg blinzelte seinem Hund mit dem rechten Auge zu und sagte leise: »Fiffy, ich glaub wir sollt'n zum Professor gehen. Ich glaub, dat gibt wat zu beschnaken. Nu brauch ich erst man nen Köm!«

Lorenzo und Nina bemerkten nicht einmal, dass Fiete und Fiffy sich davonstahlen. Sie hatten nur Augen füreinander. Nach geraumer Zeit lösten sich die Körper wieder. Ihre Herzen schlugen im Gleichklang, und das momentan ziemlich schnell.

Nina hatte Lorenzo in der vergangen Nacht immer wieder erzählt, wie sehr sie in Hessen das Meer vermissen würde. Er machte ihr nun den Vorschlag, an die Ostsee zu fahren, um dort am Strand spazieren zu gehen. Nina nahm das Angebot gern an. Es war immer noch sommerlich warm und es würde noch ein paar Stunden dauern, bis die Sonne unterging.

Die Tierärztin lief zu dem alten Stallgebäude, das der alte Professor zum Wohnhaus umgebaut hatte, um sich dort eine Jacke zu holen. Sie sah die beiden alten Männer auf der Terrasse sitzen und unterrichtete sie darüber, dass sie zusammen mit Lorenzo ans Meer fahren wollte. Die Senioren grinsten. Nachdem sie ihre Jacke geholt hatte, lief sie zurück zu Lorenzo. »Macht kein Scheiß, Kinners!«, hörte sie hinter sich. Die alten Männer lachten und Nina schüttelte den Kopf.

Kurze Zeit später verließ der alte Postkäfer den Stoltenberghof. Sie fuhren Richtung Norden. Die Holsteinische Landschaft, durch die sie kutschierten, lag in einem ganz besonderen, abendlichen Licht. Wälder, Seen und Felder wechselten sich ab. Auf vielen Weiden sahen sie die für Norddeutschland charakteristischen Schwarzbunten grasen.
Nach etwa einer halben Stunde kamen sie in die sogenannte Probstei, passierten den Schönberger Strand und erreichten einen Strandabschnitt, der Kalifornien hieß.
Nina wunderte sich über diesen Namen. Lorenzo erklärte ihr, dass dieser Ort so hieß, weil vor Hunderten von Jahren einmal ein Fischer am Strand eine Schiffsplanke gefunden hatte, auf der *California* stand. Dieses »Schild« nahm er mit nach Hause und nagelte es über die Tür seiner Hütte. Seit jenem Tag hieß dieser Teil der Küste Kalifornien.
Lorenzo parkte er den Wagen. Sie gingen über den Deich hinunter zum Meer. Unterwegs entledigten sie sich ihrer Schuhe und spazierten barfuß am Ufer entlang. Der warme Sand unter ihren Füßen tat gut. Immer wieder spülte das noch kühle Wasser der Ostsee über ihre Zehen. Die Wellen sangen dabei ein uraltes Lied. Die Seevögel riefen. In der Ferne fuhren Fischerboote hinaus aufs Meer.
Wieder unterhielten sich die beiden Verliebten. Irgendwann fanden sich wie von selbst ihr Hände. Sie fühlte sich so gut an. Sie roch so wunderbar. Lorenzo war glücklich, wie selten in seinem Leben zuvor. Immer wieder stoppten sie und nahmen sich in die Arme, dann küssten sie sich.

Zuerst nur zaghaft. Doch mit jeder Umarmung wurden ihre Küsse leidenschaftlicher.
Als die Dämmerung anbrach, wurde es kühl. Arm in Arm schlenderten sie zurück zum Auto und stiegen ein. Ohne dass sie es richtig wahrnahmen, fuhren sie nach Kiel in die Saarbrückenstraße. Eng umschlungen gingen sie die Treppe des Mehrfamilienhauses hinauf und betraten das kleine Apartment. In der Wohnung schalteten sie kein Licht an. Sie ließen sich in Lorenzos Wohnzimmer auf den weichen Teppichboden gleiten und blieben dort eng umschlungen liegen. Ihre Hände erforschten und liebkosten den Körper des anderen. Die Dunkelheit verschluckte die Geräusche, die zwei Körper verursachten, deren Seelen sich lange gesucht und nach einer Ewigkeit endlich wiedergefunden hatten.

In dieser Nacht liebten sie sich immer wieder. Ihre Körper waren wie ausgehungert. Verzehrten sich aneinander. Irgendwann erwachten sie aus ihrem Gefühlsrausch. Sie lagen sich schweißgebadet in den Armen. Lorenzos Bett war völlig zerwühlt. Die Dämmerung des neuen Tages schickte bereits seine ersten Vorboten durch das Schlafzimmerfenster. Lorenzo betrachtete Ninas Gesichtszüge. Sie bemerkte seinen Blick und lächelte ihn glücklich an.
»Ich liebe dich«, hauchte sie ihm zärtlich ins Ohr.
Lorenzo schmunzelte und nickte.
»Ich dich auch.«
Nach einem weiteren langen Kuss gingen sie ins Badezimmer. Duschten zusammen. Danach suchten sie ihre Kleidung und zogen sich an. Dabei benahmen sie sich wie Teenager auf einer Klassenfahrt. Blödelten miteinander herum

und lachten. Sie verließen Lorenzos Wohnung und gingen eng umschlungen das Treppenhaus hinunter.
Die Fahrt zurück nach Tüxendorf verging wie im Fluge. Die beiden Liebenden hatten das Gefühl, als wenn der alte VW Käfer die Strecke wie auf Wolken fuhr.

Als sie auf dem Stoltenberghof ankamen, wurden sie stürmisch von Fiffy begrüßt. Immer wieder lagen sie sich in den Armen und küssten sich leidenschaftlich. Nur sehr schwer konnten sie sich voneinander trennen. Nina machte sich auf den Weg zum Haus ihres Onkels. Lorenzo stieg wieder in seinen gelben Oldtimer ein, um zurück nach Kiel zu fahren. Es war schon 7:15 Uhr und er wollte sich so schnell wie möglich auf den Weg zur *Blume* machen.

Dass Nina und Lorenzo bei ihrer Ankunft beobachtet wurden, hatte keiner von ihnen bemerkt. Hinter dem Küchenfenster des Bauernhauses waren die Gesichter von zwei alten Männern zu sehen, die sich verschwörerisch anblickten und grinsten.

Codex Slavicum – Auf dem Weg nach Bremen

Am zweiten Tag auf unserer Reise nach Bremen lagerten wir an einem Flüsschen namens Wümm. Einige Kilometer flussaufwärts befand sich die Rodenborg. Thaddäus meinte, wir sollten in dieser Nacht lieber am Fluss bleiben, weil er von den Bewohnern Rodenborgs gehört hatte, dass sie verdrießliche Gesellen seien. Also bauten wir unser Nachtlager am Waldrand, unmittelbar an der Wümm, auf. Bartholomäus begab sich in die nähere Umgebung, um nach Feuerholz zu suchen. Bruder Justus und ich versuchten unterdessen, im Fluss Fische zu fangen.

Kurze Zeit nachdem Bartholomäus aus unserem Umfeld verschwunden war, hörten wir zuerst das wütende Brüllen eines Braunbären. Wir erschraken, denn solch einem zotteligen Untier begegnet man äußerst ungern. Nur wenig später vernahmen wir einen panischen Hilfeschrei aus dem Wald. Danach herrschte absolute Stille. Dieser panische Schrei, das konnte nur Bartholomäus gewesen sein. Wir bewaffneten uns mit Knüppeln und eilten ihm zu Hilfe. Doch wir kamen nicht rechtzeitig genug. Schnell fanden wir unseren armen Freund. Er lag blutüberströmt und bewusstlos auf dem Waldboden. Zum Glück atmete er noch, doch überall lag Blut. Von dem Bären konnten wir weit und breit nichts mehr sehen. Schnell packten wir unseren verletzten Freund. Vorsichtig trugen wir ihn zum Lager, wo sich Bruder Justus um die schweren Wunden kümmerte.

Bruder Justus galt als äußerst verständig in der Heilkunst. Er arbeitete schon lange als Adept des Klosterinfirmarius, also des Leiters vom Krankenhaus im Kloster. Justus versorgte die Wunden, doch er sah sehr besorgt aus. Bartholomäus hatte anscheinend bei der Holzsuche den Bären aufgescheucht. Das wilde Tier griff ihn sofort an. Dabei fügte das Untier unserem Gefährten üble, tiefe Fleischwunden am Hals zu, die einfach nicht aufhören wollten zu bluten.

Bruder Justus kämpfte die ganze Nacht um das Leben von Bartholomäus, versuchte, ihn zu retten. Auch die übrigen Benediktinermönche und ich halfen dabei, so gut wir konnten. Wir beteten die ganze Nacht hindurch, doch es half nichts. Kurz vor der Morgendämmerung erwachte Bartho-

lomäus. Er blickte sich suchend um, bis er mich entdeckte. Freundlich lächelte er mich an. Eine Träne rann aus seinem Auge und lief ihm über die Wange.
»Deus te benedicat«, murmelte er mühsam. Seine Worte waren kaum zu verstehen. Die Augen schlossen sich, er seufzte still und starb.
Bartholomäus befand sich nun auf dem Weg zu seinem Gott. Mit wilden, zypriotischen Piraten, mit maurischen Sklavenhändlern und mit Wikingern hatte er es in seinem bewegten Leben aufgenommen, aber ein aufgeschreckter Bär beendete seine Existenz mit einem einzigen Schlag seiner messerscharfen Krallen.
Die Mönche beteten für seine Seele. Kurze Zeit später nahm Thaddäus mich in den Arm. Traurig sagte er: »Vlad, mein jugendlicher Freund. Unser Bruder Bartholomäus hat dich sehr geliebt. Seine letzten Worte sprach er nur für dich. Gott schütze dich, hat er gesagt. Halte sein Andenken in Ehren.«

In meinem Hals befand sich ein riesiger Kloß. Ich weinte. Ich werde Bartholomäus sowie sein freundliches und verschmitztes Lächeln niemals vergessen.
Wir begruben ihn nahe der Wümm unter einer uralten Eiche. Traurig wanderten wir weiter.
Am darauffolgenden Nachmittag erreichten wir das Kloster Sankt Paul in Bremen. Es lag etwas außerhalb des Ortes in westlicher Richtung auf einem Hügel. Einem sogenannten Geestrücken. So konnte die Klosteranlage nicht überflutet werden, sollte die Werser einmal über die Ufer treten, denn auch dieser Fluss war riesengroß.

Umgeben wurde das gesamte Areal von einer hohen Mauer aus Feldsteinen. Als wir durch das Eingangstor gingen, beeindruckte mich die Größe des Klosters. In der Mitte des Areals stand eine kleine Kirche, ebenfalls aus Feldsteinen errichtet. Drumherum befanden sich die verschiedenen Gebäude, die zu einer Abtei gehören. Wirtschaftsgebäude, Dormitorium, Sakristei, Kapitelsaal, Refektorium ...
Außerhalb der Klostermauern erstreckten sich die Obst- und Gemüsegärten, die Getreidefelder, Viehweiden und sogar ein kleines Areal, in dem Heilkräuter wuchsen. Noch heute spüre ich, wie fasziniert dieser kleine Vlad von all den Eindrücken war. Von Thaddäus erfuhr ich, dass etwa vierzig bis fünfzig Mönche in dieser Abtei lebten.

Unser erster Weg führte uns in das Refektorium, dem Speisesaal, wo uns der Carmerarius begrüßte und mit einer kräftigen Suppe, frischem Brot und Bier versorgte.

Danach verschwanden Justus und Markus in der kleinen Feldsteinkirche. Sie wollten für Bartholomäus' Seelenheil beten. Thaddäus nahm mich bei der Hand und erklärte mir, dass wir nun zum Abt, dem Vorsteher des Klosters, müssten, um ihm einen Bericht der Reise zu geben.

Also machten wir uns auf den Weg zur Wohnung des Abtes. Doch der Vorsteher des Konvents kam uns bereits entgegen. Ein alter, aber immer noch sehr rüstiger Mann. Er hieß Willerich. Thaddäus erklärte mir später einmal, dass viele seiner Vorgänger ebenfalls diesen Namen trugen.

Abt Willerich begrüßte uns freundlich. Wir gingen mit ihm gemeinsam zur Werser hinunter, wo wir uns auf den Stamm einer umgestürzten Weide setzten. Thaddäus erzählte dem alten Mann die ganzen Vorkommnisse der letzten Wochen. Willerich hörte aufmerksam zu. Er zeigte sich tief betrübt

über den Verlust von Bruder Bartholomäus. Ich meinte sogar, eine kleine Träne auf seiner Wange gesehen zu haben. Nachdem Thaddäus seinen Bericht beendet hatte, begrüßte mich der Abt herzlich, segnete mich und wünschte mir für die Zukunft alles Gute. Willerich war mir sofort sympathisch. Ein weiser und gütiger Mann.
Thaddäus brachte mich nach unserem Gespräch mit dem Abt ins Dormitorium, dem Schlafsaal, wo mir eine Schlafstelle zugewiesen wurde.
In dieser Nacht schlief ich schlecht. Innerhalb weniger Tage hatte sich mein Leben von Grund auf verändert. Meine Familie wurde ermordet und auf abenteuerlichen Wegen kam ich hierher, ins Sankt Pauls Kloster nach Bremen. Ich hatte in den letzten Tagen mehr erlebt als in den dreizehn Jahren zuvor. Morgen würde mein neues Leben als Novize beginnen. Was dabei auf mich zukam, wusste ich noch nicht, aber meine ersten Eindrücke vom Kloster waren gut. Ich wollte meinen Rettern gegenüber immer dankbar sein.

Gegenwart – Dreizehn

Lorenzo gähnte ein weiteres Mal und fing sich dabei einen tadelnden Blick von Kriminaloberrat Rühmann ein. Sie saßen in der *Sabbelklause*, wie die Beamten der Kieler Mordkommission ihren Besprechungsraum nannten. Die Uhr zeigte halb neun. Lorenzo wusste nicht, wie oft er in den letzten zehn Minuten schon gegähnt hatte. Er, Rühmann und Jenny begannen damit, die letzten Einzelheiten ihres Planes auszuarbeiten, wie sie die junge Kommissarin in die Gruppe dieser Mittelalterfreaks einschleusen würden.

Jenny Breitfeld sollte versuchen inkognito an Informationen über das Vorgehen und die Machenschaften dieser Jugendlichen heranzukommen. Ihr Aussehen würde der jungen Kommissarin dabei nützlich sein. Niemand würde auf die Idee kommen, die flippige Frau mit der ungewöhnlichen Frisur für eine Kripobeamtin zu halten.
»Herr Bartonelli, was ist heute nur los mit Ihnen? Sie sehen aus, als ob Sie die ganze Nacht nicht geschlafen hätten.«
Aus den Augenwinkeln bemerkte Lorenzo, dass Jenny Breitfeld ihn irgendwie wissend ansah. Unwillkürlich machte sich in ihm ein weiteres Gähnen bereit, doch er unterdrückte dieses Verlangen und schaute verlegen in die Gesichter seiner Kollegen.
»Ist schon in Ordnung«, stammelte er verlegen. »Ich konnte in der letzten Nacht schlecht schlafen. Muss wohl am Vollmond liegen.«

Gleichzeitig dachte er, was für eine bescheuerte Ausrede er da gerade ausgesprochen hatte. Jenny Breitfeld grinste ihn immer noch an.
Lorenzo dachte immerzu an die letzte Nacht. Nina Snider hatte ihm vollständig den Kopf verdreht. Ja, er hatte sich wahrhaftig in diese gut aussehende Tierärztin verliebt. Sie war die großartigste Frau, die er jemals kennengelernt hatte. Lorenzo versuchte, sein,e Gedanken zu ordnen und konzentrierte sich auf die Teambesprechung. Außerdem versuchte er krampfhaft, seine Müdigkeit in den Griff zu kriegen. *Ich bin wohl doch nicht mehr der Jüngste*, dachte er, *früher hätte mir so eine Nacht überhaupt nichts ausgemacht.*

Wieder sah Rühmann ihn tadelnd an und schüttelte den Kopf. Den Plan, den sie gerade besprochen hatten, wollten sie am Nachmittag in die Tat umsetzen. Es würde eine bühnenreife Aufführung werden und sie hatten sich dazu die *Bazille*, die Stammkneipe von Lina Böhrnsen, als Theaterkulisse ausgesucht.
Insgeheim freute sich Lorenzo schon auf dieses Schauspiel.

Die alte Kaffeemaschine auf dem Fensterbrett fauchte und dampfte ununterbrochen und forderte mit diesen lauten Klagelauten energisch eine schon seit Jahren überfällige Entkalkung ein. Solange Lorenzo diesen Raum kannte, befand sich diese prähistorische Maschine auch schon hier und gab diese entsetzlichen Töne von sich. Auf eine Entkalkung würde sie wahrscheinlich noch lange warten müssen. Trotzdem versah sie ihren Dienst und würde dies voraussichtlich auch noch weitere Jahrzehnte tun, um die hier arbeiteten Staatsdiener mit schwarzem Gebräu zu versorgen.
Ein letztes lautes Zischen signalisierte, dass der gequälte Apparat seinen Dienst beendet hatte. Jenny Breitfeld ging zum Fenster, schaltete das Gerät aus und kam mit der Glaskanne zurück zum Tisch. Lorenzo freute sich schon auf diesen Wachmacher und schmachtete dem Koffein förmlich entgegen. Er hielt Jenny Breitfeld sofort seinen Becher hin. Als die junge Frau den Kaffee einfüllte, wurde die Tür energisch aufgerissen.
»Moin, Moin!«
Frank Zobel kam herein und lachte schelmisch, wie er es oft tat. Manchmal wirkte er wie ein Schuljunge in einem zu alten Körper.

Kriminaloberrat Rühmann, Lorenzo und Jenny Breitfeld begrüßten den Leiter der Kriminaltechnik. Zobel hatte seinen Tablet-PC dabei und legte das Gerät auf den Tisch. Nachdem auch er sich mit Kaffee versorgt hatte, setzte er sich auf einen Stuhl, rückte seinen kleinen Computer zurecht und tippte darauf herum. Als er aufblickte, lachte er verschwörerisch in die Runde.
»Du grinst ja wie ein Honigkuchenpferd«, meinte Lorenzo. »Du scheinst wichtige Neuigkeiten für uns zu haben?«
Frank Zobel nickte.

Lorenzo und er waren schon lange Kollegen und kannten sich gut.
Manchmal konnten die beiden sich sogar nonverbal verstehen.
»In der Tat und ich weiß nicht, ob diese Informationen gut oder schlecht für uns sind. Ich habe gestern Nachmittag diese Knochen und Zahnfragmente aus dem abgebrannten Haus von Tim Martens ins LKA-Labor gegeben. Dort arbeitet ein Freund von mir, mit dem ich zusammen in der Fußballmannschaft der Kieler Kripo spiele. Er hat mir versprochen, diese DNA-Analyse sofort vorzunehmen.«
»Und?«, fragte Rühmann neugierig.
Frank Zobel nahm einen Schluck Kaffee und fuhr dann fort. »Es handelt sich bei der Leiche aus der Brandruine definitiv nicht um Tim Martens. Also haben wir es hier entweder mit noch einem Mord in Preetz zu tun oder es handelt sich dabei um einen fatalen Unfall. Aber auf jeden Fall ist der Tote nicht Tim Martens, somit weilt der junge Mann also noch unter den Lebenden.«

Man konnte Frank Zobel seine Genugtuung ansehen, er hatte mit seiner Vermutung recht behalten. Rühmann nicht.

Der Kriminaloberrat zog seine buschigen Augenbrauen nach oben.

»Woher wissen Sie das so genau?«, knurrte er in gespieltem Ärger.

»Nachdem mein Bekannter vom LKA die DNA analysiert hatte, saß er die halbe Nacht vor dem Computer, um den genetischen Fingerabdruck mit der Datenbank abzugleichen.«

»Und?«

»Es hat tatsächlich eine Übereinstimmung gegeben. Der Tote heißt Mario Streckenbringer, einunddreißig Jahre alt. Seine DNA befindet sich in der Datenbank, weil er vor etwa zehn Jahren in Niedersachsen ein fünfzehn Jahre altes Mädchen vergewaltigt hat. Er wurde zu sieben Jahren verurteilt. Saß in der JVA Hannover und wurde dort bereits nach sechs Jahren auf Bewährung entlassen. Dann ging es mit ihm steil bergab. Seit einigen Jahren lebte er als Obdachloser auf der Straße. Alkohol, Drogen, Verwahrlosung, das ganze Spektrum eines Penners. Soll ich euch sagen, wo er sich die letzten Jahre herumgetrieben hat?«

Die drei Kripobeamten sahen Frank Zobel erwartungsvoll an.

»Er treibt, oder besser gesagt, trieb sich am Kieler Hauptbahnhof herum. Habe schon mal mit den Kollegen der Bundespolizei auf dem Bahnhof gesprochen. Er ist dort bestens bekannt. Dieser Mario Streckenbringer ist wohl, Zeit seines Lebens, ein ganz besonderes Früchtchen gewesen. Rund um den Bahnhof hat er anscheinend immer wieder für Ärger gesorgt. Ladendiebstahl, Ruhestörung, Randale, Körperverletzung, Beamtenbeleidigung ... eine lange Latte von Straftaten. Die Kollegen von der Bundespolizei freuen sich schon auf euren Besuch.«

Auf unseren Besuch ...?, wollte Lorenzo gerade erwidern, aber Kriminaloberrat Rühmann fiel ihm ins Wort.

»Gute Idee, Kollege Zobel! Bevor wir heute Nachmittag unsere Vorstellung geben, sollten Herr Bartonelli und Frau Breitfeld sich auf dem Hauptbahnhof umsehen. Fragen Sie die Kollegen von der Bundespolizei und hören Sie sich unter den Obdachlosen ein wenig um. Vielleicht können Sie ja etwas in Erfahrung bringen, wie dieser Streckenbringer in das Haus von Tim Martens gekommen sein könnte? Wir treffen uns dann heute Mittag wieder hier, um unseren Plan in die Tat umzusetzen.«

Jenny Breitfeld beobachtete amüsiert das überraschte Gesicht von Lorenzo, der inzwischen schon seinen dritten Becher Kaffee hinuntergestürzt hatte und mittlerweile etwas wacher wirkte.

»Na dann, übernächtigter Kollege, es gibt viel zu tun! Packen wir es an!«, sagte Jenny Breitfeld und gab Lorenzo dabei einen freundschaftlichen Handschlag auf den Rücken.

Unwillkürlich musste Lorenzo nun doch wieder gähnen.

Warum nur schaute Jenny Breitfeld ihn die ganze Zeit über so wissend an?

Außerdem beschäftigten alle mehrere Probleme.

Wo trieb sich Tim Martens herum? Wo war Karl Friedrich Bohnsen, genannt Müll-Kalle, abgeblieben?

Gegenwart – Vierzehn

Lorenzo und Jenny benötigten nur knappe zehn Minuten, um mit ihrem Dienstfahrzeug von der Blumenstraße zum Kieler Hauptbahnhof in die Innenstadt zu kommen. Als sie unterwegs an einer roten Ampel anhalten mussten, sah Jenny Breitfeld zu Lorenzo herüber und lächelte.

»War's schön?«, fragte sie verschmitzt.

Lorenzo spürte, wie ihm das Blut in die Ohren schoss.

»Was?«, fragte er verlegen zurück.

»Die letzte Nacht! War sie schön?«

»Wieso?«

»Du siehst aus wie ein frisch verliebter Teenager. Jede Frau kann deinen momentanen Zustand erkennen! Wie heißt sie denn?«

Die Ampel sprang auf Grün und Jenny beschleunigte den BMW. Zuerst empfand Lorenzo die Situation als peinlich, aber warum eigentlich? Warum machte er momentan so ein Geheimnis daraus. Dann musste er über sich selbst lachen und es brach aus ihm heraus.

»Nina! Sie heißt Nina Snider und ist die Tierärztin von Old Henry ... äh ... ich meine seine Nichte.«

»Oh Mann, Lorenzo, dich hat's aber ganz schön erwischt. Herzlichen Glückwunsch.«

Nun lachten sie beide aus vollem Hals.

Sie parkten den Dienstwagen in der Raiffeisenstraße, stiegen aus dem Fahrzeug aus und überquerten den Bahnhofsvorplatz. Im Inneren des Bahnhofs benutzten die beiden Kripobeamten die Rolltreppe und machten sich auf den Weg zur Wache der Bundespolizei, die sich im Hauptgebäude in

der Nähe von Gleis 6 befand. Lorenzo betätigte vor dem Eingang die Klingel. Kurze Zeit später schepperte eine metallene Stimme durch die Gegensprechanlage. Er erklärte dem Gerät sein Anliegen.
Nach einigen Sekunden hörte man das Summen des Türöffners. Jenny Breitfeld drückte die schwere Glastür auf und sie gingen in das Gebäude hinein. Dort kam ihnen bereits ein großer, breitschultriger und bulliger Mann mit Glatze entgegen. Lorenzo dachte, dass es besser wäre sich mit so einem Kerl nicht anzulegen. Aber es stellte sich heraus, dass der Beamte der Bundespolizei ein relativ freundlicher Zeitgenosse war, der den in Deutschland äußerst seltenen Namen Schmidt trug. Schmidt führte Lorenzo und Jenny in ein kleines Büro. Sie setzten sich gemeinsam an einen spartanisch eingerichteten Schreibtisch. Der Bundespolizist wusste über den Grund des Besuchs der Kollegen von der K1 schon Bescheid. Rühmann hatte ihn angerufen und unterrichtet.
»Und unser Schnapskalli ist wirklich tot?«, fragte Schmidt mit einer dunklen Baritonstimme.
Lorenzo nickte und erklärte ihm, dass sie Überreste von Mario Streckenbringer gefunden hatten und dabei waren, diesen sowie einen weiteren Mord, die wahrscheinlich in Zusammenhang standen, aufzuklären.
Jenny Breitfeld bat den Mann, etwas über Mario Streckenbringer zu erzählen.
»Viel gibt es da nicht zu berichten. Er ist vor einigen Jahren hier aufgetaucht und trieb sich seitdem ständig in der Nähe des Bahnhofgeländes herum. Meistens saß er mit anderen Obdachlosen auf dem Bahnhofsvorplatz. Sie dröhnten sich voll. Dabei ist denen völlig egal, was sie gerade konsumie-

ren. Hauptsächlich natürlich Alkohol von der billigsten Marke, aber auch Haschisch, Marihuana, Tabletten, Distraneurin, Valium oder anderes illegales Zeug. Hauptsache es macht breit. Dann kommt natürlich noch die Beschaffungskriminalität dazu. Ladendiebstahl, Prostitution, kleinere Einbrüche. Gerade Streckenbringer wurde immer auffällig, wenn er sich im Vollrausch befand. Dann wurde er oft hochgradig aggressiv. Hat auf dem Areal randaliert, Fahrgäste beleidigt und angegriffen.
Auf dem Bahnhofsgelände hatte er deswegen auch absolutes Hausverbot.«
»Scheint ja ein freundlicher Zeitgenosse gewesen zu sein«, meinte Lorenzo. »Wissen Sie, wo er Platte gemacht hat, oder hatte er einen besonderen Freund unter den Obdachlosen?«
»Wo er geschlafen hat, kann ich Ihnen nicht sagen. Diese Plätze ändern sich ständig, aber die anderen Obdachlosen haben ihn meistens gemieden, weil er ständig rumgestänkert hat. Die haben ihn nicht gerade geliebt. Ab und zu konnte man ihn zusammen mit Jimboo sehen. Der ist erst vor kurzer Zeit hier aufgetaucht und muss sich seinen Platz in der Hackordnung erst noch erkämpfen. Aber dieser Jimboo ist auch nicht gerade der Typ, den man gern als Schwiegersohn haben möchte.«
»Meinen Sie, dass wir mit ihm reden können? Vielleicht hat dieser Jimboo ja etwas gesehen und kann uns etwas dazu sagen, warum Mario Streckenbringer hier verschwunden und dann quasi fragmentiert wieder in einem abgebrannten Haus aufgetaucht ist?«, fragte Jenny Breitfeld.
Der große Bundespolizist nickte.

»Kommen Sie, wir gehen mal auf den Bahnhofsvorplatz. Wenn wir Glück haben, dann treibt er sich dort herum.«
Schmidt nahm sich seine Schirmmütze und meldete sich bei seinen Kollegen ab. Sie verließen gemeinsam die Wache und gingen den gleichen Weg zurück, den Lorenzo und Jenny Breitfeld gerade erst gekommen waren.

Auf dem Bahnhofsvorplatz steuerte Schmidt zielstrebig auf eine kleine Gruppe Jugendlicher zu, die augenscheinlich zum Milieu der Obdachlosenszene gehörte. Schon von Weitem konnten sie sehen, dass keiner von ihnen mehr nüchtern war.
»Moin, Herr Oberwachtmeister«, wurden sie von einem Jugendlichen in Springerstiefeln, Lederjacke und mit einem obligatorischen Irokesenhaarschnitt begrüßt. Der Jugendliche schien eindeutig der Anführer zu sein. Er grinste den Bundespolizisten spöttisch und herausfordernd an.
»Moin, Kalle«, grüßte Schmidt zurück. »Ich suche Jimboo. Kannst du mir sagen, wo er sich herumtreibt?«
»Warum denn? Hat er mal wieder was ausgefressen? Wer ist denn die geile Ische?«
Der Punk zeigte dabei mit einem Kopfnicken auf Jenny Breitfeld, die die Szenerie beobachtete und die Ansprache gelassen über sich ergehen ließ.
Schmidt verdrehte genervt die Augen, dann sah er dem Punk in die Augen und spielte den dominanten Staatsdiener.
»Jimboo! Wo ist er? Oder wollen wir uns auf der Wache weiter unterhalten?«
Plötzlich wurde der Punk deutlich kleinlauter.

»Oh Mann, is ja gut. Flipp hier nich gleich aus, Alter, chill ma ab. Woher soll ick das wissen, wo der is. Bin ick Streetworker, oder wat?«

Eine junge Frau, die Ähnlichkeit mit Amy Winehouse kurz vor ihrem Tod hatte, zeigte mit ihrem Arm in Richtung Hörn zum Hafen hinunter. Sie sah ziemlich abgerissen und vom Drogenkonsum gezeichnet aus. *Ein Junkie*, dachte Lorenzo sofort.

»Jimboo liegt irgendwo unten an der Hörnbrücke auf einer Bank. Der ist völlig breit und schläft dort seinen Rausch aus.«

Die junge Frau besaß sogar eine ähnliche Stimme wie Amy Winehouse. Aber älter als die mit siebenundzwanzig Jahren verstorbene Rocksängerin würde sie wahrscheinlich auch nicht werden.

Schmidt sah Lorenzo Bartonelli und Jenny Breitfeld an, zuckte mit den Achseln und sagte: »Das ist zwar in der Nähe des Bahnhofs, aber es gehört leider nicht mehr zum Zuständigkeitsbereich der Bundespolizei. Aber ich begleite Sie gern hinunter zum Hafen. Sollte Jimboo sich dort irgendwo an der Hörnbrücke aufhalten, werden wir ihn auch finden. Sie wissen ja auch gar nicht, wie unser junger Freund aussieht.«

»Das ist nett von Ihnen und wird wahrscheinlich das Beste sein«, erwiderte Lorenzo.

Sie verließen die jungen Obdachlosen, die inzwischen kaum noch Notiz von den Polizeibeamten nahmen, und machten sich auf den Weg hinunter zur Hörnbrücke. Sie überquerten gemeinsam die viel befahrene Kaistraße und suchten zu-

nächst in der Nähe der Bahnhofsbrücke nach dem Jugendlichen. Dieser war aber nirgendwo zu entdecken. Also schlug Schmidt vor, über die Hörnbrücke zu gehen, um auf dem Ostufer weiter zu suchen. Allerdings war die dreigliedrige, fünfundzwanzig Meter lange Faltbrücke gerade gesperrt und eingeklappt, da ein alter Raddampfer, die *Freya*, aus dem Germaniahafen in die Kieler Förde auslaufen wollte.
Die Hörnbrücke ist eine Fußgänger- und Fahrradüberquerung und verbindet das Ostufer mit der Innenstadt. Sie teilt den Germaniahafen von der Förde. Wenn Schiffe diesen Weg passieren wollen, dann wird die Brücke eingeklappt und die Schiffspassage ist frei. Da sie nach ihrer Indienststellung häufig nicht funktionierte, nennen die Kieler sie auch gern die »Klappt-nix-Brücke«.
Als die Anbindung nach ungefähr fünf Minuten wieder geschlossen wurde, konnten die Wartenden sie passieren. Auch die drei Polizeibeamten setzten ihren Weg fort.
Auf dem Ostufer angekommen, konnten sie den Gesuchten schon von Weitem erkennen. Er saß auf einer Parkbank, blickte in das trübe Wasser des Hafenbeckens und rauchte eine Zigarette. Der junge Mann sah erschreckend aus. Er wirkte völlig heruntergekommen und verdreckt. Seine Kleidung würde nicht einmal mehr den Weg in einen Altkleidercontainer finden. Der Hose, die er trug, konnte man ansehen, dass der Drogenabhängige sie schon mehrfach eingenässt hatte.
Je näher sie dem Verwahrlosten kamen, desto mehr schlug ihnen ein bestialischer Geruch in die Nasen. Als er Schmidt und seine Begleitung bemerkte, verzog er angewidert sein Gesicht und spuckte in das Brackwasser des Hafens. Dabei

bemerkte Lorenzo, dass der Mann kaum noch Zähne in seinem Mund hatte.
»Oh Mann, was wollt ihr von mir?«, lallte er, augenscheinlich absolut volltrunken.
Ohne Begrüßung oder Anrede baute Schmidt sich vor ihm auf.
»Die beiden hier sind von der Mordkommission und haben ein paar Fragen an dich.«
Obwohl Jimboo von seinem Rausch fast schon somnolent war, riss er plötzlich die Augen auf und blickte Lorenzo und Jenny erschrocken an.
»Wieso Mordkommission? Ich hab nix gemacht, Mann, und schon gar nich jemanden umgebracht oder wat.« Das Sprechen fiel ihm sichtlich schwer. Der Alkohol und die Drogen hatten schon deutlich erkennbar Schäden in seinem Gehirn verursacht. Wenn der junge Mann mit seinem Lebensstil so weitermachte, dann würde er wahrscheinlich nicht mehr lange zu leben haben.
»Kennen Sie Mario Streckenbringer?«, fragte Lorenzo. Jimboo seufzte, nahm einen Zug von seiner fast vollständig abgebrannten Zigarette und schnippte sie dann in das Hafenbecken.
»Habt ihr mal ne Kippe?«, lallte er.
Lorenzo und Jenny Breitfeld schüttelten die Köpfe. Doch der Bundespolizist kramte in seiner Hosentasche. Er beförderte daraus eine fast leere Schachtel filterlose Zigaretten hervor und reichte sie dem jungen Mann.
»Kannst du behalten«, meinte Schmidt.
»Danke, Mann. Das ist echt schwer in Ordnung von dir, Bulle.«
Schmidt ignorierte das letzte Wort.

Lorenzo versuchte es noch mal.
»Kennen Sie Mario Streckenbringer?«
»Klar, Mann! Issn Kumpel von mir. Warum wollt ihr dassn wissn?«
Jenny Breitfeld sagte: »Er ist tot. Wahrscheinlich ermordet.«
Der junge Mann schien in keinerlei Weise geschockt zu sein.
Er schüttelte nur mit dem Kopf und spuckte auf den Gehweg. »Scheiße«, war sein einziger Kommentar.
»Wann haben Sie Mario Streckenbringer das letzte Mal gesehen?«, wollte Lorenzo wissen.
»Weiß nich genau. So vor ein paar Tagen. Hier kommt und geht jeder, wann er will. Außerdem bin ich doch nich sein Aufpasser, oder wat? Aber ich glaub vorgestern oder so ham wir noch Noli zusammen getrunken.«
»Noli?«
»Na son Billichwein aus'm Supermarkt. Kost nur neunundachtzig Cent so'n Liter.«
»Und dann?«
»Dann kam so'n Typ und hat uns nen paar Bier und ne Flasche Dornkaat ausgegeben, das'n geiles Gesöff. Erst ham wir zusammen hier am Hafen gesoffen und dann is Mario mit dem Typen mitgegangen.«
»Wer war denn dieser Typ?«
»Weiß nich, habe ich vorher noch nich gesehn.
Aber der sah voll bescheuert aus, wie aus'm Mittelater. So'n Kack.« Jimboo kicherte.
Lorenzo Bartonelli und Jenny Breitfeld warfen sich einen schnellen Blick zu.
»Können Sie den Mann beschreiben?«

»Jo, der hatte so schwarze, struppelige, lange Haare und hinten jede Menge Zöpfe mit eingebundenen Federn und so. Und Klamotten aus Wildleder und nen Vollbart glaub ich. Um seinen Hals baumelte son komisches Holzding und da drauf waren merkwürdige Zeichen geschnitzt, wie Runen. An seinem Gürtel hatte der Typ nen ziemlich heftiges Messer hängen und auf'm Griff von dem Ding warn sonne komischen Zeichen drauf. Dann hat er die ganze Zeit über was von nem slawischen Priester gelabert. Ich glaub, der Typ ist nicht ganz dicht inne Birne und der sah echt aus wie aus'm Mittelalter. So wie aus Braveheart, geiler Film.«

Wieder sahen sich Lorenzo und Jenny an. Das Aussehen dieses Fremden passte genau auf die Beschreibung, die der Preetzer Polizeihauptmeister Schneekloth ihnen von Tim Martens gegeben hatte. Sollte Tim Martens Mario Streckenbringer in sein Haus nach Preetz gelockt haben, um ihn dort umzubringen und somit mit dessen verkohlten Überresten seinen eigenen Tod vorzutäuschen? Und wo war dieser mysteriöse Tim Martens nun?

»Wohin sind die beiden denn an diesem Abend verschwunden?«, fragte Lorenzo.

»Keine Ahnung, Mann. Woher soll ich das denn wissen? Bin ich sein Aufpasser, oder wat? Lasst mich doch endlich in Ruhe mit eurem Scheißgelaber. Mir ist sauschlecht. Ich glaub, ich muss gleich kotzen.«

Dabei legte Jimboo seinen Kopf in die Hände und starrte geistesabwesend auf den Boden.

Lorenzo tat der junge Mann leid. Er drückte ihm zehn Euro in die Hand und nickte Schmidt zu. Sie hatte genug erfahren. Aber wo hielt sich nur Tim Martens auf? War er tatsächlich der Mörder von Liselotte Sievers und Mario Stre-

ckenbringer? Vielleicht war es wirklich sinnvoll, zu versuchen Jenny Breitfeld bei diesen Mittelalterfreaks einzuschleusen. Lorenzo hoffte, dass sie so in Erfahrung bringen konnten, was für Machenschaften diese Jugendlichen trieben und wo Tim Martens abgeblieben war. Zudem mussten sie dabei extrem vorsichtig agieren, damit die junge Kommissarin bei diesem Unternehmen nicht in Gefahr geriet.
Als sie zurück zur Hörnbrücke gingen, hörten sie hinter sich, wie sich der Drogenabhängige schwallartig ins Hafenwasser erbrach.

Auf dem Weg in die *Blume* dachte Lorenzo an den Obdachlosen und sein Schicksal. Was trieb Menschen nur dazu, sich so abhängig von Drogen zu machen? Solche Lebensschicksale taten dem Hauptkommissar oft leid, und er bekam es, während seiner Tätigkeit in der Kieler Mordkommission, häufig mit solchen gescheiterten Existenzen zu tun. Zudem beschäftigte ihn das Problem, wo sich dieser Tim Martens befand? Wahrscheinlich entpuppte sich der Anführer der Mittelalterfreaks tatsächlich als Schlüssel zu allem. Es wurde Zeit, dass sie diesen Kerl ausfindig machten. Alle bisherigen Indizien sprachen dafür, dass Martens die Morde begangen hatte. Aber welche Beweggründe trieben den jungen Mann? War er tatsächlich ein Psychopath? Warum war seine Biografie ein Fake? Woher kam er und wer war er wirklich?

»Hab ich dich vorhin gekränkt? Ich wollte wirklich nicht unhöflich sein.«
Jenny Breitfeld holte Lorenzo aus seinen Gedanken heraus. Lorenzo schüttelte den Kopf und musste schmunzeln.

»Nein, ist schon okay, aber meine Gefühlswelt sieht momentan ziemlich chaotisch aus. Ich habe mich tatsächlich innerhalb kürzester Zeit verliebt wie ein Teenager.«
Die junge Kommissarin lächelte Lorenzo verständnisvoll an.
»Kann ich gut verstehen. Als ich Jonas vor ein paar Jahren kennengelernt habe, da hat es mich auch umgehauen. Die erste Zeit, so mit Schmetterlingen im Bauch, das ist schon richtig schön. Aber dass das so einen alten Knacker wie dich auch noch erwischen kann, das hätte ich nicht gedacht. Ich dachte immer, im Alter ist man frei davon.«
Nun grinste sie Lorenzo schelmisch an und beide fingen an zu lachen.

Sie hatten inzwischen die *Blume* erreicht und waren auf dem Weg ins Gebäude. Lorenzo sah Jenny mit gespieltem Ernst an und zeigte ihr seinen erhobenen Zeigefinger.
»Über den alten Knacker reden wir beide aber noch.«
Woraufhin die junge Kommissarin ihm mit ihrer rechten Faust freundschaftlich gegen die Schulter boxte.
Genau in diesem Moment meldete sich Lorenzos Mobiltelefon. Er holte das Gerät aus seiner Hosentasche und sah auf das Display.
»Ich liebe dich! Freu mich schon auf heute Abend.
Wann kommst du? Miss you! Gruß Nina.« Dazu waren mehrere Emoji zu sehen: Smileys und Herzen.
Ein Gefühl der Wärme durchströmte ihn. Ja, auch er freute sich auf die Tierärztin. Aber so wie Rühmanns Plan es vorsah, würde es heute spät werden. Wahrscheinlich würden sie in dieser Nacht überhaupt nicht nach Hause kommen. Er musste Nina Snider anrufen.

Als sie das alte Gebäude betraten, traf ihn der strahlende Blick von Jenny Breitfeld.
»Glückspilz«, sagte die junge Kommissarin.

Codex Slavicum – Die ersten Jahre im Kloster

Wenn ich heutzutage sehe, wie junge Novizen in unser Kloster einziehen, um hier ihre Ausbildung zu beginnen, dann denke ich immer wieder gern an meine ersten Jahre in Bremen zurück.
Zuerst fühlte ich mich fremd. Ich war dreizehn Lenze alt und kannte eigentlich nichts weiter als unsere kleine Kate an der Sventana. Doch meinen Eltern und meine Schwester waren tot. So fühlte ich mich bereit für ein neues Leben.
Schnell fügte ich mich ein. Das Dasein als Novize bereitete mir sogar Freude. Der heilige Benedikt von Nursia war unser Ordensgründer. Wir lebten und arbeiten nach seinem Leitspruch:
»Ora et labora et lege, Deus adest sine mova«, Bete und arbeite und lies, Gott ist da, hilft ohne Verzug.
Und so empfand ich das Leben im Kloster auch. Ein stetiger Wechsel von Arbeit auf den Feldern, bei den Handwerkern oder beim Vieh, unterbrochen vom Gebet, der Kontemplation und den Gottesdiensten zur Prim, Terz, Sext, Non, Versper und beim Komplet.
Zudem wurden wir Pueri oblati, wie man uns Novizen auch nannte, vom Novizenmeister sowie weiteren alten und erfahrenen Mönchen unterrichtet. Psalter und Gesang, in der Heiligen Schrift, im kanonischen Recht und in den sieben freien Künsten, den Artes liberales, unterwies man uns. Die-

se sieben freien Künste setzten sich aus den Unterrichtsfächern Grammatik, Rhetorik, Dialektik, Arithmetik, Geometrie, Musik und Astronomie zusammen.

Zuerst tat ich mich schwer in den ganzen Unterweisungen, aber im Laufe der Jahre fand ich immer mehr Gefallen daran. Nein, es bereitete mir sogar Freude zu lernen. Sowie ich selbstständig lesen konnte, begann ich, alles zu verschlingen, was mir in die Hände fiel. Zum Glück war die Klosterbibliothek gut bestückt. Es kamen ständig neue Bücher dazu. Außerdem wurden in unserem Skriptorium Werke kopiert, die wir in anderen Klöstern ausliehen.

So las ich alle Schriften unseres Ordensgründers Benedikt sowie Cicero, Sueton und Vergil. Theologische Bücher von Augustinus und vielen anderen sowie medizinische Abhandlungen von Hippokrates oder auch die uralten Aufzeichnungen Platons, Aristoteles' und Sokrates'. Mich beeindruckten die Erzählungen Homers, die abenteuerlichen Fahrten des Odysseus und die Ilias.

Ich fand Freude am Lernen. Viele meiner Mitschüler beneideten mich bald um mein Wissen.

So zogen die Jahre ins Land. Sommer und Winter kamen und gingen. Die Werser floss in stetigem Wandel der Zeit unaufhörlich dahin. Aussaat und Ernte. Ostern und die Geburt unseres Heilands. Die Jahre kamen und gingen.

Nach einigen Jahren, als Abt Willerich und sein neuer Stellvertreter, mein lieber Freund Bruder Thaddäus, der Meinung waren, dass ich nun etwa achtzehn Jahre alt sein musste, wurde ich zur Profess zugelassen. Ich legte mein öffentliches Gelübde zum endgültigen Eintritt in den Orden ab.

Das bedeutete »Stabilitas loci« - die lebenslange Bindung an die Klostergemeinschaft, »Conversio morum« – also klöster-

liches Tugendstreben wie Eigentumsverzicht und Keuschheit sowie die »Oboedientia« – der vollkommene Gehorsam gegenüber dem Abt.
Meinen Kindernamen Vlad legte ich nun endgültig ab. Aus dem Novizen wurde Bruder Magnus von Bremen. Darüber hinaus erhielt ich jetzt auch meine Tonsur. An diesem Tage wurde ich tatsächlich Mönch. Ein Bruder in Christo, ein Benediktiner.
Mönch Magnus von Bremen.

Kurze Zeit nach meiner Profess wurde ich dem Infirmarius, dem Leiter des Krankenhauses, zugeteilt. Mittlerweile oblag dieses Amt meinem alten Weggefährten Bruder Justus. Ich lernte in den nächsten Jahren viel über die Heilkunst von ihm. Wir behandelten und pflegten nicht nur unsere eigenen Ordensangehörigen, sondern auch viele Menschen, die aus Bremen und den umliegenden Dörfern zu uns kamen. In unserem Klostergarten züchteten wir etliche Heilpflanzen, deren Wirkung unzähligen Kranken Heilung brachte. Zudem behandelten wir Verletzte und nahmen auch Operationen vor.
Ich ging damals in meiner neuen Aufgabe völlig auf. Es bereite mir große Freude, meinen Mitmenschen zu helfen.
Im selben Jahr schlug allerdings auch das Schicksal zu. Abt Willerich traf der Schlag. Er konnte sich davon nicht wieder erholen und starb wenige Tage später. Der gesamte Konvent trauerte. Wir verloren einen weisen und umsichtigen Mann, der die Abtei stets gut geleitet hatte. Wenige Wochen nach seinem Tod wurde ein neuer Abt gewählt. Von allen stimmberechtigten Professen des Klosters St. Paul erlangte

mein alter Freund Thaddäus fast die absolute Mehrheit und wurde damit unser neuer Klostervorsteher.
Die Jahre zogen wieder ins Land. Ich war gern Benediktiner. Mittlerweile konnte ich mir nichts anderes vorstellen, als weiterhin so zu leben. Mönch unter meinesgleichen und dabei für die Rekonvaleszenz der Menschen zu arbeiten.
Als mein zwölftes Jahr im Kloster St. Paul anbrach, kam im Frühjahr eine Schar Reiter in unsere Abtei, die mein Leben auf dramatische Weise verändern sollte. Ein Abgesandter des Königs traf ein und wünschte mich zu sprechen. Graf Ruprecht, Dux der Sachsen.

Gegenwart – Fünfzehn

Lorenzo und Kriminaloberrat Rüdiger Rühmann saßen in ihrem Dienstwagen. Sie hatten den BMW auf einem Parkstreifen in der Holtenauer Straße abgestellt und beobachteten von hier aus die *Bazille*. Dort saß Jenny Breitfeld im Biergarten und las sichtlich gelangweilt in einer Zeitschrift. Die Uhr zeigte halb vier. Die Kripobeamten hofften, dass Lina Böhrnsen auftauchen würde, damit sie ihre kleine Theateraufführung vornehmen konnten. Seit etwas über einer Stunde beobachteten sie bereits die Studentenkneipe, aber von der jungen Archäologiestudentin war bisher noch nichts zu sehen.

Nachdem Lorenzo und Jenny mittags in die Blumenstraße zurückgekehrt waren, hatten sie zuerst in der Kantine eine Kleinigkeit gegessen. Danach rief Lorenzo Nina Snider an und sie telefonierten längere Zeit miteinander. Über die

Aussicht, dass es Lorenzos Ermittlungen wahrscheinlich nicht erlauben würden, dass er an diesem Abend nach Tüxendorf kommen konnte, war Nina natürlich ziemlich enttäuscht. Auch der verliebte Hauptkommissar konnte sich etwas Besseres vorstellen als sich die Nacht mit einer Observation um die Ohren zu schlagen. Schwermütig trennten sich die beiden Verliebten und hofften, sich bald wiederzusehen.
Während des Mittagessens in der Kantine trafen sie Rühmann. Nach dem gemeinsamen Mahl machten sie sich auf den Weg zu Frank Zobel. Der Kriminaltechniker hatte bereits alles für ihren Plan vorbereitet. In einem Nebenraum zog Jenny Breitfeld sich um. Sie trug jetzt eine alte, verwaschene Jeans, Basketballschuhe und eines ihrer ältesten T-Shirts, mit dem Emblem der Punk-Band Ramones. Zudem hatte sie sich auffällig geschminkt und sah, dank ihrer sowieso schon auffälligen Frisur, aus wie ein Punk.
Als Lorenzo sie sah, pfiff er anerkennend durch die Zähne, woraufhin Jenny Breitfeld ihn verschwörerisch ansah und sagte: »Hey, pass bloß auf, du Kavalier, und bleib deiner neuen Flamme treu.«
Lorenzo wurde rot bis unter seinen Scheitel. Rühmann und Zobel grinsten sich an. *Hatte Jenny Breitfeld etwa geplaudert?* Nein, das konnte Lorenzo sich nicht vorstellen.
In den Räumen der Kriminaltechnik wurde Jenny Breitfeld mit einem Sender versehen, den ihr ein Mitarbeiter in den Saum ihrer Jacke montierte. Damit könnten sie per Smartphone und GPS ihre Undercover-Agentin jederzeit lokalisieren und notfalls zu Hilfe eilen. Zudem bekam sie ein kleines Headset in ihr rechtes Ohr eingesetzt, das sie per Bluetooth mit ihrem Mobiltelefon verbanden. Diese Einrichtung er-

möglichte es ihr, jederzeit mit Lorenzo oder Rühmann zu kommunizieren. Das Headset war so klein, dass man es in ihrem Ohr von außen nicht sehen konnte. Außerdem besaß das Gerät eine Stimmerkennung, sodass sie bei Bedarf, ohne ihr Handy bedienen zu müssen, mit ihren Kollegen reden konnte. Lorenzo und Rühmann konnten somit jedes gesprochene Wort aus ihrer Umgebung mitbekommen. So ausgestattet, scherzte Jenny, gäbe sie eine gute Mission-Impossible-Agentin ab. Sie und ihre Kollegen hofften, dass sie damit immer Herren der Lage sein würden. Nur die Protagonistin dieses Theaterstückes fehlte jetzt noch.
Lina Böhrnsen.
Es vergingen weitere dreißig Minuten. Jenny Breitfeld kannte inzwischen sämtliche Zeitschriften, die in der *Bazille* auslagen.
Das Wetter war sommerlich warm. Die junge Kommissarin dachte, dass man die Zeit lieber für einen Ausflug an die Ostsee nutzen könnte. Auch Lorenzo und Rühmann rutschten auf ihren Autositzen hin und her. Der Kriminaloberrat war bereits diverse Male in einer nahe gelegenen Gaststätte verschwunden, um dort auf die Toilette zu gehen. Er entschuldigte dieses Vorgehen damit, dass er schon immer eine Sextanerblase hatte.

»Es ist kurz nach vier. Sollen wir den Einsatz langsam abbrechen und unser Glück morgen noch einmal versuchen?«
Jenny Breitfeld sprach in das Headset. Gelangweilt schaute sie zu ihren Kollegen hinüber, die etwa zwanzig Meter von ihr entfernt ebenfalls warteten und warteten und warteten.
Rühmann nahm sein Smartphone in die Hand.

»Lassen Sie uns noch eine knappe Stunde ausharren. Wenn die junge Dame bis dahin nicht auftaucht, dann ist für heute Schluss.«
Lorenzo machte sich Hoffnungen, Nina doch bald wiederzusehen.
Plötzlich klingelte Rühmanns Smartphone. Es war Schneekloth. Er teilte ihnen mit, dass sie Müll-Kalles Fahrrad gefunden hatten. Ein Spaziergänger mit seinem Hund hatte das Vehikel in der Feldmark entdeckt, nur etwas über einen Kilometer von Tim Martens abgebranntem Haus entfernt. Sie waren nun dabei die gesamte Feldmark abzusuchen und wollten auch Taucher einsetzen, um in den Teichen nach Bohnsen zu suchen. Der Kriminaloberrat bedankte sich bei Schneekloth und versprach, so schnell wie möglich zu kommen.
Rühmann fluchte, eigentlich müsste er nun dorthin, um die Maßnahmen zu leiten, aber ihre Aktion hier vor der *Bazille* konnten sie nicht unterbrechen.
Schon seit Langem bemängelte er bei seinen Vorgesetzten die schlechte personelle Situation der Mordkommission. Er nahm sich vor, demnächst wieder einmal ein ernstes Wort mit seinen obersten Dienstherren zu sprechen.

Vielleicht war es eine Schnapsidee gewesen, darauf zu vertrauen, dass die junge Studentin hier auftauchte. Wieder warteten die Kripobeamten. Rühmann schaute auf seine Armbanduhr. Punkt fünf. Da hörte er plötzlich ein Knacken im Lautsprecher seines Smartphones.
»Sie kommt. Lina Böhrnsen ist auf dem Weg die Holtenauer Straße hinunter«, sagte Jenny Breitfeld.

Lorenzo und der Kriminaloberrat drehten sich in ihrem Fahrzeug um und blickten die Straße entlang. Nun konnten sie Lina Böhrnsen ebenfalls erkennen. Die junge Frau hatte sich sommerlich angezogen. Sie trug eine oberhalb der Knie abgeschnittene Jeans sowie ein schwarzes Top. Vor der *Bazille* überlegte sie kurz, ob sie in die Kneipe hineingehen oder lieber im Biergarten bleiben sollte. Sie entschied sich für den Außenbereich. Als sie sich an einen freien Platz setzte, sah sie Jenny Breitfeld kurz an und lächelte ihr zu. Dann bestellte sie sich einen Eiskaffee und ein Glas Mineralwasser. Sie blickte immer wieder nach links und rechts auf die Holtenauer Straße. Es schien, als würde sie auf jemanden warten. Wahrscheinlich würde jeden Moment auch ihr Freund Christian hier auftauchen. Also mussten sie versuchen, ihr Theaterstück möglichst vor seiner Ankunft aufzuführen.
»Na, dann wollen wir mal«, sagte Rühmann und wuchtete seinen massigen Körper schwerfällig aus dem Fahrzeug. Auf dem Bürgersteig zog er seine Hose hoch und wischte sich mit einem Stofftaschentuch den Schweiß von der Stirn. Diese sommerliche Hitze brachte den adipösen Mann wahrscheinlich noch mal um. Er verabscheute Temperaturen oberhalb der Zwanzig-Grad-Marke.
Der Kriminaloberrat machte sich auf den Weg zur *Bazille*. Setzte dabei einen wütenden Gesichtsausdruck auf.
Das Theaterstück der Kieler K1 Laienspielgruppe konnte beginnen. Wutschnaubend stapfte Kriminaloberrat Rühmann auf Jenny Breitfeld zu.
»Hier bist du also. Hab ich dich endlich gefunden«, sagte er so laut, dass alle Besucher der Gaststätte es mitbekommen mussten, bevor er sich ungraziös auf einen freien Stuhl fallen ließ.

»Oh Mann, Papa, ich hab keinen Bock auf Stress. Lass mich in Ruhe«, antwortete Jenny Breitfeld. Dabei konnte sie sich ein innerliches Grinsen nicht verkneifen. *Wenn das ihr richtiger Vater wüsste?*
»Wenn du so weitermachst wie bisher, dann sehe ich schwarz für deine berufliche Zukunft. Du kannst doch nicht einfach dein Studium schmeißen und den ganzen Tag gammeln. Also wirklich, Jenny.«
Mittlerweile waren auch die letzten Gäste im Biergarten auf die beiden aufmerksam geworden. Gespannt verfolgten die Leute das Spektakel. Das Publikum schien begeistert zu sein, eine kostenlose Inszenierung. Auch Lina Böhrnsen konnte sich ein Lächeln nicht verkneifen und beobachtete Jenny voller Mitleid. Anscheinend hatte sie solche Auftritte bereits mehrfach mit ihrem eigenen Vater erlebt.
»Papa, bitte! Lass mich in Ruhe. Ich hab keinen Bock darauf mit dir zu quatschen, das gibt nur wieder Trouble!«
Jenny spielte die aufmüpfige Tochter.
»Du willst also wirklich dein Studium der Betriebswirtschaft hinschmeißen und Archäologie studieren. Ich bin so was von enttäuscht, das glaubst du gar nicht! Ich hatte bisher immer gedacht, dass du eines Tages die Firma übernehmen würdest!«
Lina Böhrnsen wurde bei dem Wort Archäologie sichtlich hellhörig. Sie hatte angebissen.
»Ach, Daddy, ich habe absolut keinen Bock auf die Firma. Ich will mich nicht ständig mit irgendwelchen spießigen Kunden herumschlagen. Ich möchte meinen eigenen Weg gehen und das tun, was mir Spaß macht. Das ist nun mal Archäologie.«

Die Protagonisten des Stückes legten sich wirklich ins Zeug und es schien, als wäre das Publikum in der *Bazille* vollauf begeistert von dieser kostenlosen Aufführung. Es sah mittlerweile aus, als würde Jennys »Vater« bald vor Wut platzen, seine Gesichtsfarbe nahm eine beängstigende Röte an.
Rühmann stand abrupt auf, dabei kippte der Stuhl nach hinten und stürzte auf den Boden. Geniale Aktion!
»Wenn du meinst, dass du mit diesem ganzen Historienmist später irgendwann einmal Geld verdienen kannst, dann bitte. Aber nicht mehr in meinem Haus.

Solange du mit diesem Archäologiegefasel nicht aufhörst, solange brauchst du gar nicht mehr nach Hause zu kommen.«
Rühmann bewegte sich einige Schritte zur Holtenauer Straße und drehte sich dann noch mal um.
»Ist das klar!«, brüllte der Kriminaloberrat jetzt und marschierte wutentbrannt die Holtenauer Straße in Richtung Dreiecksplatz hinunter. Als der adipöse Mann sich außer Sichtweite befand, musste er grinsen und beglückwünschte sich selbst für diese famose Vorstellung.
Jenny war ebenfalls aufgestanden und rief ihrem »Vater« hinterher: »Das ist mir so was von scheißegal!«
Einer der Gäste des Biergartens, ein älterer Herr in einem schwarzen Anzug und Krawatte, applaudierte grinsend und konzentrierte sich danach wieder auf seinen Thunfischsalat.
Jenny Breitfeld setzte sich zurück auf ihren Stuhl, nahm mit zittrigen Fingern einen Schluck von ihrem Kaffee und tat so als würde sie anfangen zu weinen. *Mann, das war wirklich geil,* dachte die junge Kommissarin. Sie überlegte sich

gleichzeitig, Rühmann in Zukunft nur noch Papi zu nennen.

Dann geschah genau das, womit alle gerechnet hatten. Der Plan ging auf. Lina Böhrnsen stand auf und ging auf Jenny Breitfeld zu, die sichtlich von Heulkrämpfen geplagt wurde. Woher Jenny Breitfeld die Tränen nahm, die ihr tatsächlich über die Wangen liefen, wusste sie selber nicht. Es funktionierte einfach nur perfekt.

»Darf ich mich zu dir setzen?«, fragte Lina Böhrnsen.

Jenny Breitfeld schluchzte und nickte.

»Kann ich irgendetwas für dich tun?«, fragte die Archäologiestudentin. »Ich kenne das alles. Mein Vater ist auch so ein blöder Tyrann. Ich bin auch vor einem Jahr von Zuhause weg.«

»Ist doch alles Scheiße, oder?«

Langsam gewann Jenny ihre Fassung zurück.

»Ich habe ja alles mitbekommen. Dein Vater war ganz schön wütend. Ich hatte schon Angst, dass der jeden Moment einen Herzinfarkt bekommt und hier tot umkippt. Das hätte vielleicht einen Spektakel gegeben. Zum Glück ist das Universitätskrankenhaus gleich um die Ecke.«

Nun lachten beide. Jenny sagte: »Er meint es gar nicht so. Eigentlich ist er ganz nett. Aber vorerst kann ich mich zu Hause nicht mehr blicken lassen. Ich heiße Jenn ... iffer.«

»Lina.«

Jenny und Lina Böhrnsen waren sich auf Anhieb sympathisch.

»Du willst Archäologie studieren?«, fragte Lina.

»Ja, ich habe mich schon auf dem Gymnasium für Geschichte interessiert. Besonders für alles, was sich in Norddeutschland zugetragen hat. Insbesondere die Zeit der Wikinger und das Frühe Mittelalter haben es mir angetan.«

Lina Böhrnsen strahlte ihre neue Freundin an.
»Ich studiere seit zwei Semestern Archäologie, hier an der Christian-Albrechts-Universität.«
»Echt? Das ist ja krass ...«

So kamen die beiden Frauen ins Gespräch. Lorenzo konnte jedes Wort mithören. Er hatte den Parkplatz inzwischen verlassen und fuhr Richtung Dreiecksplatz. Dort stieg Rühmann wieder in den Wagen ein. Er grinste dabei übers ganze Gesicht. Lorenzo lächelte ihn verschwörerisch an.
»Sie haben Ihren Beruf verfehlt und hätten lieber Schauspieler werden sollen.«
»Das wollte ich damals tatsächlich werden. Ich spielte ein paar Jahre in der Theather-AG auf dem Gymnasium. Aber ich glaube, dass meine kriminalistischen Fähigkeiten auch nicht zu verachten sind.«

Lorenzo wendete den BMW und fuhr die kurze Strecke zurück, wo sie in der Nähe der *Bazille* einen Parkplatz auf der gegenüberliegenden Straßenseite fanden. Von hier aus konnten sie die beiden Frauen gut beobachten, ohne selbst gesehen zu werden. Diese unterhielten sich mittlerweile über Gott und die Welt. Es schien, als ob sie sich anfreunden würden.
Es lief gut.
Etwa eine halbe Stunde nach dem Theaterstück kam Lina Böhrnsens Freund die Holtenauer Straße herunter und setzte sich zu den beiden Frauen. Lorenzo und Rühmann konn-

ten hören, dass sie sich angeregt unterhielten. Anscheinend tat Jenny Lina und ihrem Freund leid. Lina lud Jenny ein, in der kommenden Nacht bei ihr zu schlafen. Allerdings wollten sie vorher noch nach Preetz fahren, um dort einen Freund zu besuchen. Jenny konnte ihre Aufregung kaum verbergen und fragte die beiden, ob sie dort mit hinkommen dürfte. Christian sträubte sich zuerst, ließ die beiden Frauen dann aber gewähren, mit der Auflage, dass Jenny im Auto bleiben müsse, wenn er den Besuch abstattete.
Sie bezahlten ihre Zeche und gingen gemeinsam die Holtenauer Straße hinauf. Christian hatte seinen verrosteten Ford Transit in der Waitzstraße geparkt. Die jungen Leute stiegen in den Wagen ein.
Lorenzo stieg unterdessen aus dem BMW aus und rannte zur *Bazille*, um dort etwas zu holen. Rühmann hatte sich an das Lenkrad ihres Fahrzeugs gewuchtet und sammelte Lorenzo sofort wieder ein. Sie machten sich mit quietschenden Reifen in Richtung Waitzstraße davon. Beide hatten besorgte Gesichter. Es lief doch nicht so gut wie geplant.
Jenny Breitfeld hatte vor lauter Aufregung ihre Jacke im Biergarten vergessen.

Gegenwart – Sechzehn

Rühmann versuchte, dem blauen Transporter zu folgen. Doch das gestaltete sich durch den starken Berufsverkehr auf der B76 extrem schwierig. Der alte Fort Transit fuhr auf der vielbefahrenen Straße Richtung Süden, also waren sie tatsächlich auf dem Weg nach Preetz. Der Wagen mit Jenny

an Bord befand sich etwa zehn Fahrzeuge vor ihnen. Der Kriminaloberrat reichte Lorenzo sein Smartphone.
»Jenny, ich weiß, dass du mich hören kannst. Du hast deine Jacke im Biergarten vergessen. Somit fällt der Peilsender für dich aus. Sollten wir dich in dem Feierabendverkehr verlieren, informiere ich dich darüber. Wir haben ja immer noch die Möglichkeit, über das Headset zu kommunizieren. Wenn du mich verstanden hast, räuspere dich bitte.«
Sie hörten eine deutliche Antwort aus dem Lautsprecher des Gerätes. Die beiden Kripobeamten atmeten erleichtert auf.
»Super, Jenny. Sollten wir euch aus den Augen verlieren, musst du uns irgendwelche Hinweise geben. Okay?«
Wieder ein deutliches Räuspern.
Kriminaloberrat Rühmann bemühte sich, zum blauen Transporter aufzuholen, aber das gestaltete sich bei dem Verkehrsaufkommen momentan als schwierig. Kurze Zeit später passierte es. Am Barkauer Kreuz mussten Rühmann und Lorenzo an einer roten Ampel anhalten. Der blaue Transporter kutschierte davon.
»Heilige Scheiße«, entfuhr es dem Leiter der Kieler Mordkommission. So ein Vokabular hatte Lorenzo von seinem Vorgesetzten noch niemals zuvor gehört.
»Jenny, wir haben euch verloren. Nun musst du uns Hinweise geben, solltet ihr irgendwo abbiegen, wir bleiben vorerst auf der Bundesstraße und fahren weiterhin Richtung Süden.«
Räuspern.
Die Ampel sprang auf Grün und Rühmann beschleunigte den BMW, aber es ging nur im Schneckentempo vorwärts. Es kam ihnen vor, als würde die Zeit im Zeitraffer voranschreiten. Die fleischigen Finger des Kriminaloberrats

trommelten nervös auf das Lenkrad. Nach etwa zweihundert Metern passierten sie einen kleinen Auffahrunfall. Ein weißer Mercedes war einem roten Audi auf die Stoßstange gefahren. Blechschaden. Die beiden Kontrahenten waren bereits ausgestiegen und lieferten sich ein heftiges Rededuell. Nachdem sie am Unfall vorbei waren, kamen sie deutlich schneller voran.

»Jenny, seid ihr noch auf der B76? Wenn ja, gib bitte irgendeinen Laut von dir.«

Lorenzo wirkte nervös. Die beiden Kripobeamten vernahmen plötzlich einen Ton, als ob jemand auf eine Trommel schlagen würde. Wahrscheinlich hatte Jenny Breitfeld mit dem Finger gegen ihr Ohr geschnippt.

»Ich hoffe, dass das gut geht. Ich habe mit einem Mal so ein ungutes Gefühl in meinem Bauch. Mein Bauch trügt mich nie. Habe ja auch genug davon«, meinte Rühmann, lächelte Lorenzo sorgenvoll an und versuchte, weiterhin die Fahrzeuge vor ihnen zu überholen.

Noch mal murmelte er etwas, das Lorenzo kaum verstehen konnte.

»Mein Bauch trügt mich nie«, murmelte Rühmann besorgt vor sich hin.

Codex Slavicum – Der Abgesandte des Königs

Die Männer, die in unserem Kloster ankamen, ritten an mir vorbei, als ich mich gerade auf dem Weg vom Krankenhaus zum Refektorium befand. Einige von ihnen nickten mir grüßend zu. Sie zügelten ihre Pferde vor dem Haus des Abtes, wo sie von ihren staubigen Schlachtrössern abstiegen. Es

waren acht Männer, wobei einer anscheinend von edler Herkunft war, denn er trug ein Wappen auf seinem Schild. Ein Greif, der eine Ährengarbe in den Fängen hielt.
Nun sah ich unseren Abt herauskommen, um die Ankömmlinge zu begrüßen.
Ich ging weiter zum Refektorium und maß dieser Szene keine Bedeutung mehr zu. Es kam des Öfteren vor, dass Reisende unsere Abtei aufsuchten, um im Gästehaus zu nächtigen.
Nachdem ich nun im Refektorium mein Abendbrot zu mir genommen hatte, ging ich zur Backsteinkirche. Es war kurz vor Sonnenuntergang. Die Brüder fanden sich dort zum Stundengebet ein. Zu meiner Verwunderung nahmen auch der Ritter und seine Mannen an dem Gottesdienst teil. Sie saßen zusammen mit unserem Abt auf der Empore. Mir schien, als ob Thaddäus dem Edelmann etwas erklärte und dabei auf mich zeigte.
Nach der Andacht ging ich in die Bibliothek, um dort im Corpus Christianorum weiter zu lesen, einem Codex des Heiligen Hieronymus. Doch ein Novize eilte zu mir und meinte, dass der Abt mich im Kapitelsaal zu sprechen wünschte. Also machte ich mich auf den Weg dorthin.
Abt Thaddäus und der fremde Edelmann warteten bereits auf mich. Unser Klostervorsteher stellte mir den Mann als Lehnsherren König Ottos vor. Er hieß Ruprecht von Esesfelth, ein Enkel Ekberts des Ersten. Graf der Dänischen Mark und Dux der Sachsen. Ich hatte bereits vom Adelsgeschlecht der Ekbertiner gehört und verbeugte mich tief vor dem Fürsten. Dieser lächelte und reichte mir sogar die Hand zur Begrüßung. Er war eine stattliche Erscheinung. Ich schätzte sein Alter auf vierzig Jahre. Eine tiefe Narbe

verlief über die rechte Seite seines Gesichts. Ein Wunder, dass er nicht sein Auge verloren hatte. Ohne Zweifel ein Krieger, das strahlte seine ganze Erscheinung aus.
Thaddäus meinte, dass unser Gast nur wegen mir hierher gekommen sei, was mich aufs Äußerste verwunderte. Was sollte dieser Graf von mir einfachem Mönch wollen?
Graf Ruprecht und Thaddäus nickten sich zu. Der Abt verließ den Kapitelsaal.
»Uns ist zu Ohren gekommen, Ihr wäret ein äußerst intelligenter und zutiefst gläubiger Bruder des Benediktinerordens«, begann Ruprecht das Gespräch.
Ich bedankte mich artig für diese schmeichelnden Worte.
Während meines Lebens im Kloster kam ich nur wenig mit Angehörigen der Adelshöfe in Kontakt. Aber ich mochte Ruprecht sofort. Er schien ein ehrenhafter Mann zu sein, der ein ritterliches Gemüt und eine absolute Dominanz ausstrahlte.
»Ich will nicht lange um die Sache herumreden und Euch sogleich mein Anliegen vortragen, aber zuvor noch eine Frage. Wir haben von Eurer abenteuerlichen Lebensgeschichte als junger Knabe gehört. Ist es wahr, dass Ihr als Slawe geboren wurdet?«
Daraufhin erzählte ich dem Grafen, wie ich damals geraubt und mithilfe der Benediktiner in dieses Kloster gekommen war. Ruprecht hörte interessiert zu. Nachdem ich meinen kurzen Bericht abgeschlossen hatte, holte der Adlige tief Luft, seufzte und erklärte mir seinerseits, was der Grund seines Besuches sei.
Zuerst berichtete mir Graf Ruprecht, dass er schon seit einigen Jahren in der Region nördlich der Hammaburg für Recht und Ordnung sorge. Sein Hauptquartier hieß Burg

Esesfelth an der Sturia. Er kontrollierte das Gebiet der Friesen, Holsten, Sachsen sowie der ortsansässigen Franken; von der Hammaburg im Süden bis an das große, britannische Meer im Westen. Vom Danewerk im Norden bis zum Limes Saxoniae im Osten.

Dazu gehörten ebenso die Stormaner Gau und die Burgen Borgtorpe, Reinholdesburch und Wittorpe. Alle diese Garnisonen seien von dem verstorbenen Karl dem Großen angelegt und dienten zum Schutz vor den Slawen, die hinter dem Limes Saxoniae lebten.

Eine gewisse Zeit lang herrschte Frieden zwischen den Völkern, die den Grenzwall akzeptierten und teilweise sogar Handel miteinander trieben.

Nun gäbe es aber seit etwa zwei Jahren zunehmend Ärger am Limes. Besonders in der Region, wo der Fluss Sventana die Grenze bildet.

Auf der Olsborg, in der Nähe von Plune, sei ein slawischer Priester aufgetaucht, der die abodritischen Stämme zum Aufruhr anstachelte. Sein Name sei Ziric der Dunkle. Er und seine Mannen praktizierten einen Totenkult um einen Gott namens Velos. Außerdem vollführten diese Bestien sogar Menschenopfer. Ziric terrorisierte die Region an der Sventana mit seiner Gewaltherrschaft und unterdrückte die dortige Bevölkerung. Zudem kam es häufig zu Grenzverletzungen und Übergriffen auf fränkisches Reichsgebiet.

Von den anliegenden Gauen gäbe es immer häufiger Hilferufe. Sogar slawische Aufständische, die sich gegen diesen Ziric formiert hatten, baten mittlerweile den sächsischen Dux Ruprecht von Esesfelth um Hilfe.

Um dort eingreifen zu können, benötigte Ruprecht allerdings nähere Informationen von der östlichen Seite des Li-

mes Saxoniae. Dazu müsse er jemanden dort hinschicken, der sich in der Region auskenne und mit den Einheimischen vertraut sei. Eine Person, die dort quasi heimisch wäre und der er vertrauen konnte.
Ich begriff sofort. Was gäbe es Besseres als einen Benediktiner, der einmal ein Slawe gewesen war. Ein gebürtiger Abodrite, der als fränkischer Spion agieren sollte. Mir wurde heiß und kalt zugleich. Panik ergriff mich. Sollte ich mein beschauliches Klosterleben aufgeben und dorthin zurückkehren, wo ich den größten Schmerz meines Lebens erlebt hatte? Graf Ruprecht bemerkte meinen inneren Kampf sofort und hakte nach. Ich wäre die einzige Person, der er solch eine verantwortungsvolle Aufgabe zutrauen konnte. Mit meiner Aktion könne ich wahrscheinlich viele Menschenleben retten. Obendrein würde die ganze Situation sowieso nicht lange dauern, denn hatte Ruprecht erst einmal genügend Informationen über die Lage hinter dem Limes, dann könne er mit einer kleinen Armee in das Gebiet der Abodriten eindringen und diesem Spuk ein Ende bereiten, damit die Grenzregion wieder Frieden bekäme.
Darüber hinaus wäre König Otto für solch eine Tat äußerst dankbar und würde sich dem Bremer Kloster gegenüber natürlich sehr großzügig zeigen.
Ich fühlte mich bei Gott nicht als Feigling, aber momentan brach mir wahrhaftig der Schweiß aus. Trotz alledem hörte ich mich plötzlich sagen, dass ich für solch eine Aufgabe bereit wäre und wann ich dorthin gehen solle.
Graf Ruprecht atmete erleichtert auf und meinte, dass er schon für den nächsten Tag plante, wieder aufzubrechen, um ins Holsteinische zurückzukehren.

Wir reichten uns die Hand. Ruprecht besiegelte den Pakt, indem er mir freundschaftlich auf die Schulter schlug. Er strahlte, als hätte er eine Schlacht gewonnen.
In dieser Nacht wälzte ich mich auf meinem Lager hin und her. Meine kleine Mönchsklause kam mir so sicher vor wie noch niemals zuvor. Nur ungern würde ich sie verlassen. Gleichzeitig trieb mich aber eine Sehnsucht. Eine Sehnsucht, meine alte Heimat wiederzusehen, und zugleich vielleicht auch ein bisschen Abenteuerlust.
Was würde mich hinter dem Limes Saxoniae erwarten, im Land der Barbaren.

Gegenwart – Siebzehn

Jenny Breitfeld konnte jedes Wort klar und deutlich verstehen, nur die letzten Worte des Kriminaloberrats hatte der Verkehrslärm verschluckt. Dafür, dass sie vor lauter Aufregung ihre Jacke mit dem eingebauten GPS-Sender im Biergarten liegen gelassen hatte, hatte Jenny sich bereits mehrfach selbst verflucht. Aber sie machte sich deswegen keine großen Sorgen, denn sie konnte immer noch mit Lorenzo per Headset kommunizieren. Auch dass ihre Kollegen sie im Feierabendverkehr verloren hatten, kümmerte die junge Kripobeamtin nicht sonderlich. Erstens hatte sie momentan immer noch Kontakt zu Lorenzo und würde ihn weiterhin über ihren Aufenthaltsort informieren. Zweitens trug sie für den Notfall eine kleine Handfeuerwaffe an ihrem Unterschenkel. Frank Zobel hatte ihr eine russische IZH-75 ausgehändigt. Die extrem kleine Waffe befestigten sie mit Panzertape an ihrem rechten Unterschenkel. Die IZH-75 ist eine nur fünfzehn Zentimeter lange, extrem kompakte Waffe, die aber trotz alledem eine hohe Durchschlagskraft besitzt. Sie wird immer noch gern von russischen Agenten getragen, die ihre Waffe unsichtbar am Körper verbergen wollen. Durch ihre Jeans konnte man diese kleine Pistole überhaupt nicht erkennen. Frank Zobel hatte zu Jenny Breitfeld gesagt, dass dies quasi ihre Lebensversicherung wäre. Außerdem beherrschte Jenny eine Kampfsportart. Seit ihrem zehnten Lebensjahr trainierte sie, ein- bis zweimal wöchentlich, Judo. Mittlerweile besaß sie den *Nidan*, also den zweiten Dan beim schwarzen Gürtel. Somit also Meisterin in dieser Kampfsportart. Die junge Kommissarin hielt sich damit für gut ausgerüstet, und würde jede Situation zu meistern wissen.

Momentan steuerte Christian den alten Ford Transit auf der B76 durch Raisdorf. Sie würden in wenigen Minuten Preetz erreichen. Lorenzo sprach immer wieder mit Jenny. Die junge Frau wusste, dass ihre beiden Kollegen nur wenige Kilometer hinter ihnen waren. Doch an der Abzweigung nach Preetz fuhr Christian weiter Richtung Süden. Jenny Breitfeld stutzte, ließ sich aber nichts anmerken.

»Ich dachte, ihr wollt nach Preetz, um dort euren Freund zu besuchen?«, fragte sie mit naiver Stimme.

Lina Böhrnsen drehte sich um und blickte in den Fond des Wagens.

»Das haben wir auch vor, aber momentan wohnt unser Freund etwas außerhalb. Wir bringen ihm nur ein paar Lebensmittel vorbei, die wir für ihn eingekauft haben.«

Die Fahrt ging einige Minuten weiter. Jenny Breitfeld vermutete, dass Lorenzo und Rühmann diesen Wortwechsel

mitbekommen hatten. Kurz hinter Preetz bogen sie in Sophienhof rechts ab und fuhren eine einsame Straße entlang. Ländliches Gebiet. Tiefste Provinz. Rechts und links des Weges erstreckten sich Felder und Viehweiden. Jenny dachte nach, sie musste Lorenzo und Rühmann über diese Kursänderung in Kenntnis senden.
»Warum biegt ihr denn hier hinter Sophienhof rechts ab?« Im BMW konnten Lorenzo und Rühmann jedes Wort verstehen.
Lina Böhrnsen blickte sich erneut zur Rückbank um.
»Unser Freund lebt momentan sehr zurückgezogen in einer kleinen Hütte an der Schwentine. Er ist sehr schüchtern und möchte dort in Ruhe arbeiten.«
»Wie heißt denn euer Freund?«, wollte Jenny Breitfeld wissen.
Christian unterbrach das Gespräch der Mädchen.
»Er ist Schriftsteller! Schreibt an seinem neuen Buch und dabei möchte er absolute Ruhe haben«, rief er barsch dazwischen.
Lügner, dachte Jenny, hielt aber ihren Mund. Sie wollte Christian nicht verärgern, hoffte aber insgeheim, dass sich an ihrem Zielort Tim Martens versteckt hielt, denn dann hätte sich ihre Komödie in der *Bazille* wahrlich gelohnt.
»Super, Jenny, wir konnten jedes Wort verstehen. Rühmann hat vorgeschlagen, dass wir in Sophienhof vorerst anhalten und weiterhin mithören, was bei euch passiert. Sollte sich irgendwas ergeben, musst du uns lotsen. Wir kommen dir zu Hilfe.«
Jenny wollte schon antworten, besann sich aber und räusperte sich nur.

Mittlerweile waren sie an der Einfahrt zu einem Waldstück angekommen. Die Zufahrt zum Grundstück versperrte ein verwitterter und wahrscheinlich wenig gebrauchter Schlagbaum. Eine verrostete Kette und ein vorsintflutliches Vorhängeschloss hingen daran. Christian parkte den Transporter davor und drehte sich zu Jenny um.
»Tut mir leid, aber du musst hier warten. Wir wollen unserem Freund nur ein paar Lebensmittel bringen und kommen dann zurück. Wie gesagt, er ist Schriftsteller und möchte dort unten am See seine absolute Ruhe haben.«
Jenny lächelte.
»Ist schon okay. Ich warte hier im Auto.«
Christian und Lina stiegen aus. Der junge Mann bugsierte einen großen Karton mit Lebensmitteln aus dem hinteren Teil des Fahrzeugs. Seine Freundin Lina hatte nun eine Kiste mit Mineralwasser in den Händen. Die beiden schleppten ihre Sachen den Waldweg hinunter. Jenny Breitfeld unterrichtete ihre Kollegen. Sie stieg aus dem Wagen, schloss aber nicht die Tür, damit niemand das Geräusch hören konnte.
»Ich werde den beiden durch den Wald folgen. Mal sehen, ob ich dort etwas entdecken kann«, sagte die junge Kommissarin zu ihrem *Mann im Ohr.*
Lorenzo antwortete sofort.
»Pass auf dich auf, Jenny, und geh kein Risiko ein.«
»Okay.«
Vorsichtig, und so leise wie sie konnte, lief sie neben dem Weg in den Wald hinein. Bereits nach einigen Metern konnte sie Lina und Christian sehen, die immer noch ihre Lebensmittellieferung schleppten. Hinter einer Biegung des Weges konnte man kurze Zeit später eine kleine Hütte erkennen, die etwa zwanzig Meter von der Schwentine ent-

fernt lag. Die Schwentine erreichte hier fast die Breite eines kleinen Sees. Die Hütte war extrem winzig und wahrscheinlich gab es darinnen nur einen Raum. Offenbar besaß sie nicht einmal Strom oder eine Wasserleitung, denn in der unmittelbaren Nähe des Anwesens befand sich ein kleines Toilettenhäuschen mit dem obligatorischen Herzchen in der Mitte der Tür. Ein sogenanntes Plumpsklo.
Christian und Lina Böhrnsen hatten nun die Tür der Hütte erreicht und Jenny konnte aus ihrem Versteck heraus beobachten, dass die beiden ohne anzuklopfen in die Laube hinein gingen.
»Lorenzo?«, flüsterte Jenny.
»Jo«, hörte sie es aus ihrem Headset.
»Sie sind jetzt in der Hütte. Von dem Bewohner ist allerdings nichts zu sehen. Momentan traue ich mich aber nicht weiter heran. Ich habe hier ein ziemlich gutes Versteck hinter einem Busch.«
»Okay, Jenny, warten wir erst einmal ab.«
Jenny ging einige Schritte zurück in den Wald. Sollten Christian und Lina wieder aus der Hütte herauskommen, so hatte sie von hier aus eine bessere Chance unerkannt zum Transporter zurückzukommen. Zehn Minuten lang passierte nichts, dann kamen ihre beiden neuen Freunde wieder aus der Hütte heraus. Sie scherzten über irgendetwas und lachten. Jenny wollte sich schon auf den Rückweg machen, als sie kurzzeitig eine weitere Person in der Eingangstür der Hütte erkannte. Ein junger Mann mit schwarzen, zerzausten Haaren und Vollbart. In den langen Zöpfen des Mannes konnte man deutlich hineingeflochtene Federn erkennen. In seiner Jeans und dem Wildlederhemd sah er fast aus wie ein nordamerikanischer Trapper oder Indianer.

Jenny erschrak und wich einen Schritt zurück. Dabei zerbrach ein kleiner Ast unter ihrem Gewicht. Knack. Der Trapper blickte in ihre Richtung, senkte aber glücklicherweise schnell wieder den Kopf. Die junge Kripobeamtin atmete erleichtert auf. Er hatte sie nicht bemerkt. Puh.

Nun wurde es Zeit, sich aus dem Staub zu machen. Jenny schlich vorsichtig durch den Wald zurück. Dabei flüsterte sie Lorenzo zu, was sie beobachtet hatte, und beschrieb den Weg dorthin. Kriminaloberrat Rühmann meinte daraufhin, dass es nun an der Zeit wäre, sich um diese Mittelaltertypen zu kümmern. Offenbar hatten sie Tim Martens endlich gefunden. Nun mussten sie einfach zuzugreifen. Sie würden diesen mysteriösen Anführer und seine beiden Adepten in Gewahrsam nehmen, um sie zu vernehmen.
Rühmann und Lorenzo teilten Jenny Breitfeld mit, dass sie auf dem Weg seien und dass Jenny vorerst nichts unternehmen sollte, solange ihre männlichen Kollegen nicht vor Ort waren. Als Lina Böhrnsen und ihr Freund Christian zum Transporter zurückkamen, saß Jenny schon wieder auf dem Rücksitz und spielte die gelangweilt Wartende.

Gegenwart – Achtzehn

Rühmann beschleunigte den BMW. Das Fahrzeug raste die einsame Landstraße entlang. Endlich konnten sie einen Fahndungserfolg vermelden. Dieses Theaterstück aufzuführen hatte sich gelohnt, denn so waren sie tatsächlich an das Versteck von Tim Martens herangekommen. Voller Erfolg.

Rühmann jubelte innerlich, hatte aber trotzdem ein mulmiges Gefühl im Bauch.
Diese Festnahme würde sie in ihren bisherigen Ermittlungen zum Mordfall an der alten Archäologin und dem Obdachlosen wahrscheinlich ein gutes Stück weiterbringen. Vielleicht hatten sie damit sogar bereits den Mörder geschnappt. Jetzt würden sie diese Mittelalterfreaks festnehmen und erfahren, was sie auf dem Kerbholz hatten. Möglicherweise war das sogar schon die Lösung des Falles.

Der Kriminaloberrat und Lorenzo sahen den alten Schlagbaum und den Waldweg sofort, doch nirgendwo den Transporter. Rühmann hielt den BMW abrupt an. Die beiden Beamten stiegen aus ihrem Fahrzeug aus und sahen sich um. Nur vor ein paar Minuten hatten sie mit Jenny Breitfeld noch gesprochen. Sie hörten auch, dass Lina Böhrnsen und ihr Freund Christian zurück zum Auto gekommen waren, dann hatten sie ein undefinierbares Geräusch aus dem Lautsprecher des Smartphones vernommen. Seitdem bestand keine Kommunikation mehr.
Immer noch sahen sich Lorenzo und Rühmann um. Auf dem Boden erkannten sie eindeutig die Reifenspuren eines größeren Fahrzeugs. Lorenzo kniete sich neben den Abdrücken in der Erde nieder. Er tauchte seine Finger in eine dickflüssige Substanz, die sich auf der Grasnarbe befand. Langsam hob er seine Hand wieder an und schaute auf die Finger. Seine Nackenhaare stellten sich auf. Er zeigte dem Kriminaloberrat seinen Fund.
Blut. »Heilige Scheiße!«, entfuhr es dem Kriminaloberrat. Seine Atmung beschleunigte sich. Lorenzo wischte die Hand an einem Taschentuch ab, das Rühmann ihm reichte.

Die beiden sahen sich fragend an. Gleichzeitig zogen sie ihre Dienstwaffen. Rühmann sicherte die Gegend ab. Mit seiner freien Hand fingerte Lorenzo das Handy aus seiner Hosentasche.
»Jenny, kannst du mich hören? Was ist los? Wo bist du? Melde dich!«
Seine Stimme klang skeptisch, mit einem Anflug von Panik. Keine Antwort. Nur Rauschen aus dem Lautsprecher.
Was wurde hier gespielt?
Lorenzo schaute den Waldweg hinunter, der zur Hütte führte. Auch hier sah er niemanden. Augenblicklich stürmte Lorenzo den Waldweg entlang. Hinter sich hörte er das schwerfällige Keuchen Rühmanns. Der dicke Mann versuchte, ihm zu folgen, kam aber nicht einmal annähernd so schnell voran wie der um einige Jahre und etliche Kilogramm leichtere Hauptkommissar.
In Lorenzo begann, sich Panik auszubreiten. Hatten sie diese Typen unterschätzt, oder was wurde hier gespielt? Wo waren sie so schnell abgeblieben? Wo befand sich ihre Kollegin Jenny Breitfeld? Wohin war dieses Fahrzeug so schnell verschwunden?
Nach etwa zweihundert Metern erreichte Lorenzo die Hütte am See. Stürmte auf den Eingang zu. Der große Mann trat mit dem rechten Fuß gegen die Tür, die sofort aus den Angeln gehoben wurde. Mit der Walther P99 im Anschlag ging er langsam in die Hütte hinein und sah sich darin um.
Auch hier nichts.
Scheiße, Scheiße, Scheiße!
Was war hier los?
Hatte man sie etwa ausgetrickst?

Immer wieder versuchte er, Jenny über das Headset zu erreichen, doch erfolglos. Nur ein unerbittliches Rauschen im Lautsprecher.
Nun kam auch Kriminaloberrat Rühmann an der Hütte an. Er keuchte wie eine alte Dampflokomotive. Das Gesicht dermaßen rot und verschwitzt, als würde sein Kopf jederzeit platzen.
»Herr Bartonelli …«, keuchte der dicke Mann, »… was wird hier … gespielt?«
»Ich weiß es nicht«, antwortete Lorenzo.
Die beiden Männer sahen sich verzweifelt an. Wo befand sich ihre Kollegin Jenny Breitfeld? Und wo steckten diese verdammten Mittelalterfreaks?

Lorenzo nahm das Mobiltelefon. Sie würden Hilfe brauchen. Schnell erklärte er die Lage und forderte Verstärkung an. Man versprach ihm innerhalb kürzester Zeit eine Ringfahndung nach dem Ford Transit auszurufen. Auch würden sofort Streifenwagen aus Preetz und Plön informiert werden, die so schnell wie möglich zu ihnen stoßen sollten.
Die beiden Kripobeamten sahen sich noch mal in der Hütte um. Doch entdeckten sie darin nichts Außergewöhnliches. In einer Ecke lagen eine grüne ISO-Matte und ein Bundeswehrschlafsack. Wahrscheinlich hatte Tim Martens hier genächtigt. Ansonsten gab es keinerlei Hinweise. Die Hütte sah aus wie jede x-beliebige Hütte in einem Schrebergarten.
Lorenzo und Rühmann steckten ihre Dienstwaffen wieder in die Holster und machten sich auf den Weg zurück zu ihrem Fahrzeug. Die beiden sprachen nicht viel miteinander. Aber sie hofften, dass die Kriminaltechnik hier irgendeinen Hinweis finden würde. Sorge um ihre junge Kollegin

breitete sich in ihnen aus, fast schon Verzweiflung. Sie mussten Jenny Breitfeld finden!
Unbedingt!

An ihrem BMW angekommen konnten sie bereits in weiter Ferne die Martinshörner der anrückenden Verstärkung hören. Aus südwestlicher Richtung vernahmen sie sogar das knatternde Rotorgeräusch eines sich nähernden Helikopters: Ein Polizeihubschrauber, der zufällig in der Nähe an einer Übung teilnahm, um sie aus der Luft bei der Suche zu unterstützen.

Doch Lorenzo konnte nicht warten. Er musste irgendetwas tun. Er ging noch mal zu den Reifen- und Blutspuren in der Nähe des Schlagbaums. Kniete sich dort nieder. Mit seinen Fingern fuhr er durch das Gras. Unter einem Löwenzahn fand er ein kleines, hautfarbenes Gerät. Wieder sträubten sich seine Nackenhaare und ihn durchfuhr ein kalter Schauer. Er starrte auf das Headset, das Jenny Breitfeld in ihrem Ohr getragen hatte. An dem Gerät klebte Blut.
Rühmann war ihm gefolgt. Blickte mit weit aufgerissenen Augen auf den Fund.
»Heilige Scheiße!«, sagte der Kriminaloberrat heute schon zum dritten Mal.

Codex Slavicum – Rückkehr in die alte Heimat

Als wir am nächsten Morgen aufbrachen, war es noch dunkel. Zum Abschied kamen Abt Thaddäus und fast die gesamten Mönche des Klosters zum Tor, um einem der Ihren

Lebewohl zu sagen. Mir war etwas mulmig zumute, denn ich wusste nicht, ob ich unser Konvent jemals wiedersehen würde.

Ein Schildknappe aus dem Gefolge Graf Ruprechts hatte mir eine braune Stute als Reittier zugewiesen, auf deren Rücken ich nun saß. Alle paar Schritte hustete das Pferd, und ich befürchtete, die Mähre sei erkrankt. Aber der Schildknappe erzählte mir, dass diese Stute zwar sanftmütig wie ein Lamm wäre, zudem aber nicht ganz richtig im Kopf. Das Tier würde öfter einmal husten und es sei eine Marotte von dem Gaul; also nannte ich die Stute insgeheim Influenza.

Dank der starken Reittiere kamen wir gut voran. Wir erreichten die Burg Esesfelth schon am übernächsten Tag. Doch mir blieb keinerlei Zeit, um die Festung näher anzusehen. Nachdem ich eine Kleinigkeit gegessen hatte, ließ mich Ruprecht rufen. Er meinte, dass es für unseren Plan nicht gerade förderlich sei, wenn ich in meiner Mönchskleidung weiterreisen würde. Also bekam ich ein einfaches Wams, wie es die Landbevölkerung trug.

Und um meine Tonsur zu verbergen, gab man mir eine Lederkappe.

Lange Zeit hatte ich nichts anderes getragen als meine dunkle Kutte. Ich fühlte mich zuerst äußerst unwohl in dieser neuen Tracht. Nun sah ich aus wie ein Bauer, und es machte keinen Unterschied, ob ich von dieser oder der anderen Seite des Limes Saxoniae kam.

Nach einer kurzen Nachtruhe wurde unsere Reise fortgesetzt. Graf Ruprecht drängte zur Eile. Allerdings ritten wir

nun nicht mehr in einer kleinen Gruppe, sondern dieser Trupp umfasste mehr als einhundert bewaffnete Männer. An ihrer Spitze ritt, in schwerer Kampfmontur, Ruprecht, der Dux der Sachsen.
Die Männer gaben den Pferden kaum Ruhe. Am folgenden Tag erreichten wir ein Waldstück in der Nähe von Porsvelde, unweit der Grenze. Von hier aus sollte ich meinen Weg allein fortsetzen. Ruprecht ließ einige Meldereiter zurück, denen ich Nachricht zukommen lassen sollte, wenn ich wichtige Informationen in Erfahrung gebracht hatte. Er selber wollte am Limes Richtung Süden patrouillieren, um dort nach dem Rechten zu sehen. Wir planten, uns hier in fünf Tagen zu treffen.

So ließ ich nun meine inzwischen lieb gewonnene Influenza bei den Meldereitern zurück und marschierte los. Ein sehr merkwürdiges Gefühl beschlich mich, als ich nach so vielen Jahren die Furt an der Seeenge vom Pastsee überquerte. Meine Empfindungen übermannten mich. Ich musste weinen. Die schmerzhaften Erinnerungen brannten wie Feuer in mir. An diesem Ort hatte ich meine Schwester verloren. Tapfer ging ich weiter und passierte nach kurzer Zeit die Motte, die Turmhügelburg.
Einer der Wachleute erblickte mich, wie ich auf dem schmalen Weg entlang wanderte. Schaute von dem hohen Turm herunter, doch anscheinend bedeutete ich keine Gefahr für ihn. Er grüßte mich mit einer kurzen Handbewegung.
Schnell erreichte ich Isenhorn, diesen fast undurchdringlichen Wald. Nur ein schmaler Trampelpfad führte hinein. Etwas später kam ich zur Kate, in der ich geboren wurde. Doch kaum noch etwas erinnerte mehr daran, dass hier

einmal Menschen lebten. Der Wald hatte unsere mühsam gerodete Lichtung zurückerobert. Die alte Hütte war abgebrannt und von Sträuchern überwuchert. Keine Gräber, nichts. Von meinen Eltern blieben mir allein die Erinnerungen. Nur den Schädelknochen eines Hundes fand ich. Wie wäre mein Leben wohl verlaufen, wenn ich hier meine Jugend verbracht hätte?

Trübsinnig setzte ich meinen Weg fort und kam bald an die Sventana, den Heiligen Fluss. Dem Flusslauf folgend war es nur noch ein Katzensprung bis zur Furt, wo sich auch das kleine Dorf Porece befand. Es bestand nur aus etwa dreißig kleinen Hütten, die sich um einen schmutzigen Marktplatz sprenkelten.

Als ich dort ankam, wurde ich von einigen Bewohnern abschätzend angegafft, aber sie verloren schnell das Interesse an mir, denn es kamen oft Fremde hier hindurch, die die Furt durch die Sventana nutzten.

Ich wusste aber, wohin mich mein Weg zuerst führen sollte. In einem der kleinen Holzhäuser, die oberhalb der Furt lagen, lebte damals die Familie meines Onkels. Ich hoffte, dass er und seine Familie immer noch im Dorf wohnten. Als ich dort ankam, saß eine alte Frau vor der Hütte. Sie entschuppte gerade Fische. Als sie mich bemerkte, blickte sie auf, sah mir in die Augen und fing an zu schmunzeln, wobei mir ein einzelner Zahn entgegen lächelte.

»Wenn ich in deine Augen sehe, erinnere ich mich an ein kleines Bürschchen, aber vor mir steht ein erwachsener Mann. Bist du es wirklich Vlad, Sohn meines Bruders Igor?«, krächzte sie.

Wie lange war es her, dass mich jemand mit meinem alten Namen ansprach?
Ich nickte.
Meine Tante stand auf, kam auf mich zu und umarmte mich herzlich. Sie drehte sich um, und gab mir zu verstehen, dass ich ihr ins Innere der Hütte folgen sollte.
Hier setzten wir uns an einen grobgezimmerten Holztisch. Sie schenkte mir dünnes Bier in einen Becher ein. Lange sah mich die alte Frau an und nickte wissend. Ich wusste noch von früher, dass sie die Gabe hatte Gedanken zu lesen und in die Zukunft sehen konnte.
»Du bist ein heiliger Mann geworden«, resümierte sie. »Das ist gut. Die Zeiten sind schlecht. Viel Böses geschieht hier. Die Teufel gehen um und verbreiten Angst und Schrecken. Doch du bist gekommen, um uns die alte Freiheit zurückzugeben. Auch deine Schwester wird sich freuen, dich wiederzusehen.«
Ich riss erstaunt die Augen auf. Was hatte sie gerade gesagt? Meine Schwester? Konnte es möglich sein, dass Liljana noch lebte? Sie ertrank doch vor meinen Augen im Pastsee. Meine Gedanken wirbelten völlig durcheinander. Ich hatte so viele Fragen. Doch meine Tante wollte mir nichts weiter mitteilen. Das Einzige, was sie mir erzählte, war, dass ich in den Falkenwald gehen sollte. Dort würde ich meine Schwester wiedersehen, doch ich solle auf dem Weg dorthin vorsichtig sein, denn die gesamte Gegend galt als äußerst gefährlich. Die Schergen des dunklen Priesters Ziric seien mittlerweile überall. Doch vor dem Falkenwald hätte jedermann Angst. Dort würde die weiße Hexe leben, die jeden verzaubern konnte, der sich diesem Geisterwald näherte.

Immer wieder löcherte ich meine Tante mit Fragen, aber die alte Frau schwieg beharrlich. Also machte ich mich auf den Weg zum Falkenwald, der sich etwa zwei Wegstunden in nordöstlicher Richtung befand. Ich hatte ihn als dunklen und gespenstischen Ort im Gedächtnis. Schon damals erzählten sich die Einwohner, dass es dort spuken würde. Im Wald sollte tatsächlich eine Hexe leben, vor der sich alle ängstigten.

Obwohl ich lange fortgewesen war, erinnerte ich mich noch an die Örtlichkeiten und überquerte die Sventana. In meinem Kopf schwirrten die Gedanken durcheinander. Lebte meine Schwester tatsächlich noch? Wer konnte diese ominöse weiße Hexe nur sein? Musste ich mich vor diesem Wesen fürchten? Gab es dort wirklich Geister?

Oh, ich bete zu Jesus Christus, dass mir kein Leid geschehen möge.

Den Übergang vom Isenhorn in den Falkenwald nahm ich kaum wahr. Überall herrschte fast undurchdringliches Dickicht. Ich kam an einigen Bäumen vorbei, an denen Totenköpfe hingen. Knochen an Bändern klimperten in einer gespenstischen Weise im Wind. Mich fröstelte und ich bekam Angst. Außerdem beschlich mich das Gefühl, als ob jemand mich beobachten würde. Immer undurchdringlicher wurde der Forst. Ich überlegte fieberhaft, wohin ich mich wenden sollte. Was suchte ich hier nur? Ein Geräusch ließ mich zusammenfahren. Vernahm ich im Gestrüpp etwa ein Knurren oder spielte mir meine Fantasie einen Streich? Schnell kam mir Bartholomäus' Schicksal in den Sinn, der an der Wümm von einem Bären zerfleischt wurde. Hier gab es sicherlich auch solche wilden Bestien. Wäre ich doch bloß wieder in meinem beschaulichen Bremer Kloster. Herrgott! Pater noster …

Wieder ein Knurren, oder knarrten nur die alten Bäume im Wind?

Dann geschah alles sehr schnell.

Aus dem Augenwinkel sah ich ein riesiges Ungetüm auf mich zu preschen. Wie ein Teufel jagte es mir entgegen. Ich sah riesige Zähne. Ehe ich mich versah, riss dieses Monster mich um und packte mit seinem mächtigen Fang meine Kehle.

Heilige Mutter Gottes, behüte uns jetzt und in der Stunde unseres Todes, dachte ich panisch und rechnete jeden Moment damit, dass dieses Ungetüm mir den Hals durchbiss. Dabei spürte ich den heißen Atem des Ungeheuers. Das Vieh knurrte ununterbrochen. Ich zitterte wie Espenlaub.

Ein lauter Pfiff durchdrang den Wald. Der Teufel ließ meine Kehle abrupt los, knurrte mich aber weiterhin unaufhörlich an. Jetzt sah ich den Diabolus in voller Größe. Ein riesiger Hund. Größer als alle Hunde, die ich jemals zuvor gesehen hatte.

Hinter dem großen Tier kam nun ein Mann von stattlicher Gestalt durch das Unterholz. Dem Aussehen nach ein Wikinger. Rote Haare, Vollbart und in seiner linken Hand trug er eine zweischneidige Kampfaxt. Merkwürdige Ornamente verzierten die scharfe Klinge. Dem Fremden fehlte fast der komplette rechte Arm. Er war unterhalb des Schultergelenks abgetrennt. Er sagte etwas auf Dänisch zu dem Hund und lachte, dabei grinste er mich an. Der wilde Geselle steckte die Axt in den Gürtel, reichte mir seine linke, schwielige Hand und half mir beim Aufstehen.

»Willkommen, Vlad!«, sagte er. Seine Stimme klang dunkel, aber freundlich.

Der Mann drehte sich um. Zusammen mit seinem Hund verschwand er im dichten Wald. Was blieb mir anderes übrig, als den beiden zu folgen.

Gegenwart – Neunzehn

Bernd Vosskopp war Landwirt mit Leib und Seele. Seit mehreren Generationen war der Bauernhof, den er zusammen mit seinem Sohn Sven in Wahlstorf betrieb, in Familienbesitz. Als vor etwa fünfzehn Jahren sein Vater starb, stellte er den gesamten Hof auf Milchwirtschaft um. Biomilch vom Feinsten. Mittlerweile zählten über einhundert Schwarzbunte zum Hof. In ganz Schleswig-Holstein gab es diese Rinderrasse. Bekannt für ihre hohe Milchleistung und charakteristisch für das Land zwischen den Meeren.

An diesem Nachmittag fuhr Bernd Vosskopp mit seinem Landrover am Fuhlensee entlang. Der Sechzigjährige wollte nach einer Herde Schottischer Hochlandrinder sehen, die den Sommer über auf einer Wiese im Naturschutzgebiet Kührener Teiche verbrachten. Diese Highlands waren sein Hobby. Sein ganzer Stolz. Er liebte diese robusten und urwüchsigen Viecher. Für ihn gab es keine schöneren Tiere. Jedem dieser zwölf Hochlandrinder hatte er einen schottischen Namen gegeben. McDonald, McAllister, O'Brain, McIntosh, O'Conner, McMillan ...

Der kräftige Holsteiner fuhr langsam den Feldweg hinauf und stoppte sein Gefährt am Holzgatter der Koppel. Schwerfällig wuchtete er sich aus dem Fahrzeug und ging in seinen schwarzen Gummistiefeln zum Stacheldrahtzaun. In etwa dreihundert Meter Entfernung grasten seine zottigen Lieblinge in der Abendsonne. Bernd Vosskopp genoss das idyllische Bild eine Zeit lang. Ihm wurde ganz warm ums Herz, nur die lästigen Stechmücken störten das paradiesische Bild.

»Mulle, Mulle, Mulle, komm, komm, komm«, rief er seinen Highlands zu. Die Köpfe der Tiere hoben sich. Sie erkannten ihn sofort. Die Herde trabte langsam auf ihn zu. Als die Rinder ihn schon fast erreicht hatten, hörte der Landwirt einen Hubschrauber, der das Gelände östlich der Schwentine überflog. Ein blauer Polizeihubschrauber. Es sah so aus, als würden sie die Gegend absuchen.

Wat wüllt de denn hier?, dachte Vosskoop. *Die machen mir die Rinder noch ganz verrückt.*

Die Highlands waren inzwischen tatsächlich stehengeblieben. Sie schauten nun ebenfalls in Richtung des Helikopters und begannen nervös zu werden. Einige muhten laut, um ihrer Verärgerung kundzutun.

»Scheiß Krachmacher«, fluchte Bernd Vosskopp und rief seine Rinder erneut. Doch die urigen Tiere bewegten sich inzwischen keinen Zentimeter mehr vorwärts. Wahrscheinlich kam ihnen der große laute Vogel am Himmel nicht geheuer vor. Also kehrte Vosskopp zurück zu seinem Landrover und stieg fluchend wieder ein. Er startete den Wagen und wollte gerade losfahren, als er am Ende des Feldweges einen alten, verrosteten Transporter bemerkte. Das Gefährt stand gut versteckt zwischen mehreren Holunderbüschen.

Ein Ford Transit. Die Türen der Ladefläche standen halb offen.
Bernd Vosskopp war sowieso schon sauer, nun wurde er regelrecht wütend. Wahrscheinlich waren das wieder einmal irgendwelche Mistkerle aus der Stadt, die ihren Müll illegal an seinem Knick entsorgen wollten. Das geschah in der letzten Zeit immer häufiger. Er hatte keine Lust, wieder einmal eine Waschmaschine oder Autoreifen auf seine Kosten entsorgen zu müssen.
Nicht mit mir, ihr verfluchten Halunken!, dachte der bullige Wahlstorfer. *Diesmal krich ich euch Bagaluten.*
Diesmal würde er diese Mistkerle endlich in flagranti erwischen. Er fuhr die dreihundert Meter zum Transporter. Mittlerweile hatte er bereits sein Jagdgewehr vom Beifahrersitz genommen. Als leidenschaftlicher Jäger war die Waffe sein ständiger Begleiter. *Denen werde ich eine Lehre erteilen, dass ihnen Hören und Sehen vergeht.* Natürlich wollte er niemanden verletzen, aber einen ordentlichen Schrecken konnte man diesen Umweltfrevlern schon einjagen, indem man ihnen die Flinte vor die Nase hielt. Vosskopp freute sich schon auf die dummen Gesichter.

Beim Ford Transit angekommen stieg er aus und sah sich um, doch konnte er niemanden erblicken. Aus der halb geöffneten Tür am Heck des Wagens kamen mehrere Schmeißfliegen herausgebrummt. Der Landwirt ging zum Transporter. Wütend zog er die Tür vollständig auf. Sie quietschte fürchterlich. Dann sah er hinein. Die Ladefläche war voller alter Decken und Gerümpel. In dem ganzen Plunder lag ein Körper. Bernd Vosskopp konnte erkennen,

dass es ein junger Mann sein musste. Er hatte eine Glatze. Trug am Hinterkopf einen geflochtenen Zopf.
Nun schläft der Blödmann auch noch sein Rausch hier aus, oder wat?.
»Hey, du Hippie! Zeit aufzustehen, Freundchen. Hier ist kein Campingplatz!«, rief er dem jungen Mann zu. Doch der regte sich nicht. Bernd Vosskopp beugte sich in den Wagen hinein und rüttelte an dem Kerl.
Nichts.
»Aufwachen, du Knalltüte, sonst steck ich dir die Flinte in Moors!«, brummte er stinksauer. Ärger lag in seiner Stimme.
Immer noch keine Regung.
Der Landwirt stieg nun auf die Ladefläche hinauf und erstarrte augenblicklich zur Salzsäule. Überall klebte Blut.
Er versuchte, den Hippie herumzudrehen, und erschrak zu Tode. Die Kehle des Mannes war aufgeschlitzt, eine tödliche und tiefe Wunde. Die weit aufgerissenen Augen des Toten glotzen ihn an. Bernd Vosskopp wich entsetzt zurück. Mit einem lauten Schrei sprang er aus dem Wagen. Fluchend rannte er zum Landrover zurück. In der Mittelkonsole lag sein Handy. Er wählte mit zittrigen Fingern die Notrufnummer. Als sich am anderen Ende der Leitung eine freundliche Stimme meldete, zitterte Bernd Vosskopp dermaßen, dass er kaum noch reden konnte.

Gegenwart – Zwanzig

Als Lorenzo und Rühmann auf dem Feldweg ankamen, standen dort bereits ein Streifenwagen und ein Rettungswagen. Die Rettungsassistenten kümmerten sich gerade um

den arg mitgenommen Bernd Vosskopp. Lorenzo wies sich bei einem uniformierten Beamten aus. Dieser führte die beiden Kripobeamten zum Transporter. Lorenzo und der Kriminaloberrat schauten in das Fahrzeug. Bei dem Toten handelte es sich eindeutig um Christian, den Freund von Lina Böhrnsen. Das war innerhalb kürzester Zeit die zweite aufgeschlitzte Kehle, die Lorenzo zu sehen bekam. Außerdem besaß die Leiche mehrere Einstiche im Unterbauch. Auch diesmal konnte er diesen furchtbaren Anblick kaum ertragen. Die toten Augen des jungen Mannes starrten immer noch an die Decke des Fahrzeugs.
Zudem wimmelte es im Inneren mittlerweile von Schmeißfliegen.
War Tim Martens auch für diese Tat verantwortlich? Falls ja, dann wäre das nun bereits der dritte Mord, welcher auf das Konto des Psychopathen ging. Sie mussten dieses Monster unbedingt finden, aber wo trieb sich dieser geisterhafte Kerl jetzt herum?
Lorenzo und Rühmann machten sich große Sorgen um ihre verschollene Kollegin. Wo waren die beiden jungen Frauen? Sie konnten doch nicht einfach im Erdboden versinken. Wie konnten sie hier, mitten in der ländlichen Provinz, so schnell verschwinden.
Heilige Scheiße!
Was sollten sie tun?
Sie hofften, dass der Polizeihubschrauber irgendwo eine brauchbare Spur finden würde.
Nun kam der Wagen der Kieler Kriminaltechnik den Feldweg hinauf. Am Steuer des Fahrzeugs saß Frank Zobel und er wurde auf seiner Fahrt ordentlich durchgeschüttelt. Zobel

stieg aus und bewegte sich auf seine Kollegen zu. Auch er machte ein besorgtes Gesicht.
»Schon was gehört von unserer Kollegin?«, fragte Zobel, doch er erntete nur Kopfschütteln. Sofort zogen er sowie zwei weiterer Kollegen der Spurensicherung ihre weißen Overalls an und machten sich auf den Weg zum Transporter.
Rühmann telefonierte. Lorenzo sah sich um. Weit und breit kein einziger Hinweis, wo Jenny Breitfeld, Lina Böhrnsen und dieser vermaledeite Tim Martens abgeblieben sein konnten. Es schien, als hätten sie sich spurlos im Nichts aufgelöst.
Hatten sie es hier mit Geistern zu tun?
Heilige Scheiße!

Codex Slavicus – Liljana und Harald

Es fiel mir nicht leicht, dem Einarmigen und seinem Hund durch das dichte Unterholz zu folgen. Flink wie ein Reh und dabei völlig lautlos bewegte der Mann sich vorwärts, drehte sich gelegentlich herum, um nach mir zu sehen. Es schien mir, als ob er grinsen und sich über mich amüsieren würde. Wahrscheinlich trampelte ich so laut wie ein wilder Elch durchs Unterholz.
Es dauerte nicht lange und wir erreichten eine Waldlichtung. Der riesige Hund rannte bellend auf eine Kate zu, die sich unter einer gigantischen Buche an den Waldrand duckte. Der Einarmige war plötzlich spurlos verschwunden. Die Tür des kleinen Hauses wurde geöffnet. Eine junge hübsche Frau in einem Lederkleid kam heraus. Ich erinnerte mich

auf einmal an meine Mutter. Die Frau sah tatsächlich aus wie sie. Diese Ähnlichkeit ...
Ich trat näher an die Frau heran und blickte in ihre Augen. In meinem Gedächtnis sah ich plötzlich, wie ein junges Mädchen auf den Pastsee zu rannte und schließlich darin ertrank. Doch die gleichen Augen, die meiner Schwester gehörten, blickten mich nun an. Mein Verstand setzte aus. Ich begriff überhaupt nichts mehr. Mein Erstaunen war zu groß. Ich wurde von meinen Gefühlen übermannt. Vor mir stand Liljana, meine Schwester. Aus dem kleinen gedemütigten Mädchen von einst war eine stolze Frau geworden.
Wir umarmten uns und weinten. Wie lange wir so dastanden weiß ich nicht mehr. Irgendwann erschien der Einarmige und meinte, dass es besser wäre in die Hütte zu gehen, um sich bei einem Krug Bier zu unterhalten.
Sie hatten die winzige Hütte gemütlich eingerichtet. Sie bestand nur aus einem Raum, in dem sich aber alles befand, was man zum Leben in der Wildnis benötigte.
Die Gedanken in meinem Kopf spielten verrückt. Ich hatte so viele Fragen, doch nachdem wir uns mit Bier, Brot und einem kalten Wildschweinbraten gestärkt hatten, fing Liljana an zu erzählen.

Sie wollte damals in den kalten Fluten des Pastsees diesen schrecklichen Sachsen entkommen. Sie tauchte immer tiefer in das Gewässer hinunter. Irgendwann schluckte sie Wasser und verlor die Besinnung. Dabei erschienen ihr Lichtgestalten, die mit ihr redeten. Diese Engelswesen waren das Schönste, was sie in ihrem ganzen Leben gesehen hatte. Sie sagten ihr, dass die Zeit zum Sterben noch nicht gekommen sei. Daraufhin wurde alles dunkel und meine Schwester fühlte nichts mehr. Doch dann spürte sie, wie jemand sie packte und aus dem Wasser zog. Eine alte Frau rettete meine Schwester aus den Fluten und kümmerte sich liebevoll um sie. Sie hieß Svante. Eine Heilerin. Viele nannten sie auch die weiße Hexe. Zufällig beobachtete Svante damals das Geschehen am Pastsee und rettete daraufhin meine Schwester, nahm sie mit zu sich nach Hause in den Falkenwald und pflegte sie dort gesund. Meine Schwester und Svante mochten sich auf Anhieb. So wurde die Heilerin Liljanas neue Mutter. Über Jahre hinweg erlernte meine Schwester bei dieser weisen Frau die Heilkunst. Die Magie des Waldes und der Geister, die darin lebten. Svante besaß die Fähigkeit, eine gute Lehrerin zu sein und Liljana eine ebenso gute Schülerin.

Einige Jahre später machte Liljana sich auf den Weg, um die Mörder unserer Eltern zu suchen. Sie wurde tatsächlich fündig. Fast zwei Jahre lang war sie unterwegs, spürte jeden Einzelnen dieser Sachsen auf und rächte sich an ihnen. Nicht einer der Männer entkam ihrem brennenden Zorn. Auf ihrer Reise durch das Land lernte sie auch den Einarmigen kennen. Er war tatsächlich Wikinger, kam ursprünglich von der norwegischen Insel Hundvåg und nannte sich Harald. Er erwies sich als freundlicher Kerl, doch trotz seines fehlenden Arms wirkte er wie ein wahrer Krieger.

Als die beiden in den Falkenwald zurückkehrten, fanden sie Svante tot vor. In den zwei Jahren, in denen meine Schwester reiste, errichtete der dunkle Priester Ziric in der Gegend seine Gewaltherrschaft. Nachdem er alle zuständigen Priester der Göttin Podaga, die bisher in ihrem heiligen Tempel auf der Insel Olsburg im Großen See von Plune angebetet wurde, getötet hatte, erhob Ziric Velos, den Gott der Un-

terwelt, auf den Thron. Von dem Augenblick an, an dem Velos und Ziric an der Macht waren, geriet die gesamte Gegend an der Sventana in eine tyrannische und blutige Phase. Innerhalb kürzester Zeit fand der dunkle Priester viele Anhänger und unterwarf mit seiner Macht das Land.
Seitdem wurden fast in jeder Woche Velos junge Mädchen und Männer geopfert. Die Einheimischen verkrochen sich in ihre Hütten und hofften, dass Zirics Schergen sie nicht finden würden.
Nur eine kleine Gruppe von Rebellen kämpfte gegen die Tyrannei. Sie verschanzten sich auf einer nicht allzu großen Burg, die sich in Redewysche befand, etwa eine Wegstunde nördlich vom Falkenwald entfernt.
Der Anführer dieser Rebellen hieß Mirko, der Sohn meines Onkels aus Porece.
In dieser Burg befanden sich annähernd einhundert freie Männer. Vor dem Falkenwald machten Zirics Anhänger einen großen Bogen, denn sie hatten zwar die weiße Heilerin Svante getötet, aber vor dem Falkenwald fürchteten sie sich. Hier würde es spuken, so glaubten es die Menschen schon seit langer Zeit. Meine Schwester unterstützte diesen Glauben, indem sie am Waldrand überall unheimliche Symbole aufstellte, sodass sie hier einigermaßen in Ruhe leben konnten.
Aber die Bedrohung durch den dunklen Priester wurde immer stärker. Die Rebellen planten anscheinend einen Gegenschlag, warteten damit aber bisher noch ab. Sie hatten Boten nach Starigrad im Osten geschickt, um vom dortigen Fürsten Igor Blauzahn Hilfe zu erbitten.
Nun warteten sie alle auf die Rückkehr der Abgesandten.
Staunend lauschte ich den Ausführungen Liljanas.

Immer noch schwirrten die Gefühle und Gedanken in meinem Kopf wirr durcheinander. Meine Schwester lebte, war Heilerin; zudem gab es hier tatsächlich Aufständische, die versuchten diesen ominösen dunklen Priester von seinem Thron zu stoßen. Besonders das Letzte musste ich Graf Ruprecht schnellstmöglich mitteilen. Vielleicht war es möglich, diese Teufelsbrut gemeinsam von der Olsburg zu vertreiben. Graf Ruprechts Männer und die Rebellen aus Redewysche, das wäre eine schlagkräftige Truppe. Wenn womöglich sogar noch Hilfe aus Starigrad käme, dann wäre Zirics Armee so gut wie besiegt.

Nun erzählte ich meine Geschichte. Liljana und Harald hörten mir aufmerksam zu. Als ich meinen Bericht beendete, brach bereits die Nacht an.

Wir beschlossen, am nächsten Tag die Rebellen auf der Burg in Redewysche aufzusuchen, um mit ihnen zu sprechen. An diesem Abend konnten wir alle nicht schlafen. Wir unterhielten uns noch lange. Dazu gingen wir gemeinsam an einen kleinen Waldsee, der sich in unmittelbarer Nähe der Hütte befand. Der riesenhafte Hund blieb immer an Haralds Seite.

Er nannte ihn Grå Ulv, was in seiner Sprache Grauer Wolf bedeutete. Es war wirklich ein beeindruckendes Tier.
Nachdem ich mich mit Harald angefreundet hatte, merkte ich schnell, was für ein feiner Kerl er war. Ich konnte meine Schwester verstehen, dass sie ihn zu ihrem Lebensgefährten erkor.

So fasste ich Mut und fragte den Wikinger, wie er seinen Arm verloren hatte. Daraufhin lachte er bitter und begann seine Geschichte zu erzählen.
Als junger Mann nahm er an einer Handelsreise teil, die ihn von Haithabu aus bis nach Konstantinopel führte. Mit zwei großen Drachenbooten fuhren sie damals auf großen Flüssen quer durch das riesige Russreich und erreichten nach monatelanger Fahrt ihr Ziel. Hier lockte ihn das Gold. Er trennte sich von seinen Kameraden und wurde für die Leibgarde des Kalifen von Bagdad rekrutiert, in der viele rauflustige Wikinger ihren Dienst versahen. Mehrere Jahre diente Harald im Orient, bis er bei einem Gefecht mit wilden Wüstenstämmen schwer verletzt wurde. Dabei verlor er seinen Arm. Nur durch die aufopferungsvolle Hilfe eines jüdischen Arztes überlebte Harald und kehrte danach in den Norden zurück, wo er Liljana kennen und lieben lernte. Nun waren die beiden bereits einige Jahre zusammen. Sie schienen sehr glücklich miteinander.
Wieder zurück in der Hütte, lag ich auf meinem Lager und konnte lange Zeit nicht einschlafen. Alles, was ich heute erfuhr, kreiste in meinen Gedanken. Irgendwann bemerkte ich, dass Grå Ulv sich neben mich gelegt hatte und grunzend schlief.

Gegenwart – Einundzwanzig

Kriminaloberrat Rühmann telefonierte mit seinem Smartphone. Ständig kontaktierte der beleibte Mann irgendwelche Einsatzkräfte. Lorenzo blickte unterdessen aus dem Fenster. Er sah auf die abendlichen Lichter des Preetzer

Cathrinplatzes hinunter. Nur noch wenige Fahrzeuge parkten auf der großen Fläche. Der Wind raschelte in den Kronen der Bäume, die am Rand des Platzes standen. Einige Jugendliche bogen gerade auf ihren lauten Mofas in die Gasstraße ein und verschwanden aus seinem Gesichtsfeld.
Rühmann und Lorenzo hatten mittlerweile eine Art Krisenstab im oberen Stockwerk der Preetzer Polizeidienststelle eingerichtet. Die beiden Kripobeamten bildeten hier quasi das Hauptquartier, die Einsatzleitung bei der Suche nach Tim Martens und den jungen Frauen. Frank Zobel und seine Mitarbeiter waren immer noch dabei die Hütte an der Schwentine sowie den Ford Transit, in dem die Leiche von Christian aufgefunden wurde, nach Hinweisen zu untersuchen.
Die Kollegen der Kriminaltechnik versuchten verzweifelt Spuren zu finden, die Rückschlüsse darauf geben konnten, wo Tim Martens und die beiden jungen Frauen abgeblieben waren. Außerdem suchte eine Hundertschaft der Bereitschaftspolizei aus Eutin das gesamte Areal der Schauplätze ab. Doch bisher blieb alles erfolglos.
Mittlerweile wurde es immer dunkler. Die Beamten der Bereitschaftspolizei sahen es als zwecklos an, in der Finsternis weiter zu suchen. Sie würden ihre Arbeit bald einstellen und wollten frühzeitig am nächsten Morgen weitermachen.
Bei der Leiche von Lina Böhrnsens Freund fand Frank Zobel tatsächlich einen Personalausweis. Nun wussten sie endlich, um wen es sich genau handelte. Er hieß Christian Lehmkuhl, zweiundzwanzig Jahre alt, wohnte in der Kaiserstraße im Kieler Stadtteil Gaarden und arbeitete bis vor ein paar Wochen bei der Müllabfuhr. Wurde dort aber wegen einer Schlägerei entlassen. Geboren in Husum, an der

Westküste. Realschulabschluss, abgebrochene Lehre zum Schmied. Es gab diverse Einträge über ihn im Polizeicomputer. Aber nur kleinere Delikte. Schlägereien, Drogenbesitz in geringen Mengen, meist Marihuana für den Eigenkonsum. Aber er gehörte zum inneren Zirkel dieser Mittelalterfreaks. Warum wurde er nun auf so grausame Weise umgebracht? Hatte sein Freund, Tim Martens, ihn getötet? Alles blieb immer noch ein Mysterium.

Der Kriminaloberrat beendete das Telefonat, seufzte schwer und wandte sich an Lorenzo Bartonelli.

»Ich habe gerade mit Herrn Zobel gesprochen. Sie haben in der Nähe des Transporters weitere Reifenspuren gefunden. Etwa dreißig Meter entfernt. Wahrscheinlich ebenfalls von einem größeren Fahrzeug. Vermutlich ist Tim Martens damit geflüchtet und hat seine Gefangenen mitgenommen. Herr Zobel meint, dass sie wegen der Dunkelheit ihre Arbeit vorerst einstellen müssen. Aber sie wollen im Morgengrauen fortfahren. Außerdem will er sich gleich zu uns gesellen.«

Betroffen und nachdenklich sahen sich die beiden Männer an. Die Sorge um ihre junge Kollegin stand ihnen förmlich ins Gesicht geschrieben.

Die Tür wurde geöffnet. Polizeihauptmeister Werner Schneekloth kam herein. Vor sich trug er ein Tablett mit drei Bechern dampfendem Kaffee. Er stellte das Tablett auf den Tisch und reichte jedem der Männer das starke Gebräu. Lorenzo bemerkte, dass Schneekloths Stirn inzwischen ein bedeutend kleineres Pflaster zierte.

»Ich dachte mir, dass wir eine gute Tasse Preetzer Polizeikaffee gebrauchen könnten.«

Während Schneekloth sprach, sah er Lorenzo und den Kriminaloberrat fragend an, doch Rühmann schüttelte nur sein schweres Haupt.
»Weit kann dieser Martens mit den beiden Frauen nicht gekommen sein«, meinte Schneekloth. »Der gesamte Bereich rund um Preetz ist großflächig abgeriegelt. An jeder Straße gibt es Polizeikontrollen. Also muss er sich noch irgendwo in der Gegend versteckt halten.«
»Aber wo?«, knurrte Kriminaloberrat Rühmann. Pustete vorsichtig über seinen heißen Kaffeebecher.
Auch Lorenzo tat der Kaffee gut. Er dachte kurzzeitig an Nina Snider, doch die Sorge um seine junge Kollegin holte ihn sofort wieder auf den Boden der Tatsachen zurück.
Erneut öffnete sich die Tür und Frank Zobel kam herein. Er hielt mehrere Pizzakartons in den Händen, doch die Männer aßen lustlos und ohne Appetit an der mitgebrachten Mahlzeit.
Stunde um Stunde verging. Das Warten machte sie wahnsinnig. Was sollten sie tun? Sie konnten nur abwarten. Waren dazu verdonnert auszuharren. Der Kriminaloberrat drängte seine Mitarbeiter dazu, dass sie nach Hause fahren sollten. Aber das wollte keiner der Anwesenden. Sie würden sich dabei vorkommen, als wenn sie Jenny Breitfeld im Stich ließen. Außerdem konnte jederzeit etwas passieren.
Also Warten, endloses Warten.
Polizeihauptmeister Schneekloth hatte irgendwann in der Nacht aufgehört zu zählen, wie oft er frischen Kaffee aufbrühte, um alle mit dem schwarzen Gebräu zu versorgen. Wahrscheinlich würde er noch in dieser Nacht sämtliche Kaffeevorräte der Preetzer Polizeidienststelle aufbrauchen.

Um Mitternacht vibrierte in Lorenzos Tasche das Mobiltelefon. Er kramte das Gerät heraus und las die SMS.

Treulose Tomate! :-(Wo bist du? Ich warte auf dich. Ich liebe dich!!!! :-) Nina <3, stand auf dem Display.

Lorenzo ging auf den Flur und wählte Ninas Nummer. Die Tierärztin ging sofort ans Telefon. Lorenzo erklärte ihr die Lage. Sagte ihr, gefühlte hundert Mal, wie sehr er sie liebte. Er konnte an ihrer Stimme hören, wie betroffen sie darüber war, dass seine junge Kollegin in der Gewalt eines Mörders und Psychopathen weilte. Sie verstand die Brisanz der Lage. Lorenzo konnte auch Angst hören. Angst um ihn. Angst um ihre beginnende Liebe, denn Nina spürte plötzlich, wie gefährlich Lorenzos Job sein konnte.

Nur schwer trennten die beiden sich voneinander. Lorenzo verspürte eine große Sehnsucht, die ihn in die Arme dieser Frau trieb. Fühlte sich hin und her gerissen von den Schmetterlingen in seinem Bauch und der Sorge um Jenny Breitfeld.

Sie mussten sie einfach finden! Lebend!

Als er zurückging, kam ihm Kriminaloberrat Rühmann in der Tür entgegen. Die beiden prallten fast gegeneinander. Sie sahen sich mit leidvoller Miene an. In ihren Köpfen produzierten sich die schrecklichsten Bilder, die ihre Kollegin wahrscheinlich momentan durchlitt.

Rühmann musste irgendwas tun, sonst würde er verrückt werden. Also hatte er sich dazu entschlossen zum BMW hinunter zu gehen, um sich von dort die Abschrift des *Codex Slavicum* zu holen, welche ihnen Kurt Drexler mitgegeben hatte und die immer noch im Fond des Wagens lag. Mit dieser Abschrift kehrte er zurück, setzte sich damit laut schnaufend an einen Resopaltisch, und begann zu lesen.

Rühmann versank in kürzester Zeit in dem über tausend Jahre alten Bericht des Mönchs Magnus.
Wieder verging die Zeit nur zähflüssig. An einer der Wände hing eine alte Küchenuhr. Die Zeiger bewegten sich mit lautem »Ticktack – Ticktack – Ticktack« weiter, als wären die Sekunden Minuten und die Minuten Stunden.
Nach geschätzten Äonen blickte Lorenzo zum tausendsten Mal auf seine Uhr. 4:49 Uhr.
»Ticktack – Ticktack – Ticktack«.
Er sah zu Rühmann hinüber. Dieser hatte seinen Kopf auf die Hände aufgestützt und las immer noch in der mittelalterlichen Schrift.
Plötzlich klingelte Rühmanns Smartphone. Der Kriminaloberrat erschreckte sich. Fuhr regelrecht zusammen. Blickte aufs Display. Er wunderte sich, denn die angezeigte Nummer kannte er nicht. Also betätigte er eine App, mit der er das Gespräch aufnehmen konnte. Lorenzo, Frank Zobel und Polizeihauptmeister Schneekloth blickten den Leiter der Kieler K1 besorgt an. Dieser zuckte die Achseln und meldete sich.
»Rühmann!«
»Hier ist Jenny«, flüsterte eine leise Stimme.
Rühmann riss erschrocken die Augen auf. Sein Pulsschlag beschleunigte sich abrupt. Er schaltete umgehend den Lautsprecher des Smartphones ein, sodass alle Anwesenden im Raum mithören konnten.
»Jenny, Gott sei Dank. Wo sind Sie? Geht es Ihnen gut?«, fragte er besorgt.
»Ich weiß nicht, wo ich bin. Es sieht hier aus wie in einem Keller mit feuchten Betonwänden. Tim Martens hält uns gefangen. Ich konnte mich von meinen Fesseln befreien und

benutze das Handy von Tim Martens. Der ist vor etwa einer halben Stunde weggegangen und hat sein Telefon vergessen. Dieser Martens ist völlig verrückt. So wie der sich benimmt, gehört der in eine Psychiatrie. Der ist absolut skrupellos und gefährlich. Hält sich für die Reinkarnation eins alten, slawischen Priesters. Er meinte, dass er uns opfern will, um damit diesen Priester Ziric aus dem Reich der Toten auferstehen zu lassen. Ich habe furchtbare Angst. Ich kann nicht sagen, wo ich mich befinde. Lina Böhrnsen ist auch hier.«
Jennys Stimme überschlug sich förmlich vor Furcht. Im Hintergrund konnten die Männer jemanden weinen hören. Außerdem vernahmen sie kurzzeitig ein sehr leises Geräusch, das sich wie ein Signalhorn oder eine Hupe anhörte.
»Frau Breitfeld, sind Sie okay?«
»Soweit ja. Ich versuche, zusammen mit Lina aus diesem … zu entkommen …«
Ihre Stimme brach plötzlich ab. Lautes Gepolter. Schreie. Ein Mann brüllte. Kampfgeräusche. Ein lauter Knall. War das ein Schuss? Dann, von einem Moment zum anderen, Totenstille.
»Jenny? Frau Breitfeld? Um Himmels willen, so melden Sie sich doch! HALLO!«
Doch die Leitung war tot.

Gegenwart – Zweiundzwanzig

Ihr Schädel brummte und schmerzte, als wäre er von einem Vorschlaghammer getroffen worden. Jenny Breitfeld öffnete die Augen, doch irgendwie bekam sie das mit dem rechten Augenlid nicht hin. Es ließ sich nur ein paar Millimeter öffnen. Fühlte sich an, als wenn es geschwollen war. Jenny versuchte, mit ihrer Hand die schmerzhafte Stelle zu ertasten, aber auch dies konnte sie nicht. Ihre Arme ließen sich nicht bewegen. Sie spürte, dass ihre Hände und Füße gefesselt waren. Sie lag auf etwas Kaltem. Es fühlte sich an wie Beton. Ihre Extremitäten waren daran befestigt. Sie trug nur noch ihr Ramones-T-Shirt und einen Slip am Körper. Auch fühlte sie, dass die russische IZH-75 an ihrem Unterschenkel verschwunden war. Panik und Furcht ergriffen Besitz von der jungen Kommissarin. Sie versuchte, sich mit einer Meditationsübung zu beruhigen, die sie vom Judo-Training kannte.

Doch es gelang ihr nicht, denn die unerträglichen Kopfschmerzen peinigten sie allzu sehr.

Nach einigen Minuten wurde sie aber doch etwas ruhiger. Sie versuchte, mit dem gesunden Auge ihre Umgebung zu lokalisieren. Vergebens. Völlige Dunkelheit umgab sie. Es roch muffig. Feucht. Wie in einem modrigen Keller. Irgendwo tröpfelte im regelmäßigen Abstand Wasser in eine Pfütze.

Pitsch, pitsch, pitsch ...

Sie erinnerte sich daran, dass Lina Böhrnsen und Christian zurück zum Transporter gekommen waren. Sie hatte die beiden angelächelt, als plötzlich die Wagentür aufgerissen wurde. Irgendetwas Hartes krachte gegen ihren Kopf. Sie wurde von einem wahnsinnigen Schmerz erfüllt. Erneut knallte etwas gegen ihren Schädel. Schlagartig wurde alles dunkel um sie herum. Sie hatte die Besinnung verloren. Was war nur geschehen? Woher kam so plötzlich der Angreifer? Jenny erinnerte sich daran, dass Tim Martens kurz in ihre Richtung blickte, als sie vom Wald aus die Hütte

beobachtete. Ein Ast hatte unter ihren Füßen geknackt. Anscheinend hatte er sie doch entdeckt.
Unerwartet hörte sie in ihrer unmittelbaren Nähe jemanden schluchzen. Leise weinen. Eine weibliche Stimme.
»Lina?«, fragte Jenny erstaunt in die Dunkelheit hinein. Horchte. Gleichzeitig versuchte sie, mit einer erneuten Panikattacke fertig zu werden.
»Ja?«, antwortete eine ängstliche und verzweifelt klingende Stimme. Jenny hörte, dass die Person ihren Naseninhalt geräuschvoll nach oben zog.
»Wo sind wir? Was ist passiert?«
Jenny erhielt nur ein weiteres Schluchzen als Antwort.
»Lina? Ist mit dir alles okay? Bist du verletzt?«
Während die junge Kommissarin sprach, versuchte sie, sich wieder zu beruhigen. Langsam begann sie damit, zu versuchen, ihre Fesseln zu lösen. Aber vergeblich. Sie spürte, dass sie jeweils an den Handgelenken und an den Fußgelenken auf einem großen Tisch fixiert war.
Die Fesseln saßen so fest, dass sie sich in die Haut schnürten.
Die Stimme in der Dunkelheit weinte.
»Er ... hat ihn einfach ... umgebracht«, stammelte die junge Archäologiestudentin apathisch.
»Wen?«, fragte Jenny. Wusste die Antwort aber bereits. Die Panik ließ langsam nach. Jenny Breitfeld dachte verzweifelt darüber nach, wie sie sich aus dieser misslichen Lage befreien konnte.
»Christian ... Er hat ihn einfach ... umgebracht.«
Lina Böhrnsen schluchzte und sprach dann weiter.
»Ich dachte ... die beiden wären Freunde ... und dann hat er ihn einfach ...«

Wieder wurde sie von einem Weinkrampf gepackt.
Jenny Breitfeld versuchte, die Informationen zu verarbeiten. Zu verstehen. Zudem versuchte sie die ganze Zeit über, sich von den Fesseln zu befreien. Aber es gelang ihr nicht. Die Fesseln hielten ihre Gelenke fest umschlossen.
Schnitten bei jeder Bewegung tiefer in ihre Haut. Schmerzen durchfuhren die junge Kommissarin.
»Lina, was ist passiert?«
»Christian und ich wollten gerade ins Auto einsteigen, als Tim plötzlich wie aus dem Nichts auftauchte. Er riss die Wagentür auf, packte dich und schlug auf dich ein. Immer wieder schmetterte er seine Faust gegen deinen Kopf. Du lagst schon bewusstlos vor dem Auto, als er immer noch wie ein Besessener auf deinen Kopf einschlug. Christian und ich ... wir haben uns verwundert angesehen und ... nicht begriffen, was eigentlich passierte. Dann hat Christian Tim an den Schultern gepackt und versucht ihn davon abzuhalten, weiter auf dich einzudreschen. Christian hat gefragt, was das soll? Immer wieder hat er Tim angeschrien, dass das nun zu weit gehe. Aber Tim hörte nicht auf. Voller Entsetzen sahen wir Tims Gesichtsausdruck. Es war verzerrt. Wie eine teuflische Fratze. Völlig außer sich. Total verrückt, wie von Sinnen. Der blanke Wahnsinn. Christian sagte, dass das entschieden zu weit gehen würde. Er hat sich einen Knüppel gesucht und wollte damit auf Tim losgehen, doch der hat sich blitzschnell weggeduckt. Plötzlich hatte Tim ein Messer in der Hand, wirbelte herum und ...«
Noch mal wurde Lina Böhrnsen von einem Weinkrampf gepackt. Jenny Breitfeld konnte sich auch ohne die Schilderung vorstellen, was geschehen war.

Nach einiger Zeit hatte sich Lina wieder beruhigt und sprach weiter: »Er hat ihm das Messer einfach immer wieder in den Bauch gerammt. Christian hat Tim ungläubig angeschaut und ist umgefallen wie ein Stein. Ich wollte mich auf Tim stürzen, doch der hatte nun den Knüppel in der Hand und hat ihn mir auf den Kopf geschlagen, dann wurde alles dunkel um mich herum. Scheiße ... Christian.«

Ihre Stimme hörte sich an, als würde sie jeden Moment, durch den seelischen Schmerz, den Verstand verlieren.

Dieser Tim Martens musste anscheinend wirklich völlig verrückt sein.

»Lina. Beruhige dich. Wir müssen versuchen von hier wegzukommen, bevor Tim zurückkehrt. Kannst du dich irgendwie bewegen oder befreien?«, fragte Jenny.

Eine weinerliche Stimme antwortete: »Nein! Meine Hände sind auf dem Rücken gefesselt und an einem Eisenhaken an der Wand befestigt. Warum hat Tim das gemacht?«

Das hätte Jenny Breitfeld auch gern gewusst. Aber vorerst hatte sie ein anderes Problem. Sie musste ihre Fesseln lösen. Aber wie? Verdammt! Immer wieder zerrte sie an den Stricken. Doch sie schnitten nur noch tiefer in Jennys Haut. Sie konnte momentan nichts tun. Also wollte sie versuchen Informationen aus Lina herauszulocken.

»Warum habt ihr diesen ganzen Scheiß eigentlich gemacht?«, fragte sie in die Dunkelheit hinein.

»Welchen Scheiß denn?«

»Na diese Sachen auf dem Friedhof. Warum habt ihr dort das Blut verteilt und die Grabsteine umgestoßen? Warum habt ihr versucht, die Leiche vom Preetzer Bestattungsunternehmer zu klauen.«

»Woher weißt du das alles?«

Verwunderung lag in Lina Böhrnsens Stimme.
»Ich bin Polizistin und arbeite bei der Kieler Mordkommission?«
»Echt? Oh Scheiße!«
Lina Böhrnsen fing erneut an zu weinen.
»Ich habe Angst. Wenn du Polizistin bist, dann hol uns raus. Bitte.«
»Wer hat Liselotte Sievers umgebracht?«
»Wieso umgebracht?«
Konnte es sein, dass Lina davon gar nichts wusste?, überlegte Jenny und wollte nun aufs Ganze gehen.
»Sie ist vorgestern Nacht auf bestialische Weise ermordet worden. Erzähl mir nicht, dass du davon nichts wusstest!«
»Ich ... ich ... nein? Oh mein Gott, wieso ist Liselotte tot?«
Langsam wurde es Jenny zur Gewissheit. Lina hatte anscheinend wirklich keine Ahnung. Sie erzählte der Archäologiestudentin von dem grausigen Mord und auch von ihrem Verdacht, wer der Mörder war.
»Du musst mir glauben, ich weiß wirklich nichts davon. Sicher, Christian hat mir ein paar Dinge erzählt. Aber er, Tim und Marvin waren dicke Freunde. Seit er mit denen zusammenhängt, hat Chrischi sich total verändert. Mittlerweile traue ich Tim alles zu und die beiden anderen tun fast nur noch, was er sagt.«
Jenny glaubte Lina. Anscheinend war sie wirklich nur eine unbedeutende Figur in diesem Spiel. Die drei jungen Männer waren die Übeltäter, mit Tim Martens an ihrer Spitze.
»Lina, erzähle mir deine Geschichte. Was weißt du von der ganzen Sache?«
Jenny musste einfach wissen, was hinter allem steckte und was die junge Frau wusste.

»Ich bin schon lange mit Christian zusammen. Wir stehen beide total auf alles, was mit dem Mittelalter zu tun hat. Früher haben Christian und ich oft Mittelaltermeetings besucht. War immer total cool. Vor etwa einem Jahr kam Christian eines Tages zu mir und erzählte, dass er auf einem Open Air Konzert in Wacken Tim Martens kennengelernt hat. Er war total begeistert von ihm. Einige Zeit habe ich Christian kaum gesehen, weil er immer mit diesem Tim und mit Marvin zusammen etwas unternahm. Das hat unsere Beziehung ganz schön belastet und ich habe ihn zur Rede gestellt. Er hat mir erzählt, dass Tim ein ganz besonderer Mensch ist. Sie würden in Preetz abgefahrene Messen auf dem Friedhof halten. Auf dem Grundstück von Tim Martens organisierten sie esoterische Messen, wobei sie auch Tote heraufbeschworen und all so'n Zeug. Genaueres wollte er mir aber nicht erzählen. Dieser Tim hat ihn so langsam voll in seinen Bann geschlagen. Ich glaube, dass er Christian und Marvin total beeinflusst hat. Manchmal war auch noch so ein anderer Typ aus Plön dabei, aber ich kenne seinen Namen nicht. Ich glaube, dass Tim mit denen eine richtige Gehirnwäsche durchführte, alle waren ihm regelrecht hörig und Christian hat sich immer mehr verändert. Ich war manchmal mit bei Tim, aber so richtig warm geworden sind wir nie miteinander.«

Schluchzen aus der Dunkelheit.

»Vor etwas über einem halben Jahr lernte ich Liselotte kennen, also Frau Sievers. Die AStA vermittelt immer wieder pensionierte Akademiker, die Studenten privat unterstützen. So habe ich sie kennengelernt. Liselotte war total nett und hat mir angeboten, dass sie mir beim Lernen für mein Studium hilft. Ich konnte gar nicht glauben, dass sie schon

über neunzig Jahre alt ist. Sie wirkte in ihren Ansichten, ihren Meinungen und ihrem Denken so unkompliziert, so modern. Sie wusste so viel. Ich hing förmlich an ihren Lippen, wenn sie mir vom Mittelalter erzählte. Besonders die Ereignisse rund um die Wikinger und die slawischen Stämme, die hier in der Gegend gelebt haben, haben mich total geflasht. Bei einem meiner Besuche bei ihr kramte sie ein altes Dokument heraus und hat es mir gezeigt.«
»Den *Codex Slavicum*?«, fragte Jenny.
»Ja, genau. Woher weißt du davon, das war ihr absolutes Geheimnis.«
»Egal, erzähle weiter.«
»Sie erzählte mir die ganze Geschichte. Wie sie es entwendet und danach all die Jahrzehnte über verborgen hat. Einfach irre. Was dieser Mönch Magnus aufgeschrieben hat, das war einfach oberaffengeil. Natürlich habe ich auch Christian davon erzählt. Ich habe ihn gebeten, es niemanden zu sagen. Doch ich glaube inzwischen, dass er Tim davon erzählt hat.«
Jenny Breitfeld verstand nun die Zusammenhänge. Anscheinend hielt sich Tim Martens tatsächlich für die Reinkarnation eines schon lange verstorbenen, slawischen Priesters. Da kam ihm dieses Dokument der alten Archäologin gerade recht. Nach dem, was Rühmann und Lorenzo vom ehemaligen Assistenten Liselotte Sievers, diesem Kurt Drexler, erfahren hatten, handelte dieser *Codex Slavicum* von einem blutrünstigen Priester namens Ziric. Sollte Tim Martens wirklich ein Psychopath sein, der sich für dessen Reinkarnation hielt? Dann konnte dieser *Codex Slavicum* nur Öl für seine Mühlen gewesen sein. Eine regelrechte Bestätigung für sein Handeln. Wenn Lina die Wahrheit sagte, wusste sie

wahrscheinlich wirklich nichts von Tim Martens mörderischen Machenschaften.
Fieberhaft überlegte die junge Kripobeamtin, wie sie ihre Fesseln lösen konnte. Genau in diesem Moment rumpelte es draußen laut. Jemand ging eine Treppe hinunter. Jenny Breitfeld konnte erkennen, dass Licht durch den Spalt der Tür drang.
Tim Martens kam zurück.

Codex Slavicum – Die Rebellen von Redewysche

Am nächsten Morgen brachen wir kurz nach Sonnenaufgang auf. Kurz bevor wir die Burg erreichten, wurden wir von drei Bogenschützen angehalten, doch die Männer erkannten Liljana und Harald. Die Wachen ließen uns passieren. Die ganze Zeit über lief uns Grå Ulv voraus. Sicherte die Gegend, die sich vor uns befand.
Wenig später erreichten wir die Burg. Dabei handelte es sich nicht wirklich um eine Burg, sondern um eine Motte, eine Turmhügelburg. Der annähernd zehn Meter hohe Holzturm thronte auf einem Erdhügel. Diesen umgab ein breiter Wassergraben. Teilweise wurde die Burg auch von einer kleinen Au umfasst, die zusätzlich Schutz vor Angreifern bot. Zudem umfriedete eine drei Meter hohe Palisade aus angespitzten Eichenstämmen die Motte. Das gesamte Areal lag an einem Waldrand und bot gute Sicht in drei verschiedene Richtungen. Vor der Motte hatten die Bewohner Zelte und kleine Hütten aufgestellt, doch im Notfall würden sich die Rebellen ins Innere der Befestigung zurückziehen.

An der Brücke, die über den Wassergraben führte, wurden wir vom Anführer dieses Haufens begrüßt. Ich kannte Mirko bereits, als wir noch Kinder waren, und wusste, dass er ein Raufbold war; aber nun stand ein kleiner, muskulöser Mann vor mir, dem das linke Auge fehlte. Eine Lederklappe bedeckte die Augenhöhle. An seinem Gürtel hing eine zwei Ellen lange Keule, an deren Spitze eine Unzahl kleiner Metallspitzen eingefasst waren. Mit dieser Waffe konnte man seinem Gegner wahrscheinlich furchtbare Wunden zufügen. Mirko begrüßte uns. Wir setzten uns ans Ufer der Spolsau, in der sich eine Menge Forellen tummelten.
Während der Anführer der Rebellen einen Apfel aß, berichtete er uns mit vollem Mund, dass es immer noch keine Nachricht von den Boten gab, die sich bereits vor zwei Wochen auf den Weg nach Starigrad gemacht hatten. Mirko erzählte außerdem, dass seine Spione berichteten, Ziric würde sich seit Tagen darauf vorbereiten, den Rebellen den Garaus zu machen. Auf dem Festland, gegenüber der Olsborg im Großen See von Plune, bildete sich anscheinend ein Heerlager. Der dunkle Priester wollte offenbar endlich einen Schlussstrich ziehen und die ihm verhassten Aufständischen auslöschen. Mirko hatte die Wachen rund um Redewysche verdoppelt. Sie rechneten täglich mit einem Angriff.
Daraufhin berichtete ich ihm von Graf Ruprecht und dass auch die Sachsen daran interessiert waren, diesen Ziric zu vernichten, damit endlich Ruhe in die Gegend rund um den Limes Saxoniae herum einkehrte.
Über diese Nachricht freute sich der Anführer der Rebellen sichtlich. Sofort warf er seinen Apfelkern in den kleinen Fluss. Er beauftragte zwei Boten damit, die Männer Graf Ruprechts über die hiesige Situation zu informieren. Die

sächsischen Meldereiter in Porsvelde am Pastsee warteten wahrscheinlich schon auf eine Nachricht von mir. Bei scharfem Galopp würden es die Männer von hier aus in wenigen Stunden bis dorthin schaffen.

Langsam gingen wir durch das Lager. Mirko zeigte uns die Befestigungsmaßnahmen. Überall waren Männer und Frauen eifrig dabei die Burg für einen bevorstehenden Angriff vorzubereiten.

Liljana, Harald und ich beschlossen, aufgrund der gefährlichen Lage, in der Turmhügelburg zu bleiben. Hier fühlten wir uns momentan auch wesentlich sicherer als zu dritt im Falkenwald, obwohl uns Liljanas »Geister« dort bewachten.

Kurz nachdem die Sonne im Zenit stand, kam ein Späher aus südwestlicher Richtung angeritten. Er berichtete, dass Ziric tatsächlich auf dem Weg hierher sei. Etwa zweihundert schwer bewaffnete Männer begleiteten ihn. Momentan lagerten sie einige Meilen von hier entfernt, an der Motte am Scharstorper See. Weitere Kundschafter der Rebellen behielten die Situation dort im Auge und würden jederzeit Meldung machen, wenn sich etwas verändern sollte. Das bedeutete, dass die Armee des dunklen Priesters höchstwahrscheinlich am morgigen Tag angreifen würde.

Mirko wirkte plötzlich angespannt. Er fasste immer wieder an den Griff von »Manfredder«, wie er seine Keule nannte. Darüber hinaus spornte Mirko seine Gefolgsleute an, damit sie die Verteidigungsmaßnahmen noch heute abschlossen, um auf den bevorstehenden Angriff vorbereitet zu sein.

In dieser Nacht konnte niemand schlafen. Keiner der Rebellen wusste, ob er den morgigen Tag überleben würde, denn Ziric besaß mehr als doppelt so viele Krieger, wie es Verteidiger gab. Aber jeder dieser furchtlosen Slawen würde sein Leben für die Freiheit geben. Doch wenn kein Wunder geschah, dann versank der morgige Sonnenuntergang in einem Meer von Leichen und Blut. Es gäbe reiche Ernte für Velos.

Gegenwart – Dreiundzwanzig

Jenny Breitfeld schloss geblendet die Augen, als sich die schwere Eisentür öffnete und Licht in den Raum flutete. Sie konnte die Person, die jetzt hereinkam, nur schemenhaft als Silhouette eines Mannes erkennen, der lange Zöpfe trug, in die einige Federn eingeflochten waren. Tim Martens. Eindeutig. Die junge Kommissarin hatte diesen Mann zuvor kurz im Wald gesehen, als sie Christian und Lina hinterher schlich und er aus der Hüttentür schaute.
Als Tim Martens den Raum betrat, murmelte er irgendwelche unverständlichen Worte vor sich hin, die Jenny aber nicht verstand. Er trug eine elektrische Campingleuchte in der Hand, die er an einen Haken unter die Decke hing. Langsam zog er seine Lederjacke aus und warf sie auf einen Stuhl, der nur noch drei Beine besaß und an der Wand lehnte. Durch das Licht sah Jenny nun, dass sie sich in einem Kellerraum befanden. Die Wände bestanden aus feuchtem Beton. Die schwere Eisentür machte einen äußerst robusten Eindruck. *Ein alter, unterirdischer Bunker!*, durchzuckte es sie.
Völlig hysterisch schrie Lina Böhrnsen plötzlich auf: »Tim! Warum machst du das? Ich habe Angst. Lass uns frei. Bitte.« Die junge Archäologiestudentin verstummte. Sank wieder in sich zusammen und schluchzte.

Tim Martens schien es völlig kalt zu lassen. Er kam auf die beiden Frauen zu und grinste. Dabei drehte er mit den Fingern in seinen langen Zöpfen. Der junge Mann blieb vor Jenny Breitfeld stehen. Musterte sie genau. Seine hellblauen Augen waren kalt wie Stahl.
»Wer bist du?«, fragte er. Seine Stimme klang dunkel, hart und kalt.
»Warum machst du das mit uns? Bist du verrückt? Ich bin eine Freundin von Lina. Warum schlägst du mich einfach nieder und hältst uns hier gefangen?«
»So, so, eine Freundin von Lina also. Kannst du mir dann verraten, warum du eine Pistole an deinem Unterschenkel trägst und ein Headset in deinem Ohr hast. Dachtest du, ich bin blöd, oder was? Du bist ein verfickter Scheißbulle!«
Während Tim Martens sprach, zog er einen Dolch aus seinem Gürtel hervor. Jenny sah entsetzt, dass es sich um einen Zwillingsbruder des Messers handelte, mit welchem Lieselotte Sievers umgebracht wurde. Tim Martens setzte Jenny das Messer an den Hals. Zog es langsam über ihren Kehlkopf. Die scharfe Klinge drang nur einen halben Millimeter in die Haut ein, aber es blutete sofort. Der Schmerz ließ Jenny zusammenfahren. Absolute Panik erfasste sie.
Lina schrie verzweifelt auf: »Was willst du von uns, du verdammter Wichser.«
»Ich werde euch opfern. Genauso wie ich diese alte Archäolgenschlampe geopfert habe. Auch die Seele von Christian ist nun in den Händen von Ziric und Velos.«
Bingo, dachte Jenny Breitfeld, *das ist es. Er ist wirklich der Mörder und zudem völlig durchgeknallt.* Fieberhaft überlegte sie, wie sie aus dieser Situation herauskommen könnte. Sie hatte Angst. Todesangst. Sie fing an, fürchterlich zu

zittern. Konnte nichts dagegen tun. Aber sie musste irgendetwas sagen, sonst würde sie verrückt werden.

»Wer ist Ziric?«, brachte sie mit zittriger Stimme heraus.

Diesmal hielt Tim Martens ihr die Spitze des Dolchs genau vor ihr rechtes Auge. Jenny sah auf der Klinge ihr eigenes Blut. Ein Tropfen landete auf ihrer Wange. Tim Martens' Blick versteinerte. Er wirkte völlig entrückt.

»Ziric ist der Meister! Der große Priester! Er hat vor ewig langer Zeit hier gelebt und brachte den Menschen den heiligen Totenkult durch Velos. Doch sie wollten damals nicht auf ihn hören. Nun bin ich das Tor, um ihn aus der Unterwelt zurückzuholen. Mit eurem Tod wird er morgen Nacht auferstehen. Morgen Nacht ist Vollmond und mit eurem Blut wird Ziric seine alte Prophezeiung wahrmachen. Er wird zurückkehren. Dann wird er mir ewiges Leben geben. Wir werden zusammen diese Region unterwerfen und blutige Rache nehmen an all den Nachkommen seiner Mörder. Die Seen werden sich rot färben vom Blut unserer Feinde. Ziric, der dunkle Priester! VELOS!«

Bei den letzten Worten löste sich ein Speichelfaden aus seinem rechten Mundwinkel und verfing sich in seinem Bart.

Verdammte Scheiße, dachte Jenny, *dieser Typ ist wirklich völlig verrückt. Ein norddeutscher Hannibal Lecter.* Erneut ergriff sie Panik und Zittern. Aber sie musste sich beruhigen, nachdenken, versuchen, ihn abzulenken oder irgendwie hier herauszukommen. Aber sie brachte kein Wort zustande.

»Schon bald werdet ihr sehen, wie es in Velos' Reich ist. Ihr beiden werdet die Ersten sein, die zu unserer neuen Armee gehören. Ihr werdet auf Velos' Seite gegen all diese kränklichen Kreaturen streiten, die so sehr an ihrem erbärmlichen Leben hängen.«

Er lachte. Zuerst leise. Dann immer lauter. Bevor er den Raum verließ, nahm er die Campingleuchte von der Decke und kicherte. Er kreischte völlig irre vor sich hin und verschwand. Die schwere Stahltür fiel aber nicht völlig zu, sondern blieb etwas offen, sodass ein kleiner Lichtschimmer den Raum in düsteres Licht hüllte. Nicht viel, aber Jenny konnte nun schemenhaft sehen.

Zum wiederholten Mal zerrte Jenny an ihren Fesseln. Es schmerzte furchtbar, aber sie hatte langsam das Gefühl, als wenn sie sich etwas lösen würden. Hoffnung keimte in ihr auf.

»Lina?«

»Ja?«

»Kannst du irgendetwas damit anfangen, was er gerade erzählt hat?«

»Klar kann ich das. Ich hab den *Codex Slavicum* gelesen. Liselotte hat ihn mir gegeben. Ein großartiger Bericht eines Mönchs aus dem Mittelalter. Hätte ich bloß niemals Christian davon etwas erzählt.«

»Warum?«

»Weil darin genau das steht, über was Tim gerade gesprochen hat.«

»Inwiefern?«

»Na, dieser Ziric. In dem Bericht heißt es, dass er vor über eintausend Jahren hier in der Gegend gelebt hat. Er wirkte als Priester auf der Olsburg. Einer alten Slawenburg auf einer Insel im Großen Plöner See. Dort hat er anscheinend die vorhandene Göttin abgesetzt und dafür diesen Teufel Velos eingesetzt. In dem Buch steht, dass er über mehrere Jahre hindurch die Menschen hier tyrannisiert und unterdrückt hat. Nur ein paar mutige Slawen boten ihm die Stirn

und kämpften gegen ihn. Diese Gruppe von Kriegern operierte von einer kleinen Motte aus. Also einer Burg, die sich Redewysche nannte. Auch dieser Mönch und seine Schwester, die eine weiße Heilerin gewesen sein soll, haben sich diesen Partisanen angeschlossen und Ziric bekämpft.«
Jenny Breitfeld hörte gespannt zu.
»Unglaublich!«, kommentierte sie was sie hörte.
»Und der Fluch? Weißt du, was dieser dunkle Priester Ziric für einen Fluch ausgesprochen hat?«
»Wortwörtlich natürlich nicht mehr. Liselotte hat mich das Dokument nur einmal lesen lassen, aber den ungefähren Wortlaut bekomme ich noch zusammen. Kurz vor seinem Tod hat er wohl gesagt, dass er eines Tages aus dem Reich von Velos zurückkommen werde, um sich an allen zu rächen, die ihn bekämpft haben. Es werde dann einen jungen Kämpfer geben, der ihm treu ergeben sein wird und der ihm durch das Blut der Feinde zurück in das Land der Lebenden bringen wird. Wenn dies geschehe, dann würde er sich an allen rächen und das Land in eine neue Schreckensherrschaft führen, wie es sie nie zuvor gegeben hat. Er würde seinen Feinden die Hälse aufschlitzen, in ihrem Blut baden und ihnen die Gliedmaßen abtrennen, bis sich die Seen und Flüsse vom Blut dunkelrot färben würden.«

»Und du glaubst, dass sich Tim Martens für diesen Kämpfer hält? Erwartet er diesen ganzen Quatsch und Hokuspokus wirklich?«
»Ganz bestimmt. Hast du nicht gesehen, wie verrückt er uns angesehen hat. Ich hab eine verdammte Scheißangst und will weg hier. Du bist doch Polizistin. Bitte, bring mich hier weg.«

Die ganze Zeit über zog Jenny immer wieder an ihren Fesseln. Es schmerzte höllisch. Aber sie merkte, dass sich die Befestigung an ihrer linken Hand lockerte. Sie schrie fast, aber sie musste weg von hier. Sie wollte nicht in so einem Kellerloch sterben. Die junge Kommissarin biss die Zähne zusammen und riss erneut an der Fessel und ... war plötzlich frei. Zwar zierten tiefe Einschnitte ihr linkes Handgelenk und es bluteten überall Abschürfungen, aber sie war frei.
Das andere Handgelenk und die Füße freizubekommen, schaffte sie schnell. Sie stand auf und ging zur Tür. Ihre Beine zitterten. Im dämmrigen Licht sah sie einen Gang, an dessen Ende eine Treppe nach oben führte. Von Tim Martens konnte sie weit und breit nichts sehen.
»Bitte, bitte, geh nicht weg. Nimm mich mit, lass mich hier nicht allein«, flehte Lina Böhrnsen panisch.
»Natürlich nehme ich dich mit«, antwortete Jenny, doch sie hatte einen anderen Plan. Die ganze Zeit über dachte sie an die Lederjacke von Tim Martens. Als er ging, hatte er sie auf dem dreibeinigen Stuhl vergessen und Jenny hoffte, dass sich darin eine Waffe oder irgendetwas anderes befand, was sie gebrauchen konnte. Mit zittrigen Händen durchsuchte sie die Jacke und fand in der Innentasche ein Handy, das sogar funktionierte. Jenny hoffte, dass es in diesem Verlies kein Funkloch gab, und wählte eine ihr bekannte Nummer.
»Rühmann«.
Die Kripobeamtin atmete erleichtert auf und sprach mit ihrem Vorgesetzten. Rettung rückte in greifbare Nähe.
Noch niemals zuvor empfand sie die Stimme des Kriminaloberrats als so angenehm wie jetzt.
Doch plötzlich wurde die schwere Eisentür aufgestoßen und krachte laut gegen die Betonwand. Sie sah noch, wie ein

gefährlich aussehender Gegenstand auf sie zu raste. Ein wahnsinniger Schmerz breitete sich in ihrem Kopf aus, dann umhüllte sie dunkle Nacht.

Gegenwart – Vierundzwanzig

Sofort nach dem Telefonat hatte Frank Zobel die Telefonnummer des Mobiltelefons, mit dem Jenny Breitfeld sie angerufen hatte, an einen Kollegen durchgegeben, um es per Funkzellenabfrage orten zu lassen. Aber das Gerät verschwand innerhalb kürzester Zeit von der Bildfläche. Die Lokalisierung blieb erfolglos. Vermutlich wurde das Handy sofort ausgeschaltet und der Akku entfernt. Die Kollegen der Kriminaltechnik konnten das Telefon allerdings grob anpeilen. Der Anruf kam aus einem Bereich südlich von Preetz, wahrscheinlich eher in ländlicher Region. Kühren oder Wahlstorf? Aber wo sollte man in diesem großen Gebiet anfangen zu suchen? Es bot, mit seinem ländlichen Charakter, jede Menge Möglichkeiten sich zu verstecken. Auch die Telefonnummer gab keinerlei Hinweise. Es handelte sich dabei um eine Prepaid-SIM-Karte, die in Kiel bei einem Discountmarkt auf den Namen Holger Meier gekauft und freigeschaltet wurde. Die angegebene Adresse entpuppte sich als Fake.
Kriminaloberrat Rühmann saß am Tisch und trommelte nervös mit seinen fleischigen Fingern auf den abgenutzten Resopaltisch. Dabei hörte er sich das Gespräch mit Jenny Breitfeld immer wieder an. Irgendetwas schien ihn zu beschäftigen. Als er sich die Audiosequenz auf seinem Mobil-

telefon zum zigsten Mal anhörte, schlug er plötzlich mit der flachen Hand auf den Tisch und sprang auf.

Die anderen Männer im Raum hatten ihn die ganze Zeit über beobachtet.
»Haben Sie das auch gehört?«, fragte Rühmann.
Noch mal spielte er die Sequenz ab. Als sie ein schwaches Hupen hörten, erhob der Kriminaloberrat seinen Zeigefinger.
»Meinen Sie dieses leise akustische Signal?«, fragte Lorenzo. »Hört sich an wie eine Hupe oder ein Signalhorn.«
Rühmann nickte.
»Genau! Wenn mich nicht alles täuscht, dann könnte das das Signalhorn eines Zuges sein. Herr Zobel, kann man dieses Geräusch aus dem Gespräch filtern und herausfinden, um was es sich dabei genau handelt?«
»Mit Sicherheit. Ich werde die MP3-Datei sofort an die Kollegen ins Kieler Labor schicken. Ich denke, innerhalb einer Stunde haben wir ein Ergebnis«, antwortete der Kriminaltechniker.
Während Frank Zobel das Mobiltelefon von Rühmann entgegennahm, um die Datei an seine Mitarbeiter zu übersenden, ballte Rühmann die Faust und sagte: »Ich habe da eine Ahnung, um was es sich bei diesem Hintergrundgeräusch handelt. Wenn sich meine Vermutung bewahrheitet, dann haben wir eine gute Chance, damit den Aufenthaltsort von Frau Breitfeld zu lokalisieren. Hoffentlich bekommen wir schnell ein Ergebnis.«
Frank Zobel telefonierte noch einige Sekunden mit seinen Kieler Kollegen, dann reichte er dem Kriminaloberrat das Mobiltelefon zurück.

»In spätestens zwei Stunden können wir mir einem Ergebnis rechnen«, meinte er.
Plötzlich verstanden auch die anderen Beamten, worauf Rühmann hinaus wollte, doch der Kriminaloberrat sprach noch weiter.
»Zudem müssen wir unbedingt in einer anderen Richtung weiter ermitteln. Dass ich daran nicht früher gedacht habe. Die anderen ...«
Rühmann hatte den Satz abrupt abgebrochen. Er ging zum Fenster, blickte gedankenverlorenen hinaus. Mittlerweile wurde es draußen bereits hell. Lorenzo Bartonelli, Frank Zobel und Werner Schneekloth sahen sich verwundert an. Manchmal war ihr Vorgesetzter schon ein merkwürdiger Kauz, aber gleichzeitig auch immer ein guter Kriminalist und Analytiker.
»Herr Schneekloth, Sie haben doch die Akten über diese Mittelalterfreaks?«, fragte Rühmann nach seiner Schweigeminute.
Der Preetzer Polizist nickte.
»Wir müssen unbedingt die weiteren Namen dieser Mittelalterfreaks durchgehen und diese Typen überprüfen. Zwei von den fehlen noch in unserer Sammlung.«
Schneekloth verstand sofort und eilte aus dem Raum, um die Akten aus seinem Büro zu holen. Kurze Zeit später kam er zurück und warf das große Aktenbündel auf den Resopaltisch.
»Zwei weitere dieser jungen Leute sind uns noch bekannt«, sagte Schneekloth und öffnete eine der Akten. »Da wäre zuerst Marvin Krause. Neunzehn Jahre alt. Wohnhaft in Wankendorf. Er ist Lehrling im Betrieb seines Vaters. Zimmerei Krause. Der andere junge Mann heißt Erik

Matuscha, wohnt in Plön. Arbeitet dort als Pfleger in einem Altenheim. Bis auf ihre Gruppenzugehörigkeit zu diesen Mittelalterheinis sind sie bisher noch nicht weiter polizeilich aufgefallen.«

Kriminaloberrat Rühmann blickte auf die Akten. Nervös sah er auf seine Armbanduhr.

»Es ist kurz nach sechs. Herr Bartonelli und ich fahren zuerst nach Wankendorf und versuchen Marvin Krause zu finden. Danach knöpfen wir uns diesen Matuscha vor. Ich werde diesen beiden Herren die Hölle heiß machen! Herr Schneekloth, Sie bleiben hier vor Ort und halten die Stellung, und Herr Zobel versucht weiterhin mit seinen Leuten in der Hütte an der Schwentine und in dem Ford Transit irgendwelche Spuren zu finden. Natürlich bleiben wir alle in telefonischem Kontakt. Sollte sich irgendetwas wegen dieses Hintergrundgeräuschs ergeben, rufen Sie mich bitte sofort an. Wir müssen unter allen Umständen versuchen unsere Kollegin zu finden.«

Rühmann blickte nun zuversichtlich in die Gesichter der Anwesenden. Alle nickten zustimmend. Gemeinsam verließen sie den Raum, gingen die alte, knarrende Holztreppe ins Erdgeschoss hinunter und marschierten aus der Preetzer Polizeiwache. Frank Zobel machte sich auf den Weg zu seinen Kollegen der Kriminaltechnik, die wahrscheinlich ebenfalls schon in Richtung der Tatorte unterwegs waren. Lorenzo und der Kriminaloberrat stiegen in ihren BMW. Sie mussten alles versuchen, um Jenny Breitfeld aus den Klauen dieser Bestie zu befreien.

Codex Slavicum – Die Schlacht

Als die Sonne hinter dem Wald emporstieg, hüllte das Licht den Nebel in ein gespenstisches Rot. Mirko knurrte und meinte, dass dies kein gutes Omen für den bevorstehenden Tag bedeutete. Schon vor Beginn der Dämmerung waren alle Rebellen auf den Beinen und hatten ihre Posten bezogen. Von den Spähern konnten sie weit und breit nichts sehen. Hatten die Männer des dunklen Priesters sie entdeckt? Niemand wusste es.
Ich konnte die ganze Nacht über nicht schlafen und ging im Dunkeln hinunter zur Spolsau. Dort kniete ich mich nieder, um zu beten.
So wie ich mich in jener Nacht fühlte, so ging es wahrscheinlich auch unserem Herrn Jesus Christus in der Nacht vor seinem Tod, als er betend im Garten Gethsemane vor Angst Blut schwitzte.
Aus dem Wald hörte ich aus der Dunkelheit ein Käuzchen. Mir schien, als würde es immerzu »Velos« rufen.

Irgendwann am Vormittag rief einer der Wachen Mirko und zeigte in südwestliche Richtung. Dort bewegte sich ein Pferd langsam auf die Turmhügelburg zu. Bereits von Weitem sahen wir, dass ein Mann auf dem Rücken des Tieres lag. Bald erkannten wir in ihm einen der Späher. In seinem Körper steckten mehrere Pfeile. Man hatte ihm die Kopfhaut abgezogen. Mit Entsetzen stellten wir fest, dass er noch lebte. Wir hoben ihn vorsichtig vom Pferd. Behutsam legten wir ihn auf den Boden. Doch seine Qualen währten nicht mehr lange. Er öffnete kurz die Augen. Furcht, Grauen und Schrecken lagen in seinem Blick.

»Es sind ... Teufel!«, stammelte er und starb.

Wir schauten uns alle an. Ich konnte sehen, dass sogar Mirko kurzzeitig blass wurde.

Plötzlich vernahmen wir in der Ferne ein Hornsignal. Kurze Zeit später sahen wir Zirics Truppen am Horizont auftauchen. Langsam kamen sie auf die Befestigung der Rebellen zu. Es mussten annähernd fünfzig bis achtzig Reiter und einhundertfünfzig Fußsoldaten sein. Über zweihundert Krieger. Wir waren nur etwas über hundert. Doch die freien Slawen besaßen die Burg als Schutz und würden sie mit allen Mitteln verteidigen.

Es sah gespenstisch aus, wie die Armee des dunklen Priesters immer näher kam. Ihre Gesichter waren mit schwarzer und roter Farbe bemalt. Die Reiter hatten auf ihren langen Lanzen Menschenköpfe aufgespießt. Zudem schlugen sie im rhythmischen Takt mit den Waffen gegen ihre Schilde und brüllten.

»Velos ... Velos ... Velos ... Velos!«, drang es zu uns herüber.

Mir stellten sich die Nackenhaare auf. Noch niemals in meinem Leben fürchtete ich mich so sehr wie jetzt.

Die Rebellen hatten sich inzwischen hinter den Wassergraben und die Palisaden zurückgezogen. Harrten der Dinge, die nun kommen würden. Jeder Einzelne sah entschlossen aus.

Zwei Männer lösten sich aus der Gruppe der Angreifer und ritten zu uns herüber. Einer von ihnen war von Kopf bis Fuß in schwarze Gewänder gehüllt. Man konnte sein Gesicht kaum sehen, denn er trug einen dunklen Vollbart, der ihm bis auf die Brust reichte.

Mirko erzählte mir, dass dies Ziric, der dunkle Priester, sei. Der Mann neben ihm, sprach Mirko weiter, wäre sein engster Berater. Ein ebenfalls blutrünstiger Kerl, der sich ...
Ich hörte ihm nicht mehr zu, denn ich kannte diesen Mann. »Pribislaw!«, entfuhr es mir. Der Anführer der Rebellen schaute mich überrascht an.
Wahrhaftig, ich erkannte ihn sofort. Der engste Berater des dunklen Priesters war Pribislaw. Jener Knabe aus dem Dorf Pogeez, den ich vor so langer Zeit bei den dänischen Sklavenhändlern kennengelernt hatte und mit dem ich als Sklave nach Haithabu kam. Pribislaw, den der Wikinger Gunnar an den dicken Mann im Ledermantel verkaufte. Ich konnte es kaum glauben, was für seltsame Wege ihn wohl zu Ziric getrieben hatten? Ich würde es wahrscheinlich niemals erfahren.
Nun ritt Pribislaw bis zur Brücke, die über den Wassergraben führte, und sprach zu uns. Auch seine Stimme erkannte ich sofort wieder. Sein Gesichtsausdruck strotzte vor Überheblichkeit. Spöttisch blickte er auf die Verteidigungsanlagen der Rebellen.
Er versprach jedem von uns das Leben, wenn wir bereit wären uns zu ergeben und Velos als Gott anzuerkennen. Andernfalls sollte diese Burg dem Erdboden gleichgemacht werden und Ziric würde jeden Einzelnen von uns Velos als Opfergabe darbringen.
Ich blickte in die Augen Zirics und erkannte den Wahnsinn darin. Auch Pribislaws Blick funkelte irre. Diese Männer waren tatsächlich verrückt. Von dunklen Dämonen besessen. Aus ihnen sprach Beelzebub persönlich. Allesamt Knechte des Bösen.

Mirko spukte Pribislaw vor die Füße und wünschte ihm für den heutigen Tag einen schmerzhaften Tod. Daraufhin verzog Pribislaw sein Gesicht. Er wollte sein Pferd bereits wenden, doch er hielt jählings in der Bewegung inne. Seine dunklen Augen hatten mich entdeckt und erkannt. Doch in seinem Gesicht regte sich nichts. Lange starrte er mich an, bevor er grinste, seinem Pferd die Sporen gab und in die eigenen Reihen zurückkehrte.

Sofort begann wieder das rhythmische Schlagen auf die Schilde.

»Velos ... Velos ... Velos ... Velos!«

Doch nach kurzer Zeit setzte Ruhe ein. Totenstille. Es kam mir wie eine Ewigkeit vor. Doch plötzlich erhoben sie ein Kriegsgeschrei, das einem das Blut in den Adern gefrieren ließ.

Wie die Berserker stürmten die Truppen des dunklen Priesters auf die Turmhügelburg zu. Sie wurden hier von einem Pfeilhagel der Rebellen empfangen. Immer wieder brandeten die feindlichen Krieger gegen die Palisaden an. Innerhalb kürzester Zeit herrschte das absolute Chaos. Irgendwann verlor ich die Übersicht in diesem Tohuwabohu aus kämpfenden Leibern. Ich kann mich nur noch an Bruchstücke der Schlacht erinnern. Plötzlich wurde ich am Kopf getroffen. Verlor die Besinnung. Als ich wieder aufwachte, konnte ich erkennen, dass die Feinde das Tor erobert hatten und in die Burg strömten. Die Verluste waren auf beiden Seiten schwer. Überall lagen Leichen und menschliche Überreste herum. Im Gewimmel bemerkte ich, wie ein Mann mit roter Gesichtsbemalung auf mich zustürmte, das Gesicht zu einer Grimasse verzerrt. Grauen ergriff mich. Doch in dem Moment, als er mit seinem Schwert auf mich

einstechen wollte, riss ihn ein grauer Schatten zu Boden. Grå Ulv zerfetzte die Kehle des Angreifers. Das Blut des Mannes besudelte meinen gesamten Körper. Angsterfüllt starrte ich an meiner Kleidung hinunter. Überall Blut. Absolutes Entsetzen ergriff mich. Als ich wieder aufsah, war Grå Ulv verschwunden. Wohin? Ich wusste es nicht.
Ich war ein Mann Gottes, kein Krieger. Was sollte ich tun? Niemals würde ich eine Waffe ergreifen.
Im Kampfgetümmel erblickte ich plötzlich Liljanas blutiges Lederkleid. Ihre offenen Augen blickten starr in den Himmel. Mit Schrecken erkannte ich, dass man ihren Kopf fast abgetrennt hatte. Ich fiel apathisch neben ihrem toten Körper auf die Knie, nahm ihre Hand und betete. Ja, ich schloss die Augen und betete. Sollte der Tod doch kommen und mich holen. Es war mir egal.
Die Schwester, die ich nach so langer Zeit endlich wiedergefunden hatte, lag tot vor mir.
Wie lange ich so da hockte, weiß ich nicht mehr. Um mich herum tobte der Kampf in einer apokalyptischen Intensität. Ich erwartete jederzeit einen tödlichen Hieb. Sollte der Sensenmann doch endlich kommen.
Plötzlich hörte ich direkt vor mir einen verzweifelten Aufschrei. Als ich aufblickte, sah ich Harald. Von Kopf bis Fuß mit fremdem Blut übergossen, jedoch unverletzt. Völlig entsetzt blickte er auf Liljanas Leichnam und schrie seinen Schmerz hinaus. Seine linke Hand umklammerte die Streitaxt. Langsam sackte er vor Liljanas Körper auf die Knie. Ich sah, wie eine Träne über seine Wange rollte. Der Wikinger blickte mich voller Verzweiflung an und senkte wieder den Kopf. Der Schmerz über den Verlust seiner Frau übermannte ihn. Doch auf einmal schrie er auf und brach zusammen.

Das Geschoss traf seinen Hinterkopf, durchdrang den Schädel und trat vorn wieder heraus. Eine Pfeilspitze ragte aus seinem rechten Auge. Harald spürte nichts mehr. Als er fiel, reiste er bereits ins Reich der Toten. Sein Oberkörper landete auf Liljana. Im Tod vereint. Im gleichen Moment nahm ich wahr, wie Mirko den Bogenschützen mit seiner Keule niederstreckte und dabei grinste wie ein Wahnsinniger.

Wie in einem Fiebertraum blickte ich mich um. Die Schlacht schien verloren. Nur noch wenige Rebellen kämpften gegen die Übermacht. Doch auch in Zirics Reihen gab es große Verluste.

Irgendwie gelangte ich zum Turm, doch die Festung hatte Feuer gefangen. Der untere Teil brannte bereits lichterloh. Ich konnte kaum verstehen, dass ich immer noch lebte. Zwar besaß ich inzwischen zahlreiche Verletzungen und die Wunde an meinem Kopf pochte, dass mir übel wurde. Aber ich lebte. Ein Mirakel.

Mit einem Mal hörte ich mehrere Signalhörner sowie das Geräusch galoppierender Pferde. Ich blickte über die Ebene vor der Turmhügelburg. Dort erkannte ich eine große Schar von Reitern, die auf die Motte zustürmten. In ihrer Mitte sah ich das Banner Graf Ruprechts. Der Greif, der die Ähren in seinen Klauen hielt, flatterte im Wind.

Kurz ebbte das Kampfgetümmel ab. Ruprecht und seine Mannen preschten wie ein Prellbock in die Burg. Seine frischen Krieger bereiteten dem dunklen Heer schnell ein Ende. Nur vor wenigen Augenblicken besaßen die Anhänger Zirics noch die Überhand. Doch nun wurden sie von den Sachsen niedergemäht oder ergriffen panisch die Flucht.

Als Graf Ruprecht mich erblickte, grinste er übers ganze Gesicht. Seine Narbe auf der Wange leuchtete rot vor Erregung.

»Mönchlein, wo ist dieser verdammte Hurensohn von Priester?«, rief er mir entgegen. Aber ich wusste es nicht. Mein Herz war immer noch voller Trauer.

Plötzlich ritt Mirko an uns heran. Woher er so schnell ein Pferd aufgetrieben hatte, blieb mir ein Rätsel. Doch der Anführer der Rebellen schrie uns zu, dass Ziric und Pribislaw Richtung Süden flohen. Schon preschte Mirko an uns vorbei. Graf Ruprecht sowie zehn seiner Getreuen gaben ihren Pferden die Sporen, nahmen ebenfalls die Verfolgung auf.

Ohne dass ich richtig zur Besinnung kommen konnte, war plötzlich einer der Schildknappen neben mir und reichte mir Influenzas Zügel. Ich konnte kaum noch denken, sprang aber auf den Rücken der Stute und preschte nun ebenfalls aus der Burg hinaus. Nicht ein einziges Mal hustete dieser verrückte Gaul, sondern seine Hufe flogen nur so dahin.

Als ich Ruprecht und seine Männer erreichte, hatten sie den dunklen Priester schon gestellt. Pribislaw lag tot am Boden. In seinem Rücken steckten mehrere Pfeile. Sein Kopf wirkte wie abgeknickt, auf unnatürliche Weise zur Seite gedreht. Beim Sturz von seinem Reittier hatte er sich das Genick gebrochen.

Der dunkle Priester Ziric kniete am Ufer des Baches. Auch in seinem Rücken und in der Brust steckten mehrere Pfeile. Ein Wunder, dass er überhaupt noch lebte. Mit vor Hass verzerrter Grimasse blickte er uns entgegen. Aus seinem linken Mundwinkel lief ein Faden von Blut und Speichel

durch seinen dichten Bart. Von dort aus tropfte es langsam in das dahinfließende Wasser. Trotz der schweren Verletzungen ging sein Atem ruhig und gleichmäßig. Wie war das möglich? Eigentlich müsste er schon längst tot sein. Waren hier dämonische Kräfte im Spiel? Ich bekreuzigte mich.
Ruprecht und seine Männer saßen auf ihren Pferden, beobachteten das Geschehen und warteten darauf, dass Ziric endlich starb. Doch dieser von bösen Geistern besessene Priester stand tatsächlich langsam auf.
In den Reihen der Krieger erhob sie ein lautes Raunen. Sie waren alle hartgesottene Recken, aber keiner von ihnen hatte so etwas schon einmal erlebt. Ihre Gesichter verzerrten sich vor Entsetzen. Eigentlich müsste der dunkle Priester schon längst seinen letzten Atemzug ausgehaucht haben; doch Ziric hob den Kopf. Immer noch lief ihm ein Rinnsal Blut aus dem Mund. Als er plötzlich anfing, zu sprechen, durchfuhr alle das Gefühl, als würden sich die Tore der Hölle öffnen. Es schien ihm keinerlei Mühe zu bereiten. Noch heute denke ich mit Schauern an diese Worte zurück.
»Ich komme zurück, ihr Narren. Niemand kann das Verderben aufhalten. Es wird der Tag herbeikommen und ich werde auferstehen. Ein Knabe wird uns aus dem Reich des Todes zurückholen. Dann werde ich in Velos' Namen Rache nehmen. Eure Nachkommen werden vor Furcht erzittern. Ich werde das Land in ein riesiges Meer aus Blut stürzen. Die Seen sollen rot vom Blut der Menschenopfer werden. Velos und ich werden euch die Kehlen durchschneiden. Ihr werdet den Dämonen der Finsternis geopfert. Wir werden euren Nachkommen die Bäuche aufschlitzen und ...«

Weiter kam er nicht. Ruprecht stieg von seinem Ross herunter, zog sein Schwert und holte zum Schlag aus. Sein Blick war starr vor Entsetzen. Mit nur einem einzigen Hieb durchtrennte er den Hals des dunklen Priesters. Der Kopf rollte ins Bachbett hinunter, wo er am Ufer liegen blieb. Dann brach auch sein Leib zusammen. Die Augen Zirics waren immer noch geöffnet. Es schien, als würde er voller Hass zu uns heraufblicken.
Ruprecht stieg wieder auf sein Schlachtross und bekreuzigte sich. In seinen Augen konnte ich das Grauen erkennen. Er schaute mich an.
»Es ist vollbracht, Mönchlein!«, sagte er leise.

Gegenwart – Fünfundzwanzig

Die beiden Kripobeamten benötigen etwa zwanzig Minuten, um Wankendorf zu erreichen. Dank des Navigationssystems fanden sie die Zimmerei Krause schnell. Sie befand sich in einem kleinen Industriegebiet außerhalb des Dorfes. Als sie mit ihrem Dienstwagen auf dem kleinen Betriebsgelände ankamen, fuhren gerade einige der Firmenfahrzeuge vom Grundstück. Lorenzo und Rühmann stiegen aus und gingen auf den Eingang zu. Als sie durch die Tür traten, kamen sie in ein Büro und wurden von einem untersetzten Mann mit graumelierten Haaren begrüßt. Er trug die typische Zimmermannskluft und einen schwarzen, breitkrempigen Hut.
»Moinsen«, sagte der Mann und lächelte seinen vermuteten neuen Kunden entgegen. »Unser Büro öffnet erst um halb

acht. Aber vielleicht kann ich Ihnen ja trotzdem weiterhelfen.«
»Wir suchen Marvin Krause und möchten mit ihm sprechen.«
Lorenzo reichte dem Mann die Hand. Der Zimmermann erwiderte den Gruß, sah ihn nun aber reserviert an.
»Mein Sohn ist vor etwa einer halben Stunde mit einem Bautrupp nach Ascheberg auf eine Baustelle gefahren. Kann ich Ihnen vielleicht weiterhelfen. Ich bin der Vater von Marvin. Mein Name ist Martin Krause, ich bin der Chef hier.«
Inzwischen hatte der Kriminaloberrat seine Legitimation hervorgeholt und zeigte sie dem verdutzten Handwerksmeister.
»Kriminalpolizei? Was hat mein Sohn denn nun schon wieder angestellt?«
»Wieso schon wieder?«, fragte Lorenzo.
»Weil er dauernd in irgendwelche Dummheiten hineinschlittert. Irgendwie hat er ständig Ärger mit irgendwelchen Leuten, aber zum Glück bisher noch nicht mit der Polizei. Was hat er denn nun schon wieder angestellt?«
Martin Krause machte ein zerknirschtes Gesicht.
Lorenzo ignorierte die Frage.
»Kennen Sie Tim Martens?«
Der Zimmermannsmeister schüttelte den Kopf.
»Nee, nie gehört. Verraten Sie mir jetzt bitte, warum Sie hier sind und was Sie von meinem Sohn wollen?«
»Wir ermitteln in einem Mordfall und suchen deswegen diesen Tim Martens.
Ihr Sohn hatte nachweislich Kontakt zu dem Gesuchten und wir wollen ihn deswegen befragen.«

Martin Krause blickte die Männer zuerst misstrauisch an, atmete dann aber erleichtert auf.
»Also, erst einmal bin ich ja froh, dass Sie nicht meinen Sohn verdächtigen. Aber ein Mordfall, das hört sich ziemlich mies an. Ich kenne meinen Sohn, an so etwas würde er sich niemals beteiligen. Er ist zwar ein Chaot und manchmal ziemlich verrückt, aber das ist in dem Alter doch normal. Aber Mord, neee!«
»Das glauben wir Ihnen gern, aber wir müssen trotzdem mit ihm sprechen. Es ist wirklich wichtig und eilt! Können Sie uns sagen, wo wir ihn finden können?«
»Die Baustelle, auf der er momentan arbeitet, ist in Ascheberg, das sind nur zwölf Kilometer von hier. Ich muss von dort sowieso einen Firmenwagen abholen. Wenn Sie mich mitnehmen, braucht mich der Altgeselle nicht hinzufahren und ich zeige Ihnen gleichzeitig den Weg.«
Lorenzo und der Kriminaloberrat sahen sich an und stimmten zu. Während der Fahrt blickte der Handwerker besorgt aus dem Fenster. Das war schon harter Tobak, was die beiden Polizeibeamten ihm da gerade mitgeteilt hatten. Nach diesem Vorfall musste er erst einmal ein ernstes Wörtchen mit seinem Stammhalter reden.
Bereits nach kurzer Zeit erreichten die Männer Ascheberg. Die Baustelle befand sich direkt am Großen Plöner See. Es handelte sich dabei um ein größeres Anwesen, welches unweit der Bundesstraße 430 lag. Sie bogen von der Plöner Chaussee ab und fuhren auf das Grundstück. Inmitten des parkähnlichen Geländes prangte eine alte Villa. Das Dach war fast vollständig abgedeckt. Mehrere Handwerker waren gerade dabei die alten Dachziegel zu entfernen und warfen diese von oben aus in große Container. Die beiden Kripo-

beamten und der Zimmermannsmeister stiegen aus dem BMW aus und blickten sich um. Ein älterer Geselle kam auf die Männer zu.

»Moin, Meister, na alln's klor. Wissu den Transporter abholn? Der steht hinnerm Haus.«

Martin Krause nickte dem Gesellen zu.

»Ja! Aber ich möchte zuerst mit Marvin sprechen. Wo ist er?«

»Der is auffe annere Seite vom Dach und schleppt schon mal die neuen Ziegel rauf.«

Der Altgeselle nahm zwei Finger in den Mund und stieß einen lauten Pfiff aus. Daraufhin unterbrachen die Handwerker auf dem Dach ihre Arbeit und sahen zu ihm herunter.

»Sach Marvi ma Bescheid, dass sein Vadder hier is und ihn sprechen will«, rief er.

»Jo! Marvin – Bescheid«, erscholl es vom Dach. Die Handwerker lachten.

Einer der Gesellen kletterte über die Balken und verschwand auf dem offenen Dachboden. Kurze Zeit später kam ein junger Mann hinter der Villa hervor. Er trug zwar Arbeitskleidung, passte aber vom Erscheinungsbild her absolut zu diesen Mittelalterfreaks. Der große und schlanke Mann hatte schulterlange blonde Haare. Sein Gesicht zierte ein dichter Vollbart. Als der junge Mann seinen Vater sah, grinste er. Dann bemerkte er aber die beiden fremden Männer. Sein Gesicht verfinsterte sich. Marvin Krause blieb abrupt stehen. Es schien, als würde er angestrengt nachdenken, was er machen sollte.

»Mensch, Marvin, nun komm endlich her! Die Männer sind von der Kriminalpolizei und wollen dir nur ein paar Fragen stellen«, rief sein Vater ihm zu.
Als der junge Mann allerdings das Wort Kriminalpolizei hörte, sah man ihm die Panik förmlich an. Marvin Krause drehte sich ruckartig um und rannte zurück zum Gebäude.
»Marvin, verdammt noch mal, du Dösbaddel, komm zurück!«, schrie sein Vater entsetzt hinter ihm her. Doch sein Sohn war schon hinter der linken Seite der Villa verschwunden.
Lorenzo setzte sich sofort in Bewegung und rannte dem Jungen hinterher. Rühmann lief ebenfalls los. Er wollte zur rechten Seite der Villa, um dem Flüchtigen den Weg abzuschneiden. Als Lorenzo hinter der Villa ankam, konnte er nur noch sehen, wie Marvin Krause auf der anderen Seite ins Stolpern geriet. Er konnte sich aber wieder fangen und verschwand hinter der Hausecke. Sofort spurtete Lorenzo los, um die Verfolgung aufzunehmen. Er brauchte nur ein paar Sekunden für die kurze Strecke und umrundete die Hausecke. Dabei wäre er fast über Rühmann gestolpert, der wie eine Schildkröte rücklings auf dem staubigen Boden lag.
»Er hat mich einfach über den Haufen gerannt«, keuchte Rühmann. »Los, Herr Bartonelli, schnappen Sie sich den Kerl! Ich komme hinterher.«
Als Lorenzo an seinem Vorgesetzten vorbeilief, konnte er noch sehen, wie dieser umständlich versuchte, sich aus seiner misslichen Lage zu befreien, schwerfällig aufstand und dabei den Schmutz von seiner Kleidung klopfte. Lorenzo rannte, so schnell er konnte, hinter dem Jungen her, der schon den gesamten Vorplatz der Villa überquert hatte und in Richtung Straße lief. »Polizei! Bleiben Sie stehen oder ich

muss von meiner Schusswaffe Gebrauch machen«, rief Lorenzo. Doch der junge Mann ließ sich nicht einschüchtern; drehte sich nicht einmal um.
Noch während Lorenzo den Jungen weiter verfolgte, zog er seine Dienstwaffe, eine Walther P99, und wollte damit einen Warnschuss in die Luft abgeben. Aber da es momentan keinerlei Bedrohungspotenzial gab, sondern nur einen Flüchtigen, verwarf er diesen Gedanken schnell wieder, behielt die Waffe aber vorsichtshalber in der Hand. Er rief dem jungen Mann noch mal hinterher und hoffte, dass der Flüchtige endlich Vernunft annahm. Aber Marvin Krause hatte den Zaun des Grundstückes schon erreicht und sprang mühelos darüber hinweg.
Dann geschah alles ziemlich schnell hintereinander.
Marvin Krause war anscheinend voller Panik. Lorenzo rief ihm immer wieder hinterher, doch der junge Mann rannte weiter in Richtung Straße. Ohne auf die befahrene Bundesstraße zu achten, lief er weiter. Als sein Fuß den Asphalt der viel befahrenen Plöner Chaussee berührte, wurde er von einem vorbeikommenden Lkw erfasst. Sein Körper wurde mehrere Meter weit geschleudert und prallte gegen die Glasfront einer Bushaltestelle. Es krachte fürchterlich.
»Scheiße!«, entfuhr es Lorenzo. Schnell schob er seine Waffe zurück in das Schulterholster und lief auf den am Boden liegenden Marvin Krause zu. Der Fahrer des Lkw kletterte aus seinem Fahrzeug. Er war kreidebleich und blickte Lorenzo entsetzt an.
»Ich kann nichts dafür ... der ist mir einfach vor den Wagen gelaufen ... ich ...«, stammelte der Fernfahrer mehr zu sich selbst als zu Lorenzo. Keine Frage, der Mann stand unter Schock.

Lorenzo kam bei dem Verunglückten an und kniete neben ihm nieder. Die langen Haare sowie der Vollbart waren blutverschmiert. Aus einer Wunde am Kopf sickerte ein dünnes Rinnsal Blut. Die Beine befanden sich in einer seltsamen verrenkten Stellung. Die dicke Arbeitshose aus schwarzem Kord tränkte sich ebenfalls langsam mit dem roten Lebenselixier. Marvin Krause öffnete kurz die Augen und sah Lorenzo an. Sein Blick sah aus, als ob er in weiter Ferne etwas sehen würde, dann lächelte er plötzlich auf merkwürdige Art. Fast schon eine Grimasse. Der junge Mann wollte etwas sagen, aber Blut quoll aus seinem Mund. Er hustete kurz und versuchte erneut Lorenzo etwas mitzuteilen, dann konnte der Hauptkommissar nur ein einziges leises Wort vernehmen.
»Nazi ... bun ... k ... er.«

Der Kopf des jungen Mannes verlor jäh alle Kraft und kippte zur Seite, aber der Brustkorb hob und senkte sich noch.
»Heilige Scheiße!«
Schwer atmend keuchte Kriminaloberrat Rühmann über Lorenzos Schulter und sah auf den leblosen Körper. Dabei griff er zu seinem Mobiltelefon und setzte einen Notruf ab. Lorenzo blickte auf und bemerkte, dass Marvins Vater ebenfalls neben dem Bewusstlosen kniete. Der Zimmermann sah aus, als hätte er den Leibhaftigen persönlich gesehen.
Schon nach kurzer Zeit hatten sich einige Schaulustige und Gaffer angesammelt. Einer der Umstehenden nahm sich allerdings des Fahrers vom Lkw an und kümmerte sich um den Mann, der immer mehr in sich zusammensank. Zwei weitere Männer und eine Frau, die aus einem alten Opel

Kadett ausstiegen, öffneten einen mitgebrachten Verbandskasten und begangen mit der Erstversorgung des Verletzten. Der Vater von Marvin Krause schien jeden Moment die Besinnung zu verlieren. Er litt Höllenqualen. Lorenzo nahm den Mann am Arm und ging mit ihm einige Schritte die Straße hinunter, wo er den inzwischen völlig apathischen Mann am Straßenrand hinsetzte.
Minuten vergingen, die allen Beteiligten wie Stunden erschienen, und nach einiger Zeit wurde die Starre der Menschen von den sich nähernden Martinshörnern eines Rettungswagens und anderer Einsatzkräfte erlöst. Als Erstes traf ein silbegrau-blauer Polizeiwagen ein. Die Beamten sprachen kurz mit Lorenzo und dem Kriminaloberrat. Begannen anschließend damit, das Gelände abzusperren.
Nur wenige Augenblicke später hielten ein Rettungswagen und mehrere Fahrzeuge der Freiwilligen Feuerwehr neben der Bushaltestelle. Die Rettungsassistenten und der Notarzt lösten die Ersthelfer ab, die inzwischen diverse Notverbände angelegt hatten. Es dauerte nicht lange und Marvin Krause wurde in den Rettungswagen verfrachtet. Nach einer weiteren viertel Stunde verließ das Fahrzeug den Unfallort. Das Martinshorn verhallte immer weiter in Richtung Preetz, wo der Verletzte in die dortige Klinik gebracht werden sollte. Zwei weitere Krankenwagenbesatzungen kümmerten sich inzwischen um den Fahrer des Lkw und um den Vater von Marvin Krause. Auch diese beiden Männer sollten vorerst in die Preetzer Klinik gebracht werden, damit man sie dort psychologisch betreuen konnte. Mit so einem tragischen Unfall hatte keiner der beiden Kripobeamten gerechnet.
»Heilige Scheiße!«

Gegenwart – Sechsundzwanzig

Lorenzo Bartonelli und Rüdiger Rühmann saßen wieder in ihrem Dienstwagen. Sie befanden sich auf dem Weg zurück nach Preetz. Immer wieder blickten sie sich betroffen an. Was sie in den letzten vierundzwanzig Stunden erlebt hatten, war ziemlich aufreibend gewesen. Ihre Nerven lagen blank, aber sie mussten sich zusammenreißen. Sie sprachen über das letzte Wort von Marvin Krause.
Nazibunker hatte er gesagt. Unmissverständlich. Nazibunker. Beide hatten noch niemals davon gehört, dass es in der Nähe von Preetz jemals einen Nazibunker gegeben hatte. Was sollten sie damit anfangen?

Was wollte der Schwerverletzte ihnen damit mitteilen? Ein weiteres Rätsel. Der Fall wurde immer mysteriöser.
Kurz bevor sie Preetz erreichten, meldete sich Rühmanns Mobiltelefon. Polizeihauptmeister Schneekloth teilte ihnen mit, dass Erik Matuscha auf der Preetzer Wache aufgetaucht sei, um dort eine Aussage zu machen. Dieser Erik Matuscha wäre eigentlich Kandidat Nummer zwei gewesen, den sie heute aufsuchen wollten. Doch nun erschien er persönlich auf der Preetzer Polizeiwache. Umso besser. Diese Nachricht gab Lorenzo und dem Kriminaloberrat neuen Antrieb. Vielleicht würde der Plöner Altenpfleger und Freund von Tim Martens ihnen ja mitteilen können, wo sich dieser ominöse Nazibunker befand.
Als sie im Preetzer Polizeirevier ankamen, wartete Schneekloth bereits auf sie. Er machte ein ernstes Gesicht.
»Gerade eben hat die Preetzer Klinik angerufen. Ich soll Ihnen ausrichten, dass Marvin Krause noch auf dem Weg

ins Krankenhaus an seinen schweren Verletzungen gestorben ist. Der Vater erlitt daraufhin einen Nervenzusammenbruch und befindet sich nun in der psychiatrischen Abteilung.«
»Heilige Scheiße«, war wieder einmal Kriminaloberrat Rühmanns Kommentar.
Wie viele Tote sollte es in diesem Fall denn noch geben? Aber sie mussten an ihre Kollegin denken, die sich immer noch in den Fängen von Tim Martens befand. Sie mussten Jenny unbedingt finden, befreien und diesem Psychopathen Tim Martens das Handwerk legen.
»Wo befindet sich Matuscha jetzt?«, fragte Lorenzo.
Schneekloth antwortete sofort.
»Oben in meinem Büro. Ein Kollege sitzt bei ihm, um ihn zu bewachen. In meinen Augen ist das ein Weichei. Der wird sofort singen und uns alles erzählen, was er weiß.«
»Na, dann mal los«, brummte Rühmann und stürmte die Treppe, in einer für ihn ungewohnten Geschwindigkeit, empor. Lorenzo und der Preetzer Polizist folgten ihm. In Schneekloths Büro angekommen, fanden sie einen jungen Mann vor, der zusammengesunken auf einem alten Holzstuhl saß. Erschrocken blickte er auf, als die Männer den Raum betraten. Er war in keinerlei Weise gekleidet wie die übrigen Mittelalterfreaks. Jeans, blaues Sweatshirt und kurze, gepflegte Haare. Außer einem zwei Zentimeter großen Ohrtunnel und einem Nasenpiercing gab es nicht Auffälliges an dem jungen Mann. Aus seinem ängstlichen Gesicht blickte er den beiden Kommissaren fast schon panisch entgegen.
Rühmann reagierte sofort. Er und Lorenzo starteten das »Böser-Polizist-Netter-Polizist-Spiel«, wobei Rühmann den

übelgelaunten Bullen mimen wollte. Dass er schauspielerische Fähigkeiten besaß, hatte er ja bereits bewiesen.
»So, Freundchen! Keine langen Vorreden. Wo befindet sich Tim Martens und wo befindet sich dieser Bunker, in dem ihr euch versteckt?
Wenn du nicht redest, können wir verdammt ungemütlich werden.«
Der Kriminaloberrat baute sich vor dem jungen Mann auf. Dieser sank immer mehr in sich zusammen.
»Ich weiß nicht, wo Tim sich versteckt. Ehrlich, Mann. Und auch wo dieser Bunker ist, weiß ich nicht.«
Es fehlte nicht viel und Erik Matuscha hätte angefangen, zu weinen. Schneekloth hatte recht, mit diesem Jungen würden sie leichtes Spiel haben. Nun begann Lorenzo sein Verhör, während Rühmann ihm das Feld überließ, sich schwerfällig auf einen Stuhl fallen ließ und ein wütendes Gesicht schnitt. Lorenzo zog sich einen Hocker heran und setzte sich direkt vor Matuscha. Dabei lächelte er ihn an.
»Wie heißen Sie? Oder darf ich du sagen?«, sagte er freundlich.
Der junge Mann war froh, dass nun ein netter Bulle mit ihm sprach, und atmete erleichtert auf. Dabei sah er immer wieder argwöhnisch zu Rühmann hinüber.
»Erik Matuscha.«
»Wohnort?«
»Ich wohne in Plön.«
»Alter?«
»Einundzwanzig.«
»Beruf?«
»Ich mache eine Ausbildung zum Altenpfleger in einem Plöner Seniorenheim. Oben auf dem Parnaß.«

»Sozialer Beruf«, lobte Lorenzo. »In was für einem Verhältnis stehst du zu Tim Martens und Marvin Krause?«
»Ich bin mit Marvin Krause zusammen zur Realschule gegangen. Marvin und ich ... wir kennen uns schon lange. Eines Tages hat er mir von Tim erzählt. Er meinte, das wäre ein cooler Typ und man könnte mit ihm viel Spaß haben. Er würde völlig abgefahrene Sachen machen. So ...«
Erik Matuscha stockte, sah sich dabei hilfesuchend um und erschrak, als Rühmann sich laut räusperte.
»Erzähl ruhig weiter, wir wollen alles ganz genau wissen«, meinte Lorenzo daraufhin.

»Also, diese Sachen auf dem Preetzer Friedhof, davon wissen Sie ja bestimmt?«, druckste Matuscha.
Lorenzo nickte.
»Die haben sich nachts dort getroffen. Haben Totenbeschwörungen und so was gemacht. Dabei haben sie auch Tiere getötet und irgend so einem merkwürdigen Teufel geopfert.«
»Warst du auch bei solchen Beschwörungen dabei?«
Rühmanns Stimme grollte durch den kleinen Raum wie Donner.
Erik Matuscha zuckte zusammen und rutschte vor Furcht fast von seinem Stuhl.
»Nein! Ich hab nur von solchen Dingen durch Marvin gehört. Marvin und Tim sind ziemlich dicke miteinander. Mittlerweile glaube ich sogar, dass Marvin Tim fast schon hörig ist. Marvin hat mich mal mitgenommen, aber Tim Martens ist total ausgeflippt und hat gemeint, dass er so ein Weichei wie mich nicht in seiner Gang haben wolle. Dabei

hat er die ganze Zeit mit einem riesigen Messer vor meiner Nase herumgefuchtelt. Ich hatte eine Höllenangst.«

»Also gehörst du zu dieser Gruppe gar nicht so richtig dazu?«

Der junge Mann schüttelte energisch den Kopf.

»Nein. Alles, was ich von denen weiß, hat Marvin mir erzählt. Oder sehe ich etwa so ausgeflippt aus wie einer von denen? Eigentlich wollte ich nur irgendwie dazugehören. Aber dieser Tim hat mir ziemlich Angst gemacht. Der hat eiskalte Augen. Dem würde ich alles zutrauen.«

»Alles? Auch einen Mord?«, herrschte Rühmann ihn an.

Erik Matuscha riss die Augen auf. Verwirrt blickte er von einem Polizisten zum anderen.

»So verrückt wie Tim Martens sich gezeigt hat, würde ich ihm alles zutrauen. Alles! Deshalb bin ich ja auch hierher gekommen. Heute Nacht hat mich Marvin angerufen und mir erzählt, was für eine Scheiße hier abgeht. Richtig angegeben hat er damit und meinte auch, dass Tim es nun endlich schaffen würde.«

»Was schaffen wird?«, fragte Lorenzo.

»Na, dass dieser komische Teufel, oder Priester, wieder auftaucht. Das ist doch absolut hirnrissig, oder? Also bin ich hierhergekommen, um alles zu erzählen, damit nicht noch mehr Scheiße passiert.«

Plötzlich erklang die Tatortmelodie.

Der Kriminaloberrat griff in seine Jackentasche und zog sein Mobiltelefon heraus. Schnell ging er damit auf den Flur hinaus.

»Rühmann.«

»Moin. Schrader hier, Kriminaltechnik Kiel. Herr Zobel hat uns heute Morgen eine Audiodatei geschickt. Wir sollten versuchen, darauf ein Hintergrundgeräusch zu analysieren.«

»Und? Haben Sie etwas herausgefunden?«, brummte Rühmann in den Hörer. Musste aber gleichzeitig über sich selber schmunzeln, da er immer noch im Böser-Polizist-Modus lief.

»Es handelt sich dabei eindeutig um den Signalton eines Regionalzuges. Aber es war nicht nur ein Signalton, sondern insgesamt drei. Zwei davon kaum zu vernehmen. Den Dritten konnte man gut hören. Wir vermuten, dass sich etwas auf der Bahnstrecke befand und der Zugführer deshalb sein Signalhorn betätigte. Vielleicht Wildtiere? Aber wie gesagt, eindeutig der Signalton eines Zuges.«

»Ich danke Ihnen, damit haben Sie uns sehr geholfen.«

»Moment, da gibt es noch etwas. Wir haben natürlich die gesamte Audiosequenz bis ins Kleinste analysiert und dabei noch etwas entdeckt.«

Rühmann zog neugierig die Augenbrauen hoch.

»Und was?«

»Das Telefongespräch wurde wahrscheinlich von einem Keller oder kellerähnlichem Raum aus geführt …«

»Wie kommen Sie darauf?«, unterbrach ihn der Kriminaloberrat.

»Nicht so hastig. Wollte ich ja gerade erzählen. Das konnten wir anhand des Halls messen. Die Stimme der weiblichen Person wurde von den Wänden zurückgeworfen und anhand dieses Klangbildes können wir mit ziemlicher Sicherheit sagen, dass es sich dabei um einen Keller oder um nackte Betonwände handelt.«

»Könnte es auch ein Bunker sein?«

»Natürlich, Herr Rühmann. Die sind ja bekanntlich auch aus Beton.«
Noch mal bedankte sich Rühmann bei dem Kriminaltechniker und beendete das Gespräch.
Ein Bunker!
Wo verdammt noch mal konnte sich nur dieser Bunker befinden?
Er ging in Schneekloths Büro zurück und setzte sich wieder auf den Stuhl, dann wandte er sich an Erik Matuscha und lächelte sogar. Mittlerweile war sich der Kriminaloberrat sicher, dass der junge Mann nichts mit der Sache zu tun hatte.
»Wissen Sie etwas über einen Bunker?«, fragte er Matuscha.
Der Angesprochene sah erstaunt aus, nickte und schien froh zu sein, dass dieser dicke Griesgram sogar nett sein konnte.
»Marvin hat mir mal, unter dem Mantel der Verschwiegenheit, erzählt, dass Tim einen alten Nazibunker gefunden hat. Diesen Bunker haben Tim, Marvin und Christian anscheinend als Geheimversteck genutzt.«
»Wo?«
»Keine Ahnung. Marvin hat mir nur von dem Bunker erzählt, aber wo er sich befindet? Keine Ahnung. Der ist absolut topsecret. Das wissen nur die drei.«
Mehr konnten sie von dem jungen Mann nicht herausbekommen, anscheinend wusste er nicht einmal, dass Liselotte Sievers und Christian Lehmkuhl ermordet wurden. Geschweige denn vom Tod Marvin Krauses. Sie ließen ihn von einem Polizeibeamten abführen. Als Erik Matuscha das Büro verlassen hatte, unterrichtete Rühmann Lorenzo und Schneekloth von seinem Telefonat mit der Kriminaltechnik.

»Herr Schneekloth, wissen Sie, wo sich in der Nähe von Preetz ein alter Nazibunker befindet?«
Schneekloth zwirbelte mit den Fingern an seinem mächtigen Schnauzbart.

»Beim besten Willen nicht. Von so einem Bunker habe ich noch nie gehört. Aber ich frage die Kollegen, ob einer von ihnen etwas davon weiß.«
Der alte Polizist verließ den Raum.
»Wir sollten bei der Bundesbahn anrufen. Vielleicht kann uns dort jemand sagen, wann und wo einer ihrer Lokführer heute Morgen in der Nähe von Preetz einen Signalton abgesetzt hat«, sagte Lorenzo.
»Mein Gedanke, Kollege. Das sollte jetzt unser nächster Schritt sein.«
Der Kriminaloberrat nahm sein Mobiltelefon und rief Erika Burmeister, die Sekretärin der Kieler K1, an. Sie sollte ihm die Telefonnummer der Bundesbahn in Kiel heraussuchen. Nur eine Minute später hatte er die Nummer. Nachdem er bei der Bahn dreimal weiterverbunden wurde, bekam er einen Mitarbeiter der Streckenleitung an den Apparat.

»Regionalbahn Kiel, Fahrdienstleitung, Michael Schnorr, Moin«, brummte jemand verärgert in den Hörer.
»Rühmann, Kriminalpolizei, Mordkommission Kiel. Guten Tag, Herr Schnorr, ich benötige Ihre Hilfe.«
Die Stimme am anderen Ende der Leitung wurde plötzlich wesentlich freundlicher. *Obrigkeitshörig*, dachte Rühmann und grinste in sich hinein, *typisch Beamter*.
»Was kann ich für Sie tun?«

»Wir führen Ermittlungen zu einem Kapitalverbrechen durch und brauchen deshalb eine Auskunft von Ihnen. Können Sie feststellen ob, und besonders wo, einer Ihrer Lokführer heute Morgen gegen fünf Uhr zwischen Ascheberg und Preetz einen Signal- oder Warnton abgegeben hat?«
»Nö«, klang es spöttisch durch den Lautsprecher und Rühmann spürte schon Zorn in sich aufkeimen.

»Wieso nö?«, fauchte er ungehalten.
»Weil ich das zufällig genau weiß«, antwortete der Mann belustigt.
Rühmanns Zorn verschwand augenblicklich. Er war verwundert. Hörte den Fahrdienstleiter lachen.
»Normalerweise könnte ich so etwas wirklich kaum nachvollziehen, aber in diesem Fall kann ich Ihnen sogar ziemlich genau sagen, wo das passiert ist. Einer meiner Kollegen hat heute sein fünfundzwanzigstes Dienstjubiläum bei der Bahn. Deshalb gab es hier heute Morgen eine kleine Feierlichkeit. Sektfrühstück mit Schnittchen. Äußerst lecker. Dabei waren auch einige Lokführer anwesend. Unter anderem ein Kollege namens Thomsen, der heute bereits im Frühdienst die Strecke Lübeck–Kiel befuhr. Ich habe mit ihm geplaudert und dabei hat er mir erzählt, dass sich kurz vor Preetz, Höhe Kühren, eine große Rotte von Damwild auf den Gleisen befand. Das kommt häufig vor auf den ländlichen Strecken. Darum hat er mehrfach sein Signalhorn eingesetzt, um die Tiere zu verscheuchen. Er konnte sich auch deshalb noch so gut daran erinnern, weil es an die dreißig Tiere waren, darunter auch zwei Albinos.«

»Können Sie mir sagen, wo dieser Kollege das Signal exakt abgesetzt hat?«

»Jo! Er meinte, dass der Vorfall ungefähr in Höhe Fuhlensee und Wahlstorf, also in der Nähe von der Schwentine stattgefunden hat. Konnte ich Ihnen mit dieser Auskunft nun weiterhelfen?«, fragte der Fahrdienstleiter neugierig.

»Sie wissen gar nicht wie sehr, Herr Schnorr. Besten Dank und tschüss.«

Genau in diesem Moment kam Polizeihauptmeister Schneekloth zurück und machte ein zerknirschtes Gesicht.

»Tut mir leid, aber keinem meiner Kollegen ist ein alter Nazibunker hier in der Gegend bekannt. Vielleicht sollten wir beim Katasteramt oder im Rathaus nachfragen?«

Der Kriminaloberrat stimmte zu.

»Das ist eine gute Idee, aber es wird bestimmt dauern, bis wir die nötigen Informationen bekommen.«

»Es geht auch schneller«, meinte Lorenzo. »Es gibt jemanden, der sich hier in der Gegend auskennt wie in der Hosentasche seiner schmuddeligen Kordhose.«

Rühmanns Gesichtszüge hellten sich augenblicklich auf. Er wusste sofort, wen Lorenzo damit meinte.

»Genial! Ihr Onkel. Herr Stoltenberg. Ja, dass der sich im Bereich zwischen Preetz und Plön auskennt, kann ich mir gut vorstellen. Alter Holsteiner Adel. Der könnte wissen, wo sich dieser ominöse Bunker befindet.«

Lorenzo zückte sein Handy und drückte eine Kurzwahltaste. Doch nichts geschah. Auf dem Stoltenberghof ging niemand an den Apparat. Das Mobiltelefon seines Onkels brauchte er gar nicht erst anrufen. Der alte Landwirt hatte zwar ein Handy, aber dies lag meistens ungenutzt in einer Küchenschublade herum und er lud es nie auf. Der alte

Mann mochte diesen neumodischen Kram nicht besonders. Also versuchte er, Old Henry anzurufen. Dabei dachte er sofort an Nina Snider. Die Tierärztin würde sich wahrscheinlich Sorgen machen, weil er sich so lange nicht mehr gemeldet hatte. Ihre frische Liebe musste nun zu Beginn schon viel aushalten. Doch auch beim Archäologie-Professor ging niemand ans Telefon.

»Wahrscheinlich sind die alten Herren wieder einmal in der Scheune und basteln an einem der Traktoren herum. Dort sieht und hört mein Onkel nichts«, sagte Lorenzo zähneknirschend.

»Dann fahren wir eben hin. Ihren Onkel zu finden geht wahrscheinlich schneller, als sich von offizieller Seite Hilfe zu holen«, entgegnete Rühmann. »Wir müssen zügig handeln. Wenn wir wissen, wo sich dieser Bunker befindet, dann informieren wir das SEK. Herr Schneekloth, Sie halten weiterhin die Stellung und informieren Sie bitte Herrn Zobel. Wir bleiben in Kontakt.«

Die beiden Kripobeamten rannten förmlich die knarrende Treppe des Preetzer Polizeireviers hinunter und machten sich im BMW auf den Weg nach Tüxendorf.

Mit dem alten Fiete Stoltenberg als Scout würden sie jeden Ort im Kreis Plön finden.

Codex Slavicum – Die Rückkehr

Die nächsten Tage verbrachten wir in der Nähe der völlig abgebrannten Motte in Redewysche. Dort wurden die Verletzten versorgt und die vielen Toten begraben. Was für ein Gemetzel hatte es hier gegeben. Auch Liljanas und Haralds sterbliche Überreste wurden verbrannt. Die mit Ornamenten verzierten Urnen beerdigte ich eigenhändig auf einem Waldfriedhof in der Nähe des heiligen Flusses Sventana.

Ich kam allerdings kaum zum Trauern, denn ich verstand mich auf die Heilkunst und versuchte so viele Menschenleben zu retten, wie es mir möglich war. Einmal kam Graf Ruprecht zu mir und meinte, dass ich zwar kein Krieger wäre, aber trotzdem ein wahrer Held sei, wenn es darum ging, Menschen zu heilen und Seelen zu trösten. Eines Abends ging ich ins Feldlager und besuchte einen der Hauptleute von Graf Ruprechts Truppe. Er hieß Adalbert von Rantzow. Ein ruhiger, besonnener Mann. Er konnte sogar lesen und schreiben. Ich wusste, dass er Aufzeichnungen von allen Unternehmungen seines Fürsten anfertigte. So bat ich ihn um einige Blätter Pergament, Federkiel und Tinte, die er mir gern aushändigte. Ich wollte alle Ereignisse, die hier geschehen waren, niederschreiben. Ich musste mir einfach alles von der Seele schreiben, um die Trauer der letzten Tage zu verarbeiten. Mit meinen Schreibutensilien machte ich mich auf den Weg zu meinem Zelt, das man mir zur Verfügung gestellt hatte.

Ich saß am Holztisch. Eine kleine Kerze erhellte die Schreibstatt, als ich es vor meinem Zelt winseln hörte. Schnell sprang ich auf und öffnete den Eingang. Auf dem Boden lag Grå Ulv. Eine Pfeilspitze stecke in seiner Schulter, die bereits brandig aussah. Wie ein Wirbelwind rannte ich zum Lazarett. Holte dort Verbandmaterial und Wundsalbe. Als ich den Pfeil entfernte, die Wunde säuberte und verband, hielt das große Tier still. Es ließ die ganze Prozedur über sich ergehen, ohne zu murren. Er vertraute mir. Seine treuen Augen blickten mich dankbar an.

Am nächsten Tag konnte Grå Ulv bereits wieder laufen. Von da an wich er mir nicht mehr von der Seite.
Mehrere Stunden arbeitete ich vormittags bei den Verwundeten, zog mich dann zurück und verfasste meinen Bericht von den Ereignissen. Als ich Zirics Fluch und seinen Tod notierte, ergriff mich ein furchtsamer Schauer. Dieses hassverzerrte Gesicht werde ich niemals vergessen. Grå Ulv bemerkte meine Furcht und Trauer. Er legte seinen massigen Kopf auf meine Oberschenkel. Sein treuer Blick tat gut.
Nachdem ich den Bericht abgeschlossen hatte, verstaute ich ihn in einem wasserdichten Krug und versiegelte das Gefäß mit in Wachs getränktem Elchleder.
Zwei Tage später waren alle Verwundeten aus Graf Ruprechts Truppe soweit genesen, dass wir aufbrechen konnten. Ich sprach mit dem Fürsten und erklärte ihm, dass ich noch eine wichtige Sache erledigen wollte. Er gab mir zu verstehen, dass er bis zum Mittag in Porsvelde am Pastsee auf mich warten würde. So ritt ich auf meiner treuen Influenza und in Begleitung von Grå Ulv zum Friedhof an der Sventana und begrub dort, in der Nähe von Liljanas und Haralds Grab, die Urne, welche den schauerlichen Bericht der Ereignisse enthielt. Insgeheim hoffte ich, dass sich Zirics Fluch niemals erfüllen würde.
Ich verließ meine alte Heimat mit dem Gedanken, niemals hierher zurückzukommen. Mein Zuhause war das Bremer Kloster Stankt Paul.
Ich benötigte etwas mehr als eine Woche für die Heimreise, wofür mir Graf Ruprecht Influenza als persönliches Geschenk übergab. Außerdem begleiteten mich drei seiner Gefolgsleute auf dieser Reise als Geleitschutz.

Die Wiedersehensfreude im Kloster war groß. Doch schon nach ein paar Tagen kehrte der Alltag in mein Leben zurück. Ich freute mich sehr darüber.
Die Trauer über den Verlust von Liljana und Harald nagte noch lange an mir. Auch die Albträume, die mir der Fluch bescherte, waren schmerzlich, aber die Zeit heilte auch diese Wunden.
Grå Ulv blieb bis zu seinem Tod bei mir. Acht Jahre durfte er noch an meiner Seite wandeln. Ich war wahrscheinlich im ganzen Frankenreich der einzige Benediktinermönch, der einen Hund sein Eigen nennen durfte.
Nun bin ich alt und werde wahrscheinlich bald vor unseren Herrgott treten. Ich hoffe, dort all meine Verwandten und Freunde wiederzusehen, die ich in meinem Leben verloren habe. Wer weiß, vielleicht kommt mir im Himmel ja auch Grå Ulv bellend entgegen. Ich freue mich darauf.

Der Abt des Bremer Klosters legte den Federkiel aus der Hand und rieb sich seine müden und alten Augen. Er blickte in die kleine Flamme der Kerze, nickte und lächelte.

Gegenwart – Siebenundzwanzig

Lorenzo kam es vor, als wenn er die Strecke nach Plön noch niemals so schnell zurückgelegt hatte. Der graue BMW schoss förmlich über die B76. Sie waren innerhalb von Minuten in der Kreisstadt. Sie durften keine Zeit verlieren. In ihren Köpfen spukte immerzu Jenny Breitfelds Schicksal und sie malten sich dabei die bizarrsten Situationen aus.
Wo war nur ihre junge Kollegin Lina Böhrnsen?

Was würde dieser Teufel in Menschengestalt mit den jungen Frauen anstellen? Gab es diesen ominösen Nazibunker wirklich?

Kurze Zeit später kamen sie in Tüxendorf an und fuhren auf den Stoltenberghof. Die beiden Kripobeamten hatten noch nicht einmal die Fahrzeugtür geöffnet, als sie stürmisch von Fiffy begrüßt wurden. Doch sie hatten keine Zeit für das große Tier, das immer wieder versuchte, an ihnen hochzuspringen.

»Wo ist Fiete? Wo ist Herrchen?«, fragte Lorenzo den Hund ungeduldig.

Fiffy verstand sofort und preschte über den Hof zum Stalltor. Dort hielt er an und bellte. Das Echo seiner dunklen Stimme hallte aus dem Inneren der Scheune zurück. Zudem drangen laute Geräusche aus dem großen Gebäude. Blaue Blitze und das Zischen eines Schweißgerätes. Nur kurze Zeit später die Stimme von Fiete Stoltenberg.

»Minschenskind, du döösbaddeliger Köter, wat is denn los?«

Lorenzo und der Kriminaloberrat machten sich auf den Weg zum Stall, doch der alte Landwirt kam ihnen bereits entgegen. Wie immer, wenn Fiete Stoltenberg im Stall hantierte, waren sein blauer Overall und das Gesicht völlig mit Maschinenöl verschmiert.

»Lorenzo? Wat machst du denn hier. Hast du schon Feierabend?«

Der alte Bauer bemerkte nun auch den Kriminaloberrat. Er kannte den Vorgesetzten seines Neffen schon lange und er mochte den »dicken Boss«, wie er ihn immer nannte.

»Moin, Herr Rühmann, auch ma wieder auf'm Land? Wollt ihr 'n Bier? Is ja auch schon Nachmittach. Wat ik noch sagen wollte, Old Henrys Nichte wartet auf dich. Die is schon ganz rappelig und fragt jümmers, wann du nach Hause kommst. Nu is se aber mit Old Henry nach Plön. Die beiden woll'n sich das Plöner Schloss angucken.«

Den Redefluss des alten Mannes konnten sie kaum stoppen.

»Fiete, wir haben absolut keine Zeit für einen Klönsnack, uns läuft die Zeit davon. Es geht um Leben und Tod!«

Der alte Landwirt verstummte abrupt. Er sah in die ernsten Gesichter der beiden Männer und verstand sofort, dass irgendetwas Schlimmes geschehen sein musste.

»Wat is los?«, fragte er. Fiete wischte sich die schmutzigen Hände am Overall ab und setzte sich auf den Vorderreifen eines Traktors. In Windeseile hatte der alte Landwirt seine Pfeife angesteckt, und den Kopf hüllten nun dicke Rauchschwaden ein.

Lorenzo erzählte seinem Onkel die Geschehnisse der letzten Stunden, nur die Einzelheiten der äußerst brutalen Morde ließ er dabei aus. Trotzdem wurde das Gesicht von Fiete Stoltenberg immer blasser.

»Und die lütten Deerns sind nu in der Gewalt von diesem Mörder? Son verdreihten Schiet! Wie kann ich euch helfen?«

Fiete Stoltenberg sah ziemlich besorgt aus, im letzten Jahr hatte der alte Mann Jenny Breitfeld kennengelernt. Er mochte die flippige junge Frau.

»Wir brauchen deine Ortskenntnisse. Südlich von Preetz muss es irgendwo einen alten Bunker aus dem Zweiten Weltkrieg geben. Dieser Erik Matuscha hat von einem Nazibunker gesprochen, in dem sich diese Mittelalterfreaks verstecken. Dort werden die beiden Frauen wahrscheinlich gefangen gehalten. Du kennst dich doch hier in der Gegend überall gut aus, weißt du vielleicht, wo sich so ein Bunker befindet.«

Fiete Stoltenbergs Pfeife qualmte. Der alte Mann stand schwerfällig auf und marschierte, ohne ein Wort zu sagen, zur Eingangstür des Bauernhauses. Lorenzo und der Kriminaloberrat sahen sich fragend an und folgten Fiete. Dieser ging schnurstracks durch die Haustür, den Flur entlang und in die Küche. Er kniete sich vor einer Eckbank nieder und öffnete die Sitzfläche. Im Stauraum waren diverse Utensilien. Ein absolutes Durcheinander von Werkzeugen, Aktenordnern, Hundeleinen, Seilen, Tennisschlägern und anderem Krimskrams. Ein regelrechtes Kuddelmuddel. Die Sachen flogen in hohem Bogen aus der Eckbank heraus, bis der alte Landwirt endlich gefunden hatte, was er suchte. Er entnahm der Kiste eine alte Landkarte, erhob sich wieder und breitete den Plan auf dem Tisch aus.
Die Karte war ziemlich vergilbt und zerfleddert. Lorenzo konnte einen Schriftzug am unteren Rand erkennen und musste, trotz der prekären Situation, innerlich grinsen. So eine Karte konnte wirklich nur sein Onkel besitzen.

Topografische Karte von Preetz und Umgebung
Herausgegeben vom Reichsamt für Landesaufnahmen
Maßstab 1:25.000
1934

»Tut mir leid, aber ne neuere Landkarte hab ich nich«, entschuldigte sich der alte Mann. »Die hier tut's aber auch.«
Er kramte eine verbogene Nickelbrille aus seiner Hosentasche, setzte sie auf und studierte die Landkarte. Mit dem Mundstück seiner Pfeife als Zeigestock fuhr er darauf von Preetz aus einige Planquadrate Richtung Süden und stoppte

dann östlich von Wahlsdorf in einem Waldstück nahe des Kronsees an der Einmündung der Schwentine.
Dann klopfte er mit dem zerkauten Mundstück der Pfeife mehrfach auf eine Stelle.
»Do ist dat! Do is de ole Bunker«, sagte er siegessicher.
Die beiden Kripobeamten waren dem Schauspiel interessiert gefolgt und blickten sich immer wieder erstaunt an.
»Woher wissen Sie so genau, dass es dort einen alten Bunker gibt? Ich habe noch nie etwas davon gehört«, fragte Rühmann.
Fiete grinste und erzählte, dass dieser Bunker damals als großes Geheimnis galt. Die Nazis hatten diesen unterirdischen Betonkasten heimlich erbaut. Niemand wusste warum, und, wofür er errichtet wurde. Was die Wehrmacht dort trieb, war anscheinend ziemlich mysteriös. Das gesamte Areal wurde gut bewacht. Die Bauern der Gegend erzählten sich die unheimlichsten Geschichten darüber.
Kurz nach dem Krieg radelte Fiete, damals etwa fünfzehn, mit Freunden dorthin. Jugendliche Neugier trieb sie an. Als sie an diesem Bunker ankamen, wurde dieser von englischen Soldaten bewacht. Die »Tommis« hatten die Jungen weggejagt. Einige Jahre nach dem Krieg wurde der Bunker zugeschüttet und er geriet in Vergessenheit.
Lorenzo und der Kriminaloberrat lauschten den Ausführungen Fietes und sahen sich die Stelle auf der Karte genau an.
»Das ist nicht weit von dem Ort entfernt, wo der Ford Transit und die Leiche von diesem Christian gefunden wurden«, stellte Rühmann fest.
»In nicht einmal fünfzehn Minuten können wir dort sein und uns umsehen«, meinte Lorenzo.

Die beiden Kripobeamten blickten sich entschlossen an und überprüften fast gleichzeitig, ob ihre Waffen schnell erreichbar in den Schulterholstern steckten.
»Dann los!«, befahl Rühmann energisch und rannte schon zum BMW. »Ich informiere von unterwegs aus Schneekloth und das SEK.«
»Wartet, ich hole nur schnell meine Mütze«, rief Fiete Stoltenberg.

»Ganz bestimmt nicht, Fiete«, erwiderte Lorenzo. »Du bleibst schön hier. Das könnte gefährlich werden.«
»So'n Schiet!«, hörte Lorenzo den Protest aus der Küche, als er seinem Vorgesetzten hinterherlief. Rühmann saß bereits am Steuer des Fahrzeugs und hatte den Motor gestartet. Nachdem Lorenzo eingestiegen war, verließ der Wagen den Stoltenberghof und wirbelte dabei eine riesige Staubwolke auf.
Fiffy hatte die ganze Situation beobachtet. Nun blickte er sein Herrchen mit treuen Augen an. Der große Hund winselte leise.
Fiete fuhr sich mit seiner Hand besorgt durch den Bart.
»Wenn dat man goot geiht.«

Gegenwart – Achtundzwanzig

Kriminaloberrat Rühmann hatte immer noch ein verschwitztes und puterrotes Gesicht. Lorenzo beobachtete, wie Schweißtropfen ihren Weg über die Stirn des Mannes nahmen, den Nasenrücken hinunter liefen und dann, wie kleine Skispringer, über die Nasenspitze hinweg abhoben, von der

Gravitation nach unten gezogen wurden und auf dem Lenkrad landeten.
Nervös steuerte der übergewichtige Mann den BMW. Lorenzo lotste ihn. Fiete Stoltenberg hatte ihnen auf seiner alten Landkarte genau erklärt, wie sie zu der angegebenen Stelle am Kronsee kommen konnten. Lorenzo hatte inzwischen auch das SEK und Schneekloth informiert. Die Verstärkung würde nun ebenfalls bald auf dem Weg sein. Aber die beiden Kieler Kommissare würden jeden Moment diesen ominösen Bunker erreichen. Rühmann bog nun in einen Feldweg ab. Sie kamen an ein kleines Waldstück.
Der Feldweg führte in den Forst hinein, wurde aber durch einen Stacheldrahtzaun und ein Gatter abgeriegelt. Rühmann bremste den Wagen. Sie verließen das Fahrzeug. Nun konnten sie am Waldrand einen blauen Transporter erkennen, der dem des ermordeten Christian ähnelte.
Dieser war allerdings kaum zu erkennen, da ihn jemand mit Ästen und Büschen gut getarnt hatte.
Bingo! Volltreffer. Martens hielt sich hier höchstwahrscheinlich auf.
Sie blickten sich um, vermochten aber nicht, die Türen des verschlossenen Wagens zu öffnen. Sie konnten keine Menschenseele entdecken. Deutliche Spuren führten allerdings in den Wald hinein. Am Ende dieses Weges sollte sich angeblich dieser ominöse Nazibunker befinden.
»Wir warten nicht, wir gehen sofort weiter«, befahl der Kriminaloberrat.
Lorenzo stimmte zu. Auch er wollte so schnell wie möglich zu diesem Bunker. Sie dachten beide nur noch daran, ihre junge Kollegin zu befreien.

Da Lorenzo auf dem Lande aufgewachsen war, erklomm er das knapp brusthohe Gatter schnell und sprang auf der anderen Seite wieder herunter. Rühmann dagegen konnte seine Leibesfülle nur mühselig auf das Hindernis wuchten. Oben angekommen, haderte er plötzlich und fing an zu zittern, wobei das ganze Gatter anfing, zu wackeln. Zudem verhedderte er sich mit seinem rechten Hosenbein am Stacheldraht, konnte sich nicht mehr halten und sauste kopfüber in die Tiefe.
»Sch ... ei ... ße!«, entfuhr es ihm auf dem Weg nach unten, wo er krachend aufschlug.
Lorenzo eilte seinem Vorgesetzten sofort zur Hilfe. Er erkannte gleichzeitig das ganze Ausmaß des Malheurs. Rühmann blutete aus einer Platzwunde, denn er war mit dem Kopf gegen einen faustgroßen Flintstein geschlagen. Rühmann sah ziemlich mitgenommen aus.
»Alles okay?«, fragte Lorenzo besorgt und dachte gleichzeitig: *Hoffentlich keine Gehirnerschütterung. Das ist dass Letzte, was wir nun gebrauchen können.*
Der adipöse Mann hockte am Boden und hielt sich den Kopf. Er bemerkte, dass ihm Blut übers Gesicht lief. Mit zittrigen Fingern fischte er ein Stofftaschentuch aus der Hosentasche und drückte sich das Tuch, unter schmerzverzerrtem Gesicht, auf die Wunde. Dabei fluchte er und benutzte Schimpfwörter, die nicht einmal Lorenzo kannte.
Rühmann wirkte leicht benommen. War zwar verletzt, aber nicht schwer. *Wo bleibt nur die Kavallerie?* Schneekloth *oder das SEK müssen doch auch langsam hier eintreffen.* Lorenzos Gedanken überschlugen sich. *Was soll ich tun? Rühmann ist vorerst außer Gefecht gesetzt. Alleingang ...?*
»Ich geh allein weiter«, sagte Lorenzo entschlossen.

»Nein, warten Sie bis weitere Einsatzkräfte hier sind. Das ist zu gefährlich allein.«
Doch Lorenzo lief bereits auf dem Forstweg in den Wald hinein.
»Herr Bartonelli …«, hörte er hinter sich. Es war ihm egal. Er hatte nur noch seine Kollegin im Kopf. Lorenzo hoffte, dass ihn dieser Weg tatsächlich zum Bunker führen würde.
Unterwegs zog er seine Dienstwaffe aus dem Schulterholster, stoppte mehrfach seinen Lauf und horchte immer wieder in den Wald hinein. Nichts.
Nur das Zwitschern der Vögel und der Wind, der in den Baumkronen rauschte.
Als er weiterging, konnte er einen Zug hören, der nicht einmal einen halben Kilometer entfernt vorbeifuhr. Bingo! Er befand sich auf dem richtigen Weg.
Teilweise wuchs auf dem Pfad hohes Gras. Man konnte erkennen, dass diverse Grashalme niedergetreten waren. Also musste hier vor Kurzem jemand gegangen sein. Nach etwa fünf Minuten bemerkte Lorenzo mitten im Wald eine Erhebung. Der Ort befand sich etwa einhundert Meter vom Weg entfernt. Außerdem lagen dort überall zerbrochene Betonfragmente, Stacheldraht und große, verrostete Metallteile herum, die allerdings von einem dichten Pflanzenteppich überwachsen waren. Ringsumher wucherten Brombeerranken. Aber unverkennbar befand sich hier vor langer Zeit einmal eine militärische Einrichtung.
Der Nazibunker!
Buschwerk bedeckte den kleinen Hügel.
Die Erhebung musste etwa drei Meter hoch und zehn Meter im Durchmesser sein. Auf gar keinen Fall natürlichen Ursprungs.

Langsam schlich Lorenzo auf den Hügel zu und begann ihn zu umrunden. In den Bäumen über ihm schrie plötzlich ein Eichelhäher: »Ätschätschätsch!« Lorenzo erschrak. Laut kreischend flog der Vogel davon. Nun konnte der Hauptkommissar auf einmal den Eingang in der Anhöhe erkennen. Eindeutig, das war der Bunker. Hinter einem dichten Haselnussstrauch, kaum erkennbar, lag eine verrostete Stahltür, die etwa einen halben Meter weit offen stand. Immer wieder sicherte Lorenzo die Umgebung und ging auf die Tür zu. Seine Sinne waren nervös und aufs Äußerste angespannt. Hinter der Tür – absolute Dunkelheit. Kein Geräusch war zu vernehmen.
Lorenzo hatte die Stahltür erreicht. Zwängte sich durch den Eingang hindurch. Die Tür ließ sich dabei nur wenig bewegen. Wahrscheinlich befand sie sich seit über siebzig Jahren in dieser Position. Die Wände fühlten sich kalt und feucht an. Es roch modrig. Es war stockdunkel. Langsam tastete er sich in die Finsternis hinein.
Plötzlich bemerkte er, dass es vor ihm nicht weiterging. Ein Abgrund? Fast verlor er das Gleichgewicht und wäre hinuntergestürzt. Lorenzo bewegte den Fuß vorsichtig nach vorn. Es ging hier abwärts. Eine Treppe. Er wünschte sich Licht. Bis vor einiger Zeit hatte er noch geraucht. Da begleitete ihn stets ein Feuerzeug in seiner Hosentasche. Wie schön wäre es jetzt, so eine kleine Flamme bei sich zu haben. Nur ein kleines Licht. Die Mag Lite lag im BMW. Verdammt.
Mit der linken Hand tastete er an der Wand entlang. Konnte tatsächlich ein Geländer spüren. Es fühlte sich alt und verrostet an, schien aber immer noch fest in der Wand verankert zu sein. In seiner rechten Hand lag die schwere

Walther P99. Sie gab ihm einigermaßen Sicherheit. War ihm vertraut.
Weitergehen. Langsam. Vorsichtig. Du musst Jenny finden, sie muss hier irgendwo sein.
Dreiundzwanzig Stufen ging es in absoluter Dunkelheit hinunter. Jede Stufe einzeln. Nach jedem Schritt horchte er in die Dunkelheit. Als einziges Geräusch vernahm er ein unentwegtes »Pitsch - pitsch - pitsch«, das von unten zu ihm herauf drang. Wasser tropfte irgendwo in eine Pfütze. Wie in einer Tropfsteinhöhle.
Unten angekommen bemerkte er einen leichten Lichtkegel. Hier befand sich ein etwa zehn Meter langer Gang. An dessen Ende war eine Tür, die einige Zentimeter weit offenstand. Im Türspalt nahm Lorenzo eine fahle Beleuchtung wahr, wie vom Licht einer Kerze. Nun konnte er auch hören, dass dort jemand schluchzte. Wimmerte, leise weinte. Unverhofft eine Männerstimme. Kaum zu vernehmen. Wie Gemurmel. Je näher Lorenzo dem Türspalt kam, desto deutlicher hörte er den monotonen Singsang. Eine Sprache, die ihn an Russisch oder Polnisch erinnerte. *Slawisch, ja das musste irgendein slawisches Kauderwelsch sein. Tim Martens?!* Er hob seine Waffe vors Gesicht, um jederzeit reagieren zu können, und schaute vorsichtig in den Raum hinein.
Was er im fahlen Licht einiger Kerzen erkennen konnte, ließ ihm das Blut in den Adern gefrieren. In einer Ecke des Raumes lag eine nackte, weibliche Person. Inmitten einer riesigen Blutlache. Lorenzo musste gegen eine beginnende Übelkeit ankämpfen. Das Mädchen, das dort lag war Lina Böhrnsen. Mit Entsetzen sah Lorenzo ihren bestialisch zugerichtet Körper.
Tot. Zerstückelt. Hingerichtet wie ein Stück Vieh.

Sofort erinnerte ihn dieses Bild an die Leichen von Liselotte Sievers und Christian Lehmkuhl. Er würde diese schrecklichen Bilder nie wieder aus seinem Gedächtnis bekommen.
Langsam und behutsam bewegte Lorenzo seinen Kopf weiter vor. Da lag Jenny. Sie befand sich auf einem großen Tisch. Nein, es war kein Tisch, sondern eher ein Sockel. Ein etwa einen Meter hoher Tisch aus Beton. Doch nun war dieser Sockel anscheinend eine Art Altar. Auf diesem Opfertisch lag die völlig nackte Jenny Breitfeld. An Händen und Füßen am Tisch fixiert. Sie zitterte am ganzen Leib. Überall an ihrem Körper befanden sich Schnittwunden. Sie weinte leise. Wimmerte. Ihr Gesicht war erfüllt von Angst und Grauen. Über ihr stand Tim Martens. Seinen gesamten Körper hatte er mit Blut besudelt. In seinen Händen hielt er einen großen Dolch, den er langsam über Jennys Körper bewegte. Während der ganzen Zeit murmelte Tim Martens slawische Beschwörungsformeln. Er sah aus wie in Trance. Sein Gesicht war zu einer satanischen Grimasse verzerrt, wobei sein Kopf eine rollende Bewegung vollführte. Es schien, als würde er tatsächlich mit den Mächten der Finsternis in Verbindung stehen.
Unverhofft wurde der junge Mann lauter: »VELOS! Nimm dieses weitere Opfer für Ziric an. Dunkler Priester.
Lass ihn auf diese Welt zurückkehren, unseren Meister – erhöre mich!«
Dann ein lauter Ruf: »Velos!«
Weitere Zauberworte.
Urplötzlich hob Tim Martens den Dolch. Immer höher. Es sah aus, als wollte er den Dolch nun in Jenny Breitfelds Körper stoßen, um sein Werk zu vollenden.

Panik und Wut explodierten in Lorenzo. Er musste handeln! Umgehend! Jetzt!
»Nein!«, schrie der Hauptkommissar. Trat mit dem Fuß gegen die Tür, die krachend aufschlug. Seine Waffe hatte er dabei auf den Psychopathen gerichtet.
»Lass das Messer fallen, du Arschloch, oder ich puste dir den Kopf weg!«, schrie der Hauptkommissar.
Eigentlich wollte er den Abzug durchziehen. Konnte dies aber aus unerfindlichen Gründen nicht tun. Nur kurzzeitig rebellierte sein Gewissen damit, einen Menschen zu töten.
Das war der Bruchteil einer Sekunde, die der verrückte Teufelsanbeter nutzte. Er reagierte blitzschnell auf die neue Lage. Packte Jenny sofort mit einer Hand an ihren Haaren und hielt ihr die scharfe Klinge an die Kehle.
»Wenn du schießt, stirbt auch sie! Ich nehme sie mit in das Reich zu Velos.« Bei jedem Wort grinste er diabolisch. Um seinem Tun mehr Ausdruck zu verleihen, zog er die Klinge nur wenige Millimeter über Jennys Haut. Es blutete sofort. Die junge Kommissarin brachte keinen Ton mehr heraus. Sie verstummte plötzlich. Hatte anscheinend die Besinnung verloren, aber ihr Körper zitterte wie Espenlaub.
Speichelfäden flossen aus Tim Martens Mundwinkel und landeten auf dem geschunden Leib von Jenny Breitfeld.
Pattsituation.
Lorenzo dachte fieberhaft nach. Was sollte er tun? Er verstand selbst nicht, warum er gerade gezögert hatte und den finalen Rettungsschuss nicht einsetzte. Innerhalb von Sekunden war er schweißgebadet.
Er spürte, wie ihm das Wasser nur so den Rücken hinunterlief. Da durchbrach plötzlich ein Schuss die Stille des Bunkers. Die graue Betonwand hinter Tim Martens färbte sich

rot. Spritzer seines Blutes, Hirnmasse und Knochen hinterließen dort ein sternförmiges Gebilde, denn seine obere Kopfhälfte war urplötzlich explodiert. Oberhalb der Augen war die Schädeldecke verschwunden. Sein lebloser Körper brach zusammen.
Der Knall des Schusses hallte immer noch in Lorenzos Ohren. Er drehte sich um.
Dort stand Kriminaloberrat Rüdiger Rühmann. Blut rann in einem dünnen Faden aus seiner Kopfplatzwunde und tropfte auf sein graues Jacket. Rühmann hielt immer noch die Walther P99 im Anschlag, doch seine Hände begannen unkontrolliert, zu zittern. Langsam senkte er die Waffe und sagte leise:
»Heilige Scheiße!«

Epilog

Das gute Wetter im Mai hatte noch einige Zeit angehalten, aber seit ein paar Tagen zog eine Regenfont durch das Land. Immer wieder versuchte die Sonne, zwischen den großen Kumuluswolken hindurch zu kommen.
Nina und Lorenzo gingen Hand in Hand am Strand von Laboe spazieren. Sie hatten sogar Fiffy in den alten Postkäfer verfrachtet und mitgenommen. Der große Hund freute sich. Immer wieder jagte er einem Ball hinterher, rannte in das Wasser der Ostsee. Dort kühlte sich das Tier ab und wälzte sich danach im Sand hin und her.
Auf der Kieler Förde herrschte reger Schiffsverkehr. Containerriesen und andere Frachtschiffe. Ein Unterseeboot der Bundesmarine hatte den Stützpunkt an der Tirpitzmole verlassen und fuhr Richtung offene See.
Lorenzo war glücklich, auch wenn ihm die Bilder der letzten Wochen immer wieder vor Augen kamen. Aber er war frisch verliebt. Das wog alle Sorgen auf. Am meisten betrübte ihn jedoch, dass Jenny Breitfeld nach einem Aufenthalt im Krankenhaus und in einer Psychiatrie immer noch arbeitsunfähig war. Sie wurde immer noch seelsorgerisch betreut. Ihre Schnittwunden heilten zwar alle gut, aber ihre Seele würde vielleicht nie wieder vollständig genesen. Sie benötigte gewiss noch längere Zeit, um vollends gesund zu werden. Wenn überhaupt ...
Die gesamte Crew der Kieler K1 vermisste die junge Frau.
Rühmann brauchte ebenso einige Zeit, um damit klarzukommen, dass er einen jungen Menschen erschossen hatte. Es war zwar quasi Notwehr gewesen, oder besser gesagt der finale Rettungsschuss, aber trotzdem bereitete ihm diese

Geschichte noch einiges an schlaflosen Nächten. Die Bilder würden wahrscheinlich niemals aus seinem Kopf verschwinden.

Jens Rönfeld kehrte schon vor einiger Zeit von der Polizeihochschule zurück und konnte kaum glauben, was für eine abenteuerliche Geschichte ihm seine Kollegen erzählten.

Karl Friedrich Bohmann, genannt Müll-Kalle, wurde nur wenige Tage nach den schrecklichen Ereignissen von spielenden Kindern gefunden. Er lag in einem düsteren Waldstück in der Preetzer Feldmark, unweit eines Geländes, auf dem eine Modellfluggruppe ihre Flugzeuge startete.
Sein Körper war bereits, durch postmortalem Tierfraß, zur Hälfte skelettiert.
In Bohmanns Haus entdeckte man Indizien dafür, dass er Tim Martens erpresst hatte. Der Querkopf war, trotz seines chaotischen Wesens, ein leidenschaftlicher Tagebuchschreiber.
Frank Zobel bemerkte bei der Durchsuchung des Hauses im Wohnzimmer ein loses Dielenbrett und stieß dabei auf Aufzeichnungen, in denen sie interessante Nachrichten entdeckten.
Offenbar beobachtete Bohmann die Mittelalterfreaks schon geraume Zeit. Er hielt sie für gefährliche Spinner, traute sich aber nicht, der Polizei von seinen Erkenntnissen zu berichten, da er meinte, dass man ihm dort sowieso nicht glauben würde.
In der Nacht, als Liselotte Sievers auf so grausame Weise umgebracht wurde, war der alte Querkopf wieder einmal

unterwegs gewesen. Er befand sich dabei auf einer seiner geliebten nächtlichen »Raubzüge«.
Zufällig beobachtete er dabei Tim Martens und wollte ihn mit dieser Entdeckung erpressen. Leider rechnete der einfältige Bohmann nicht mit der extremen Brutalität Martens. Er hatte sich dabei anscheinend den größten Coup seines Lebens erhofft, war aber hoffnungslos gescheitert.
Was genau geschah, konnten sie nicht herausbekommen, aber anscheinend kam es zu einer massiven Auseinandersetzung zwischen den beiden. Der Psychopath erledigte Müll-Kalle kurzerhand und verscharrte diesen in der Feldmark. Das Fahrrad warf er in einen nahegelegenen Teich. Bohmann war nur ein weiteres Opfer in diesem makaberen und äußerst blutigen Fall.
Als Schneekloth, am Abend nach dem Brand von Tim Martens Haus, noch mal auf das Grundstück Bohmanns kam, war offenbar auch der Psychopath dort. Nur durch großes Glück war der Polizeihauptmeister nicht ebenfalls ein Opfer des Killers geworden.

Alle intensiven Bemühungen herauszufinden, wer dieser Tim Martens war und woher er kam, brachten nichts. Er blieb für die Kripobeamten eine Person ohne Vergangenheit, ein Rätsel, das sie wahrscheinlich niemals klären würden. Seine Vita verlief im Sande. Vielleicht entsprang er tatsächlich den Pforten der Hölle und kehrte nun dorthin zurück. Aber er würde nie wieder Schaden anrichten, das war die Hauptsache.
Der *Codex Slavicum* blieb verschollen. Wahrscheinlich war das alte Dokument beim Brand in Tim Martens' Haus vernichtet worden. Nur die Abschrift Kurt Drexlers blieb da-

von übrig. Ein herber Verlust für die Historiker. Drexler war vor zwei Wochen gestorben, hatte die Abschrift aber noch vor seinem Tod dem Landesmuseum in Schleswig vermacht.

Plötzlich stoppte Nina. Sie blickte Lorenzo lange in die Augen, fuhr mit der Hand durch Lorenzos lockiges Haar und küsste ihn. Lange standen sie so da, bis Fiffy bellend zwischen die beiden Liebenden fuhr. Lorenzo hob den Ball auf und warf ihn ins Wasser. Fiffy stürzte begeistert hinterher.
Arm in Arm gingen sie weiter am Strand entlang und schauten auf die Kieler Förde hinaus.
Durch die schwarzen Regenwolken drängten sich plötzlich Sonnenstrahlen hindurch. Als sich kurz danach ein Regenbogen bildete, war es, als wenn der Himmel lachte.

Ende

Anmerkungen

Die Figuren und Ereignisse aus dem Frühen Mittelalter, die sich in meinem Roman rund um Preetz ereignen, entspringen alle meiner Fantasie. Es hat niemals einen Priester Ziric gegeben. Auch an der Rethwischer Motte gab es niemals eine vergleichbare Schlacht.
Die Örtlichkeiten und mittelalterlichen Ortsnamen sind aber weitestgehend historisch belegt.
Das Gräberfeld an der Schwentine (heute Preetzer Urnenweg) wurde tatsächlich von den Slawen angelegt und bei Ausgrabungsarbeiten in den 1950er Jahren durch die Preetzer Archäologin Dr. Johanna Brandt entdeckt.
(»Das Urnengräberfeld von Preetz« von Dr. Johanna Brandt, Wachtholzverleg, 1960)
Die Urne mit dem Dokument ist allerdings ebenfalls eine Blüte meiner Fantasie.
Die Insel Olsburg im Großen Plöner See war tatsächlich lange Zeit eine Befestigungsanlage der Slawen.
Zudem beherbergte sie ebenfalls einen Tempel, in dem die slawische Göttin Podaga angebetet wurde.
Velos war zwar der slawische Totengott, aber niemals so blutrünstig wie in meinem Buch dargestellt. Menschenopfer gab es aber tatsächlich bei den Slawen, wenn auch eher selten.

Übrigens: Einen Nazibunker am Kronsee hat es niemals gegeben. Jegliche Suche danach bliebe erfolglos.
Aber wer weiß, vielleicht treffen Sie dort ja bei einem Spaziergang »Fiete Stoltenberg« oder den Autor.

Danksagung

Zuerst möchte ich allen Leserinnen und Lesern danken. Nur durch Ihr Interesse ist es für uns Schreiberlinge möglich, das zu tun, was wir gern machen, nämlich Geschichten erzählen.
Danke an alle privaten Testleser, die mir oft mit Rat und Tat zur Seite stehen. Ihre Kritik, Anregungen und Tipps sind Gold wert.
Danke an die Stadtbücherei Preetz und deren Mitarbeiter. Dort finde ich immer wieder hervorragendes Material für meine historischen Recherchen.
Danke an meine Verlegerin Melanie Waldhardt. Ohne sie wäre das alles nicht möglich. Sie ist ein großartiger Mensch und glaubt an meine Schreibe. Ich hoffe, dass wir noch viele »Babys« verwirklichen.
Danke an meinen Lektor Jürgen Müller, der mich auf viele Ungereimtheiten und Fehler aufmerksam gemacht hat und es bestimmt nicht einfach mit dem Manuskript hatte.

Und natürlich auch danke an meine Frau Iris und meine Kinder Annelie und Justus. Sie stehen quasi an vorderster Front und sind meine schärfsten Kritiker. Außerdem müssen sie all meine Marotten und Macken aushalten. Das ist bei einem Holsteiner Sturkopf, wie ich es bin, nicht leicht. Ihr habt mein tiefstes Mitgefühl und ich liebe euch.

Glossar

Ad Dar al Bayada:
Casablanca
Abodriten:
slawischer Volksstamm
Albis (Labe):
Fluss, heute Elbe
Augusta Vindelicorum:
Augsburg
Baltisches Meer:
Ostsee
Britannisches Meer:
Nordsee
Carmerarius:
Schatzmeister eines Klosters
Distraneurin:
Benzodiazepin, Med. zur Behandlung des Alkoholentzugssyndroms
Dormitorium:
Schlafsaal in einem Kloster
Esesfelth:
Burg an der Stör in der Nähe vom heutigen Itzehoe
Haithabu:
frühmittelalterlicher Handelsort auf der Kimbrischen Halbinsel am Ende der Schlei
Hammaburg:
Hamburg

Harmagedon:
hebräisch - bezeichnet, nach der Offenbarung des Johannes, den Ort der endzeitlichen Entscheidungsschlacht zw. Gut und Böse
Infirmarius:
Bruder eines Klosters, der für die Versorgung der Kranken zuständig ist
Isenhorn:
großes Waldgebiet im Mittelalter, erstreckte sich von der Schlei im Norden bis nach Hamburg im Süden
Kapitelsaal:
Sitzungssaal im Kloster
Limes Saxoniae:
befestigte Grenze zwischen den Slawen im Osten und dem Reich der Franken im Westen
Magnificat anima mea Dominum: lat. - Meine Seele preist den Herrn (Lobgesang Marias)
Motte:
sog. Turmhügelburg, Befestigungsanlage
Mutilation:
Verstümmelung
Non:
Stundengebet der kath. Kirche
Olsborg:
ehemalige slawische Burg auf einer Insel im Gr. Plöner See
Ora et labora:
lat.: Bete und arbeite, Leitspruch der Benediktiner
Pastsee:
slawisch - Postsee
Pater noster:
lateinisch - Vater unser

Perun:
oberste Gott der slawischen Mythologie
Prim:
Stundengebet der kath. Kirche
Profess:
ordentliches Mitglied eines Ordens
Plune:
slawisch – Plön
Porece:
slawisch - Preetz
Porsvelde:
Postfeld
Pueri oblati:
Kinder oder Jugendliche, die bereits früh ins Kloster gekommen sind
Racesborg:
Ratzeburg
Redewysche:
heute Rethwisch
Refektorium:
Speisesaal in einem Kloster
Rhenus:
Rhein
Rodenborg:
Rotenburg
Sakristei:
Nebenraum in der Kirche
Sext:
Stundengebet der kath. Kirche
Skriptorium:
klösterliche Schreibstube

Slie:
ca. 40 Kilometer langer Meeresarm im Nordwesten von S.-H.
Starigrad:
slawische Stadt in Wagrien, heute Oldenburg / Holstein
Sturia:
Fluss in S.-H., heutiger Name Stör
Sventana:
slawisch - Schwentine
Terz:
Stundengebet der kath. Kirche
Thermit:
Gemisch, das zum Schweißen verwendet wird
Ut in omnibus glorificetur Deus: lat. - Auf das Gott in allem verherrlicht werde
Vesper:
Stundengebet der kath. Kirche
Wagrien:
slawisch - nordöstlicher Teil Holsteins, zwischen Kiel und Lübeck
Werser:
Fluss, heute Weser
Wümm:
Fluss, heute Wümme